U0754671

文学与影视比较大观丛书

看世界
——童眼存真

刘建华　穆育枫　　著

张绍杰　插画

世界知识出版社

总　序

　　文学创作来源于生活点滴，影视艺术来源于文学作品的改编与创作。文学作为人类最古老的艺术形式之一，随着历史长河的延续已经取得的辉煌的成就，积累了成熟而丰富的精神财富和艺术经验。文学以优美深刻的语言文字、精彩生动的故事情节、立体感人的人物形象和独特创新的叙事手法，散发着永久无限的艺术魅力。文学创作由来已久，而影视艺术的发明不过一百多年的历史，自 1895 年 12 月 28 日，卢米埃尔兄弟在巴黎卡铺辛路14号的"大咖啡馆"地下室中第一次公开售票播放电影，才标志着电影的正式诞生。早在电影诞生之初就出现了改编名著的现象，古今中外有很多文学名著不断被搬上银幕，影视作品在一定程度上弥补了文学作品视觉叙事的不足又能适时引发思考而逐步被人们所认可。电影艺术发展的历史在某种意义上就是电影文学的改编史，文学为电影艺术提供了取之不竭用之不尽的源泉，而电影的综合艺术手法也让更多的文学作品走向大众，为各种各样的人群所接受和欣赏，从而形成影视与文学之间良好的互动关系。电影和文学都要在时间的流动中再现生活的真谛和表现人物的内在情感，并通过读者和观众的理解和鉴赏获得情感的共鸣和审美的愉悦。相比于文学名著，改编后的影视作品中，画面逼真，场景宏大，形象直观，表达清楚，能给人们带来一种身临其境的感觉，所以越来越多的人，尤其是广大青少年群体更愿意去影院看一部由名著改编成的电影，而不愿意亲自去翻阅原著感受文字带来的震撼与想象，再加上现代人内心浮躁难以静下心来去品味文学名著的魅力，用观看影视作品代替名著阅读的现象也越来越普遍，且不论这种吸收"文化快餐"的方式可取不可取，但是需要指出的是观看影视作品绝不能代替文学名著的阅读。文学注重思想层面和美学层面对人的生存状态进行观照，带动了电影内涵的深刻性与丰富性。如果没有影视文学的支撑，很容易陷入单纯追求画面感觉刺激的误区。以文学作品为基础改编的影视作品往往能取得巨大成功的关键因素，就在于文学艺术丰厚的人文底蕴给影视艺术以思想深度和文化品位。80后作家蒋方舟在2014年接受中新网记者采访时说："阅读是一个永远的需求，是不可能死掉的。人们需要靠阅读体会在生活中没办法体会到的情感与经验，必须靠其他媒介而且是超越电视化等平面媒介的东西来帮助代入。只不过阅读看的地方不一样，是在一个小的屏幕上看，而不是在纸质的书上看，所以我觉得手机电脑也好，纸质书也好，阅读的形式并不重要，关键是文字本身。关键是创作者自己怎么看待创作这件事，永远不能责怪读者变得浅薄。"所以作为两种并存的艺术形式，读者和观众需要取其所长，同时保有一份文学和电影的鉴赏力，吸收文学和电影中的精神内涵，这正是北京物资学院文学影视团队出版文学与影视比较大观系列丛书的目的所在。

北京物资学院外国语言与文化学院于2014年10月1日成立文学影视研究团队。该团队致力于英美文学作品与其改编而成的影视作品的比较研究，将研究成果转化成系列丛书出版，该系列丛书将全面系统地呈现不同题材和主题的文学影视作品，旨在填补国内该研究领域的空白。该研究将英美文学理论研究与文本及电影艺术紧密结合在一起，在理论联系实际的基础上极大地增加了研究的实用性，也便于高校英语教师在日后相关课程的英语教学中使用和借鉴。团队预计出版的系列丛书有7本，内容涵盖英美文学的畅销及经典作品，涉及爱情、成长、伤痛、领悟、离散、儿童生活、人物传记等多个主题，时间跨度上则从18世纪一直延伸到现当代文学和电影作品，兼顾经典，与时俱进。该系列丛书将对英美畅销及经典文学作品及其改编的优秀电影进行比较研究，就文本和电影各自的表现手法、文化主题、人物塑造、情节安排、语言特点、叙事视角等不同角度对文本和电影进行深度挖掘，提高读者对文学作品的阅读能力以及对电影作品的观赏能力。本系列丛书均以论文的形式集结成册，每部作品拟撰写一到三篇论文进行分析对比。第一本：爱与成长；第二本：痛与领悟；第三本：美国梦：从开始到现在；第四本：英伦风——从田园到尘嚣；第五本：看世界——童眼存真；第六本：品人生——双面影像；第七本：心之启航，灵之归宿。文学影视团队的七名成员均具有多年丰富的英语教学经验、良好的学术研究能力以及较高的文学影视赏析能力，已出版专著两本，译著及合作译著六本，发表学术论文六十余篇。

主编　李华
2015 年 7 月 14 日

前　言

　　说起童年，我们总是能想到"纯真""难忘""回忆"和"成长"这样的字眼：在近乎静止的时光里，当我们还有足够理由躲在父母的荫庇下，不用急匆匆地为学业、事业奔波劳碌；当我们只需为了满足自己的好奇心而肆意成长，不用受制于成人社会的眼光和约定俗成；当我们"玩"字当头，有时甚至忘记了自己身体和心灵的脆弱和娇嫩，童年带给我们的却是穷尽一生都无法复制的生命回忆和成长轨迹。正因为此，童年一直是文学作品的一大主题，也是当代影视作品力图还原和描写的生活片段。作为文学与影视比较大观的第五个主题，这本《看世界——童眼存真》就选取了七部来自于不同时期、风格各异的英语文学著作以及由它们改编而成的电影作品来品评解读，希望以更广阔更深远的视角走进我们每个人曾经的童年世界。

根据文学作品的出版年代先后，这七部文学作品分别是：

1.《丛林之书》（1894年），人类对丛林世界的疑惑与追寻。

2.《秘密花园》（1911年），人类与自然万物的共享与互动。

3.《小王子》（1943年），孩童眼中成人世界的荒谬与爱的异化。

4.《夏洛的网》（1952年），孩童的私密世界——谷仓里发生的友情童话。

5.《通往特雷比西亚的桥》（1977年），友情"初体验"与不得不面对的生之艰难。

6.《尸体》（1982年），男孩们的探险、友情与成长。

7.《怦然心动》（2001年），"青少版"傲慢与偏见。

这七部小说几乎囊括了儿童小说的所有类型。幻想类儿童小说包括《丛林之书》《秘密花园》《小王子》和《夏洛的网》，其中《夏洛的网》具备了童话的所有要素。《通往特雷比西亚的桥》《尸体》和《怦然心动》则属于写实类儿童小说，其中《尸体》是典型的冒险小说。此外，动物文学作为儿童文学的重要分支，也在《丛林之书》《秘密花园》《小王子》和《夏洛的网》四部作品得到了集中体现：它们以动物为主要角色，一方面展示了儿童文学丰富的想象力，另一方面也符合儿童时期"物我融合"的思维特征。

在时代分布上，本书的七部作品贯穿了西方现代化和全球化的各个阶段。《丛林之书》是英国殖民主义的鼎盛时期——"日不落"帝国时期的作品，其作者鲁德亚德·吉卜林曾以笔触细腻笔力雄浑的文学风格获得诺贝尔文学奖。作为他写作生涯的早期作品，这本书一百多年来经久不衰，书中塑造的狼孩和众多动物形象成为当代丛林题材影视作品的灵感来源。《秘密花园》则诞生于"日不落"帝国的末期，当人的精神世界几乎溺毙于现代化初期对物质的无尽贪婪之时，弗朗西斯·伯内特用这个温暖的故事提醒人们回归自然，融于万物，在自己内心的"秘密花园"中守候初心。《小王子》出版于1943年的法国，在两次世界大战中受尽创伤的人们开始怀疑一切现代化和全球化的成果：彼时毫无疑义的世界文明中心正上演着人类历史上空前绝后的对抗与杀戮，而千百年来人类智慧创造出的文明成果——无法计数的资本、先进的科技、崭新的机器却成了人与人之间互相屠戮的助手和工具，所谓的国家和国际组织之间暗藏着见不得人的政治交易和利益交换，交战的每一方都声称自己扮演正义的角色，上演的无非是"成王败寇"的情节，最终受到伤害的是每一个鲜活的个体和那个个体所连接的血肉亲情。于是，当小王子带着他的玫瑰和狐狸横空出世时，就像一把明亮的镜子投射出了成人世界的贪婪与愚蠢。

与二战后世界政治经济中心的转换一样，本书对于战后作品的选择也转向了美国。《夏洛的网》用一个发生在小猪与蜘蛛之间的故事温暖了几代人，其作者 E. B. 怀特以清丽辛辣的笔触见长，他描写的美国日常生活场景亲切而生动，不仅观察细致，而且视角别具一格。相比之下，《通往特雷比西亚的桥》并没有像前几部作品那样声名远播，但其作者凯瑟琳·佩特森也曾经获得过儿童文学界的诺贝尔奖——"国际安徒生大奖"。这部写实类的小说不再像前几部作品那样构建虚幻的场景与情节，也不再塑造动物类的角色，而只是描述发生在一个小男孩身上的友情故事和人生蜕变，其中涉及的成长与死亡主题则尤其的感人至深，仿佛是可以发生在每个人生命中那些无法逃避的挫折与不幸——无论前路如何，既然生之为人，请一定要抱有喜悦之心，迎难而上，寻找人生的乐趣与意义。同样是关于友情、成长与死亡的题材，《尸体》的故事却截然不同。作为美国当代最成功的恐怖小说作家，斯蒂芬·金在他这部少有的写实小说中融入了些许自传色彩——第一次亲身地面对死亡、第一次感受真正的友谊、第一次与自己的人生和解，而这一切都完美地镶嵌在作者对战后美国社会的描写之中——冷漠的社会、彷徨的人们以及战争遗留下的种种问题。最后，《怦然心动》是唯一一部诞生于21世纪的作品，与其他作品关注的幼年、童年不同，它所描写的是一段始于童年成长于青年的爱情故事。尽管如此，小说也与其他作品一样关注了精神与物质的关系这一主题，其中美国中产阶级与工薪阶级的对比，也一样讽刺了当代社会某些物质观念的贪婪和愚蠢，歌颂了回归和守候精神世界的可贵与可敬。值得一提的是，其作者德拉安南曾先后四次荣获爱伦·坡奖，而根据小说改编的同名电影在中国上映时曾广受欢迎。

回到本书书名，"童眼存真"未必意味着儿童眼中总是能观察到世界最真切的一面，相反，儿童眼中的世界大多会发生光怪陆离的变形与屈折变化；然而，儿童眼中的确映射着我们生而为人最初的向往、好奇与想象，大概正是这些向往、好奇与想象一起构成了我们常说的"纯真"二字。这种纯真稍纵即逝，就像后来的岁月里，我们被成人社会教导着具备了所谓的时间观念，懂得了什么叫时间的"流逝"，而总是急匆匆地忙碌着，再不复童年那段"静止"的时光。匆匆碌碌犹如陀螺的日子里，我们追求的大多也是更多的物质，更盛的浮华。希望本书所推荐和解读的七部作品和由它们改编的电影，能带领它的读者和观众回归那段近乎静止的时光，寻回最初的向往、好奇与想象，享受片刻的岁月静好。

作者
2017 年 11 月

目　录

　　丛林与丛林法则在当代文化中经常意指残酷而无序的竞争，
弱肉强食、适者生存。《丛林之书》中提及了众多的丛林法则，由
于其作者吉卜林自身强烈的殖民主义色彩，这些法则也被很多人
认为是为帝国主义的侵略行为辩护的法则。然而，如果从儿童文
学的角度仔细地审视这部作品，读者们会发现这些法则都是为了

"爱与善"，正是因为这些法则的存在，吉卜林笔下的丛林世界才充满了和谐与爱。

《丛林之书》描写了狼孩毛克利在丛林中的成长故事，其中充满了毛克利对自己人类身份和丛林身份的疑惑和追问。同样的疑惑和追问也贯穿该书作者吉卜林的一生：一直努力地接受和适应印度和英国两种社会和文化身份，但也一直在对抗和妥协。

《奇幻森林》是一部典型的"合家欢"型电影，即主人公在经历重重苦难之后迎来了胜利结局，并实现了自身的成长。电影除了严格遵循好莱坞经典的三段式结构，还在角色设置上别出心裁地采用了二元对立原则，以求电影在情节上更加离奇曲折，角色上更加生动饱满。

作者圣埃克苏佩里在《小王子》中打破、超越了读者的习惯性思维定式，把原本习以为常的事物变得焕然一新，取得了"陌生化"的艺术效果。这种了不起的尝试在带给读者新鲜、惊奇的审美体验同时，也唤醒了他们麻木的心灵，促使他们去重新审视现代文明的荒诞与异化，启发他们更多地思考什么才是生命的真谛。

一方面，《小王子》的语言风格简洁质朴，倾向于使用相对简单的词汇，词汇变化不大，而且句子结构比较简单，口语化特征强，因此可读性较强，适合青少年阅读。另外作者使用第一人称叙事视角，增加了故事的可信度，也使人物形象更加鲜活。另一方面，通过对相关主题词汇的检索分析，也印证了以往研究中指出的作者的存在主义思想倾向，尤其作者关于"驯化""爱""责任"等颇具哲理性的思考；以及作品对成人世界荒谬异化、理性功利的嘲讽与批判。

美好的"谷仓情结"，它映照的永远是人的心灵深处最纯真最圣洁的情感。本文将从孩童的视角分析他们心中的动物世界和"谷仓情结"。

怀特在原著作品中塑造的坦普尔顿形象：一个对食物狂热、对他人淡漠的以自我为中心的不合群的小老鼠，到后来成为一个偶尔也会出于一己之私顺便助人为乐的积极形象。改编后的电影则呈现了坦普尔顿从一个令人生厌、自恋贪婪、好哄骗的小老鼠，变成了有勇有谋，乐意冒险助人的形象。

5. 《通往特雷比西亚的桥》 *Bridge to Terabithia*

虽然这是一本儿童小说，但并不仅仅是故事有趣、语言生动，作者用细致入微的笔触描写了现实生活中无可奈何、甚至是不可逃避的灰暗残酷的一面，比如杰西贫穷的家境、学校里的恃强凌弱、莱斯莉的意外死亡。然而也正是因为如此，这部小说才更具有其现实意义与教育意义，读者才会更真切地认识自我与这个世界，更深切地思索生命与死亡、理想与现实，学会坚强、勇气、包容、珍惜。现实不都是尽如人意的，所以更需要我们美妙的幻想，需要我们跳出循规蹈矩的日常生活，去积极主动地发现快乐，寻找人生的意义，享受生之为人的喜悦，同时面对困难的时候能够克服恐惧，迎难而上。

　　《通注特雷比西亚的桥》这部小说选取关注的题材都是孩子们在成长过程中会遇到的一些永恒话题：成长、友情、勇气、信念，还有如何面对生活中的种种不如意状况带来的烦恼。作者鼓励孩子们打开心扉、克服恐惧、学会想象，以及培养积极热情的人生态度。而作者采用的象征艺术手法及简洁生动的语言风格则有效传达了作者的思想和情感，取得了良好的艺术效果，从而进一步深化了这部小说的主题。

　　《通注特雷比西亚的桥》这部影片就是关于成长、友情、冒险、勇气的故事，它鼓励孩子们"闭上眼睛，敞开心扉"，教给孩子们学会想象、自信、勇气、热情，鼓励他们热爱生活，积极主动地去寻找快乐，创造自己的幸福。同时影片凭借其特有的画面、音响、音乐等艺术手段将小说中想象出来的"特雷比西亚"王国转化为直观生动的画面，为观众带来一番精彩纷繁的冒险历程与审美体验。

《尸体》为例探讨了促使其影视改编的艺术特征，同时也分析了影响小说到电影改编的相关因素。

深度解读之一：《怦然心动》中的关键词及其相关隐喻 ········· 348

《怦然心动》是一部贯穿了隐喻的作品。小说中使用了不少意象和隐喻，以此来诠释与成长相关的诸多主题，包括逃避与孤独、叛逆与自由、美的真谛、隔绝与融合等。这些意象和隐喻大多来自两位主人公的日常生活，生动形象，通俗易懂，尤其适合青少年读者群。

深度解读之二：论《怦然心动》中的童眼存真 ····················· 362

小说通过两位小主人公的视角来轮流讲述故事，即男孩布莱斯和女孩朱莉对同一事件或同一场景交替展开自己的回忆和陈述。这种叙事安排达到了童眼存真的效果，但由于两位都是不可靠叙事者，他们所呈现的"真"是其个性的真实表达以及透过他们的视角对外部世界的真实呈现，而非对现实世界的客观和真实的再现。

　　《怦然心动》讲述的是一对男孩女孩之间的初恋故事，《傲慢与偏见》则是成熟男女之间的婚恋故事，但两部作品从情节发展、主要人物的性格特征以及婚恋观和价值观这几个粗线条来看，有异曲同工之妙。从某种角度上来说，《怦然心动》是一部青少版的《傲慢与偏见》。

1.《丛林之书》

The Jungle Book

作者简介

约瑟夫·鲁德亚德·吉卜林（1865—1936），生于印度孟买，英国记者、小说家、诗人。其主要作品有诗集《营房谣》《七海》，小说集《生命的阻力》和动物故事《丛林之书》等。在19世纪下半叶到20世纪初，吉卜林在英国是家喻户晓的作家之一，享有极高的声誉：他的短篇小说开创了英语文学一个新的纪元，他的儿童故事则成为经久不衰的畅销作品。1907年吉卜林凭借作品《基姆》获得诺贝尔文学奖，当时年仅41岁，是第一位获得此项殊荣的英语作家，也是迄今为止最年轻的诺贝尔文学奖得主，其获奖理由是："这位世界名作家的作品以观察入微、想象独特、气概雄浑、叙述卓越见长。"由于吉卜林所生活的年代正值欧洲殖民国家向其他国家疯狂地扩张，他的部分作品也被有些人指责为带有明显的帝国主义和种族主义色彩，长期以来人们对他的评价各持一端，极为矛盾，他笔下的文学形象往往既是忠心爱国和信守传统，又是野蛮和侵略的代表。然而20世纪以来，随着殖民时代的远去，吉卜林也以其作品高超的文学性和复杂性，越来越受到人们的尊敬。

撷英采华

片段 1：

Even the tiger runs and hides when little Tabaqui goes mad, for madness is the most disgraceful thing that can overtake a wild creature. (Rudyard Kipling, 1986：5)①

译文：

连老虎遇上小个子塔巴克犯疯病的时候，也会连忙逃开躲起来，因为野兽们觉得最丢脸的事儿，就是犯疯病。（吉卜林著，文美惠、任吉生译，2016：9)②

片段 2：

The Law of the Jungle, which never orders anything without a reason, forbids every beast to eat Man except when he is killing to show his children how to kill, and then he must hunt outside the hunting grounds of his pack or tribe. The real reason for this is that man-killing means, sooner or later, the arrival of white men on elephants, with guns, and hundreds of brown men with gongs and rockets and torches. Then everybody in the jungle suffers. The reason the beasts give among themselves is that Man is the weakest and most

---

① 小说的英文引文出自此版本。其后只在引文后标注页码，不另加注。
② 小说的中文引文出自此版本。其后只在引文后标注页码，不另加注。

defenseless of all living things, and it is unsportsmanlike to touch him. (7)

译文：

"丛林法则"的每条规定都是有一定原因的，"丛林法则"禁止任何一头野兽吃人，除非他是在教他的孩子如何捕杀猎物，而且即使那样，他也必须在自己这个兽群或是部落的捕猎场地以外的地方去捕猎。这条规定的真实原因在于：杀了人就意味着迟早会招来骑着大象、带着枪支的白人，和几百个手持铜锣、火箭和火把的棕褐色皮肤的人。那时住在丛林里的兽类全部得遭殃。而兽类自己对这条规定是这样解释的：因为人是所有生物中最软弱和最缺乏自卫能力的，所以去碰他们是不公正的。（12）

片段 3：

"Man!" he snapped. "A man's cub. Look!" Directly in front of him, holding on by a low branch, stood a naked brown baby who could just walk—as soft and as dimpled a little atom as ever came to a wolf's cave at night. He looked up into Father Wolf's face, and laughed. "Is that a man's cub?" said Mother Wolf. "I have never seen one. Bring it here." A Wolf accustomed to moving his own cubs can, if necessary, mouth an egg without breaking it, and though Father Wolf's jaws closed right on the child's back not a tooth even scratched the skin as he laid it down among the cubs. "How little! How naked, and—how bold!" said Mother Wolf, softly. The baby was pushing his way between the cubs to get close to the warm hide. "Aha! He is taking his meal with the others. And so this is a man's cub. Now, was there ever a wolf that could boast of a man's cub among her children?" (8)

译文：

"人类!"他猛地说道，"是人类的小娃娃，瞧呀!!"一个刚刚学会走路的小娃娃，全身赤裸，棕色皮肤，抓着一根低矮的枝条，正站在他面前。从来没有一个这么娇嫩的带着笑的小生命，在夜晚的时候来到狼窝。他抬头望着狼爸爸的脸笑了。"那是人类的小娃娃吗?"狼妈妈问道，"我还从来没有见过呢，把他叼过来吧。"狼是习惯于用嘴叼他自己的小狼崽子的。如果需要的话，他可以用嘴叼一只蛋而不会把它咬碎。因此，尽管狼爸爸咬住小娃娃的背部，当他把娃娃放在狼崽中间的时候，他的牙连娃娃的一点皮都没有擦破。"他真小呀！皮肤真光滑呀，啊，真大胆呀!"狼妈妈柔声说道。小娃娃正往狼崽中间挤过去，好靠近暖和的狼皮。"哎! 他跟他们一块儿吃起来了。原来这就是人的娃娃。谁听说过一头狼的小崽子们中间会有个小娃娃呢?"（14）

片段 4：

"And it is I, Raksha [The Demon], who answers. The man's cub is mine, Lungri—mine to me! He shall not be killed. He shall live to run with the Pack and to hunt with the Pack; and in the end, look you, hunter of little naked cubs—frog-eater—fish-killer—he shall hunt thee!" (9)

译文：

"这是我，是拉克莎［魔鬼］在回答。这个人类娃娃是我的，瘸鬼——他是我的！谁也不许杀死他。我要让他活下来，跟狼群一起奔跑，跟狼群一起猎食。等着瞧吧，你这个猎取赤裸裸的小娃娃的家伙，你这个吃青蛙的家伙，杀鱼的家伙，总有一天，他会来捕猎你的！"（17）

片段 5：

Akela, the great gray Lone Wolf, who led all the Pack by strength and cunning, lay out at full length on his rock, and below him sat forty or more wolves of every size and color, from badger-colored veterans who could handle a buck alone to young black three-year-olds who thought they could. (10)

译文：

独身大灰狼阿格拉，不论是力气还是智谋，都算得上是全狼群的首领。这会儿他正直挺挺地躺在他的岩石上。在他下面蹲着四十多头有大有小、毛皮不同的狼，有能单独杀死一只公鹿、长着獾色毛皮的老狼，还有自以为也能杀死公鹿的三岁年轻黑狼。（19）

片段 6：

And he grew and grew strong as a boy must grow who does not know that he is learning any lessons, and who has nothing in the world to think of except things to eat. （14）

译文：

就这样，毛克利像别的男孩一样壮实地长大了，他不知道他正在学很多东西。他活在世上，除了吃的东西以外，不用为别的事操心。（26）

片段 7：

Better he should be bruised from head to foot by me who love him than that he should come to harm through ignorance. （25）

译文：

宁可让他从头到脚都被爱护他的我给打青了，也比让他因为无知而受到伤害的好。（51）

片段 8：

"I am more likely to give help than to ask it." —Bagheera stretched out one paw and admired the steel-blue, ripping-chisel talons at the end of it— "still I should like to know." (26)

译文：

　　"我倒是更愿意帮把手，而不是问这个呢。"巴希拉伸出一只爪子，欣赏着自己那铁青色、凿子般的、妙不可言的爪子尖，"不过，我还是挺想知道的。"（51）

片段 9：

One of the beauties of Jungle Law is that punishment settles all scores. There is no nagging afterward. (45)

译文：

　　"丛林法则"的一个绝妙之处就是：惩罚了结一起恩怨，以后就不会再纠缠不休了。（91）

影片资料

影片名：奇幻森林

类型：剧情/冒险/奇幻

片长：105 分钟

出品：华特迪士尼影片公司（Walt Disney Pictures）

导演：乔恩·费儒

编剧：贾斯丁·马科斯、鲁德亚德·吉卜林

主演：尼尔·塞西饰毛克利

比尔·莫瑞配音巴鲁（棕熊）

本·金斯利配音巴希拉（黑豹）

伊德瑞斯·艾尔巴配音谢利·可汗（老虎）

斯嘉丽·约翰逊配音卡奥（蟒蛇）

获奖情况：又名《森林王子》《与森林共舞》。2017年第89届奥斯卡最佳视觉效果；2017年第70届英国学院奖最佳特效成就、2017年第44届安妮奖最佳真人电影角色动画。

剧情梗概

印度丛林里，小男孩毛克利自小由狼群养大。他的老对头老虎谢利·可汗——当年就是它袭击了毛克利的父母，造成毛克利与父母走散的——一直想要除掉他。面对老虎的威胁和追捕，狼爸爸和狼妈妈无法再保证毛克利的安全，他们决定让毛克利回到人类中去。毛克利听从了父母的安排，踏上了走出丛林的旅程，但是一路上他却遭遇了意想不到的危险，像想要吃掉他的巨蟒卡奥和希望他能交出"火"的大猩猩路易王，他们居心叵测，因不同的目的用不同的方法接近毛克利。幸亏有黑豹巴希拉和棕熊巴鲁的帮助，毛克利躲过了巨蟒和猩猩以及猴子们的追杀，取得了火种，又在巴希拉、巴鲁和大象的帮助下烧死了老虎谢利·可汗。最终得以重新回到他热爱的狼群中，继续他的丛林生活。

【深度解读】之一：
儿童文学视角下对吉卜林 "丛林法则" 的解读

丛林与丛林法则在当代文化中经常意指残酷而无序的竞争，弱肉强食、适者生存。《丛林之书》中提及了众多的丛林法则，由于其作者吉卜林自身强烈的殖民主义色彩，这些法则也被很多人认为是为帝国主义的侵略行为辩护的法则。然而，如果从儿童文学的角度仔细地审视这部作品，读者们会发现这些法则都是为了 "爱与善"，正是因为这些法则的存在，吉卜林笔下的丛林世界才充满了和谐与爱。

一、丛林与丛林法则

丛林（jungle）原指茂密的树林，特别用来指代位于亚热带或热带的雨林。但是在西方文化特别是通俗文学中，丛林却往往用来意指文明世界之外的野蛮无序之地，特别是殖民时代被欧洲诸帝国所控制的那些 "荒蛮" 地区，例如印度、非洲、南美洲等。想要在这样的地方生存下来必须要遵守 "丛林法则"。西方文化中最早出现 "丛林法则" 的描述是在 2000 多年前，古希腊哲学家安提西尼用一则寓言故事阐述了类似的思想：

"某日，森林中百兽聚会。小白兔率先提议：森林中所有动物一律平等。小白兔的提议立即得到了松鼠、梅花鹿和山羊的响应与赞成。正当小动物们为之欢欣鼓舞之时，狮子突然站起来大喝一声：'那么你们的利爪在哪里？'周围顿时一片哑然。于是森林中依然是狮子为王，所以动物们仍然无法一律平等。"（转引自田野，2005）

这则寓言被认为是最早的"丛林法则"。然而，直到1859年英国生物学家、博物学家查尔斯·达尔文出版《物种起源》，"丛林法则"才被高度概括为"弱肉强食，物竞天择，适者生存"。以此为基础，社会达尔文主义应运而生，并迅速被帝国主义者利用。帝国主义者强调人种间差别存在，并强调盎格鲁－萨克逊人或雅利安人这样的白种人在生理上和文化上优于其他种族；种族们为了自己的生存可以而且必须具备侵略性；白种人因为创造了辉煌的西方文明，所以他们才配得上"适者生存"，才配得上奴役甚至消灭其他劣等民族和"野蛮人"。这样的"丛林法则"不仅成为帝国主义者开疆拓土，侵略其他弱小民族和国家的借口，也为资产阶级内部的阶级剥削和不择手段的竞争提供了理论基础：人种间存在差异意味着种族内部也存在着阶级差异，而阶级之间的优胜劣汰需要用竞争甚至武力来进行。

1906 年，美国现实主义小说家厄普顿·辛克莱的小说 *The Jungle* 进一步丰富了"丛林"和"丛林法则"的内涵。这部小说的中文译名为《屠场》（或《屠宰场》），讲述了立陶宛移民约吉斯一家在芝加哥屠宰场工作时的遭遇，侧面反映出工厂主对底层员工的残酷剥削：他的父亲劳累过度，患病而死；他的妻子被工头强奸，为了报仇，他殴打了工头，结果被投入监狱；等他从监狱出来，妻子和孩子都已死亡。此外，工厂主还下令将腐烂发臭的肉当做好肉制成罐头销售以赚取最大利益。美国工业化初期贫富分化、劳资冲突、腐败成风、秩序混乱的状况在这部小说中被深刻揭露出来，而其中底层人民恶劣的生活状况和资本家为了利益尔虞我诈、无恶不作的社会现实与丛林般的荒蛮之地无异，小说起名为 *The Jungle* 正是为了对照和突出这样的主题。该小说不仅引起了当时美国社会的巨大轰动，迫使美国国会通过了《纯净食品和药品法》和《肉类制品监督法》，并助推了美国食品药品监督管理局的成立，还召唤和激励了一批描写当时社会黑暗面的现实主义题材作品，正是在这些作品的共同推动下，美国才得以从最初无序的工业化社会逐步转型为有序的现代化工业化社会。

当然，第一位正式提出"The Law of the Jungle"的作家是本文要谈到的鲁德亚德·吉卜林，关于他在《丛林之书》中描述的"丛林法则"，目前国内已经有了若干研究。大多数学者赞同1907年吉卜林获诺贝尔文学奖时瑞典文学院常任秘书威尔逊所做的点评："丛林法则就是宇宙法则，如果要问这些法则的主旨是什么，吉卜林就会简单明了的告诉我们是奋斗、尽职和遵从。"（引自陈兵，2003）很多人因为其中"尽职""遵守"这样的字眼认为吉卜林的"丛林法则"是在为帝国主义的殖民政策辩护，即被殖民国家和民族就应该接受自己被奴役的命运，尽职和遵从，而所谓的殖民者们就应该为了改善殖民地区的"民生"奋斗。这样的解读似乎与吉卜林著名的《白人的负担》一诗中所传达的思想基本一致："肩负起白人的负担/平息野蛮人的战争/填饱苦受饥荒的嘴/倾资使瘟疫平息……"然而，纵观《丛林之书》全书，吉卜林笔下的"丛林法则"似乎既没有突出"弱肉强食，物竞天择，适者生存"这样的达尔文主义观点，也没有特别强调与大英帝国殖民政策之间的联系。据说吉卜林创作这些故事的初衷都是为了给他自己的孩子讲故事，可见《丛林之书》应该是一部不折不扣的儿童小说，所以让我们在探讨吉卜林的"丛林法则"到底是什么性质之前，先回顾一下儿童文学的主要美学特征。

二、儿童文学的主要美学特征

儿童文学顾名思义是专门为儿童创作的文学作品，如童话、寓言、儿童散文、儿童诗等。以儿童为目标读者，意味着作品必须通俗易懂、生动活泼，必须用他们能够听得懂的语言、他们能够感悟到的情感去创作，去激发他们的共鸣。对于儿童文学创作这件事，英国作家格尔姆曾经写道："想开采这个矿脉的诸君，必须留心的是，绝对不可以认为是小孩的东西嘛，随便写写就可以了，或者以为有诚意写作，就会获得儿童的感激，这种自我陶醉或随便的想法是很严重的错误。如果你想成功，必须有相反的态度，也就是放弃命令的姿态，准备一切服从小孩，因为小孩是在支配你的写作。"（引自王泉根，2010）鲁迅也曾呼吁："孩子的世界，与成人截然不同，倘不限行理解，一味蛮做，便大碍于孩子的发达。一切设施，都应该以孩子为本位。"（引自洪锡英，2004）可见，虽然儿童文学作品主要由成人写就，并且最终指向成人的现实世界，但是必须要尊重儿童的经验和情感，贴合儿童独特的精神状态，把握儿童的审美特点，关注儿童的心理动态。我国著名儿童文学学者王泉根教授更进一步指出："与成人文学的艺术真实强调作家的主观认识和客观真实世界的一致性不同，儿童文学的艺术真实强调的是作家的主观认识与儿童世界的一致性，即作家所创造出来的具体人物的关系和行动是否与儿童的思维特征、心理图式相一致，追求一种儿童幻想世界的艺术真实。"（王泉根，2006）

儿童文学之所以能从文学大家庭中被单独分离出来，与其创作动机是密不可分的。成人文学作品大多是为了映射现实，批判现实，讲述作者本人的思考，进而激发读者的共鸣。对于儿童来说，他们阅读的目的除了要在文学作品中读取到他们的"现实世界"，更多的是去探索未知的未来，获得更多有关未来人生的启示。因此，对于儿童文学作家来说，他们一方面要守护童年的纯真与珍贵，借由创作回归童年，另一方面，他们也要呼应儿童的需求，讲述未来并在其中渗入某种启示和教育目的。早期的《一千零一夜》《伊索寓言》《格林童话》以及中国无数古老的传说和寓言无不借由讲述故事来让儿童明白某些重要的人生道理，即使现代受到全世界儿童读者普遍欢迎的《哈利·波特》系列所宣扬的也是智慧、勇敢、真诚、善良、友谊等正面价值观和人生道理。对于这一点，王泉根教授说道："人类之所以要创造出儿童文学，还在于需要通过这种适合儿童思维特征和乐于接受的文学形式，来与下一代进行精神沟通与对话，在沟通和对话中，传达人类社会对下一代的文化期待。因此，从这个意义上，我认为儿童文学是两代人之间进行文化传递与精神对话的一种特殊形式，是现世社会对未来一代进行文化设计（也即人化设计）与文化规范的艺术整合。"正是在对儿童文学这样的理解基础上，他进一步指出："与成人文学大致倾向于'以真为美'的美学取向不同，儿童文学作为一种寄寓着成人社会对未来一代的文化期待的专门性文学，其美学取向自然有其不同于成人文学之处，我认为，这就是'以善为美'——以善为美是儿童文学的基本美学特征。"（王泉根，2006）

综上所述，儿童文学作品的主题离不开爱与善，因此，作为一部儿童文学作品，吉卜林的《丛林之书》也是以传达爱与善为最终目标的，其中的"丛林法则"在某种程度上可谓之为"爱与善的法则"。

三、爱与善的"丛林法则"
——儿童文学视角下的《丛林之书》

在吉卜林雄浑有力而又细腻的笔触之下，《丛林之书》刻画了狼孩毛克利和一众丛林中的动物形象，他们有喜有怒，有爱有憎，有情有义，让人不得不惊叹于吉卜林的想象力和对事物细致入微的观察能力。一百多年来，这部作品经久不衰，不仅衍生出了众多狼孩和丛林故事，还成为好莱坞动画电影的重要源泉，可见作品本身所反映出的道德观和价值观是无须质疑的。与西方传统的丛林意象不同，吉卜林笔下的丛林并非人类文明眼中无序的蛮荒之地，相反，生活在其中的居民们有着自己一套成熟的生存法则，正是这一套"丛林法则"为丛林异类毛克利搭建出了一个爱与善的世界。

(一) 保护弱小

无论毛克利还是小狼崽，在长大并具有攻击力之前都是非常脆弱的，为了保护这些弱小的生命免遭丛林里其他野兽的侵犯和捕食，也为了保证整个种群的延续，必须要建立一套规则和惩罚制度，保护整个系统中的弱者和幼者，因此"丛林法则"十分明确地规定："任何一头狼结婚的时候，都可以退出他从属的狼群；但是一旦他的崽子长大到能够站立起来的时候，他就必须把他们带到狼群大会上去，让别的狼认识他们……经过检阅之后，崽子们就可以自由自在地到处奔跑。在崽子们第一次

杀死一头公鹿以前，狼群里的成年狼决不能用任何借口杀死一只狼崽。只要抓到凶手，就会立刻把他处死。"（19）

这种保护弱小的观念还延伸到了狼群对其他种群弱小的态度上，其中用来妥协的一条法则就是"崽子是可以赎买的"。（22）因此在决定是否可以收留毛克利这个异类的会议岩大会上，黑豹巴希拉跳了出来，和棕熊巴鲁一起用一头公牛赎买了毛克利。从他们的发言中，我们可以看出在丛林里虐杀弱小是非常令人鄙视的行为："杀死一个赤裸裸的小娃娃是可耻的。"（23）而对于不能吃人这条法则，兽类们是这样解释的："因为人是所有生物中最软弱和最缺乏自卫能力的，所以去碰他们是不公正的。"（13）这一点深深地影响了毛克利。当他回归人类并被命令到野外放牛时，面对嘲笑他的村民小孩子，他按捺住了自己的火气，因为"杀死赤身裸体的小崽子是不公平的"。（100）

像上述描写保护弱小的"丛林法则"在《丛林之书》中还有好几处，由此我们也可以看出，在吉卜林心目中，社会最重要的规则就是保护弱小，而不是残酷无情的弱肉强食。可见，与所有其他儿童文学作品一样，《丛林之书》具有宣扬爱与善这样的美学特征。事实上，这部小说中的动物形象都有非常分明的是非观念：对毛克利视如己出的狼爸爸、狼妈妈非常慈爱，专门教毛克利丛林法则的棕熊巴鲁外表严肃但内心却温柔敦厚，黑豹巴希拉每天都跟在毛克利后面生怕他受到伤害，睿智的狼群首领阿格拉则在每次冲锋中都毫不畏惧、一往无前。它们都在毛克利生存和成长过程中起到了非常重要的作用，而其中最能体现爱与善的一点就是它们都越过了种群的障碍，无私地爱着这个人类的小男孩。

相比之下，这部小说中最大的反派——瘸腿老虎谢利·可汗，从来都不遵守保护弱小的法则。它不仅专门攻击弱小，比如已经被人类驯养了的水牛，还侵害人类。他不仅逼得毛克利与自己的人类父母走散，还在毛克利的整个成长过程中一直对他虎视眈眈。因此，他也受到了兽群中正义个体的鄙视和谴责，而作为违反规则的代价，他最终受到了严惩，死在了毛克利的手中。

(二) 规则意识

丛林中的每个种群都有自己的"丛林法则"。这些法则中有的仅限于族群内部，有的则通行于所有种群之间。例如：如果"不预先通知，是没有权利改换狩猎场地的。他会惊动方圆十英里之内的所有猎物的"。（11）"禁止任何一头野兽吃人，除非他是在教他的孩子如何捕杀猎物，而且即使那样，他也必须在自己这个兽群或是部落的捕猎场地以外的地方去捕猎。这条规定的真实原因在于：杀了人就意味着迟早会招来骑着大象、带着枪支的白人，和几百个手持铜锣、火箭和火把的棕褐色皮肤的人。那时住在丛林里的兽类全部得遭殃。"（13）可见，规则意识对于种群的生存和延续十分关键。不要欺侮弱者，也不要触犯强权，只有学会丛林法则并且严格遵守才能够在丛林中安全的生存下去，在规则之内获得真正的自由。比如，受到老虎蛊惑的狼群曾经把阿格拉从首领的位置驱逐下来，而当老虎死后，"一头毛皮凌乱的狼嚎叫道：'还是你来领导我们吧，啊，阿格拉。再来领导我们吧，啊，人娃娃，我们厌烦了这种没有法则的生活，我们希望重新成为自由的兽民。'"（123）

为了让毛克利能够获得更多的生存空间，棕熊巴鲁除了交给他兽类的丛林法则，还教给他其他种群的丛林法则，例如树林和水的法则，野蜂和蛇的法则。就像巴鲁对巴希拉说的那样："人娃娃就是人娃娃，他必须得学全部的'丛林法则'。"（49）"宁可让他从头到脚都被爱护他的我给打青了，也比他因为无知而受到伤害的好。"（51）后来，当毛克利被猴群掳去，多亏了巴鲁交给他的老鹰和蛇的语言和规则，才最终逃出"寒穴"。

学习和遵守法则不仅是对自己的尊重，也是对族群内和族群外其他丛林成员的尊重。只有在规则意识的引导下，丛林才会延续有序和谐的状态，而任何对于规则的践踏都会导致混乱和危险，例如老虎谢利·可汗就因为侵犯了人类的领地，导致整个丛林遭殃；豺狗塔巴克则专吃别的兽类剩下的残羹冷炙，并且到处耍奸计，搬弄是非，因此"印度的狼都看不起塔巴克"（9）；没有丛林规则也没有组织的猴群则"非常恶毒，非常肮脏，还恬不知耻"，是整个丛林都驱逐的对象；而红毛狗则成群结队、凶残冷血地攻占其他族类的领地，最后被毛克利和狼群们一起剿灭。这些动物的典型特征就是欺软怕硬、无组织无纪律。他们要不就野蛮无序、要不就妖言惑众、要不就是记忆短暂到不知道自己要什么，绝非丛林中爱与善的代表。

不遵守规则的还有那些蒙昧的村民们。老猎人布尔迪阿恶意地凭空编造谣言、而祭司和村民们则在没有任何证据的情况下就相信了他，不仅把毛克利驱逐除了村庄，还要借机处死毛克利的父母，霸占他们的财产。在毛克利眼中，这些村民与猴群无异，为了一己私利，他们不惜违背道德和规则，谋害别人的性命，"他们懒惰，没有理智，还很残忍；他们就会耍嘴；他们杀害弱者并不是为了当吃食，而是为了取乐。"（162）最终，米苏阿和毛克利的爸爸决定去三十英里以外的卡尼瓦拉寻求英国人的帮助，因为"人们说他们统治着整个大地，没有证据就不允许人们互相殴打火烧死人"。（148）可见，在吉卜林心目中，人类社会同样需要规则意识，因为比起动物来，人类做起恶来会更加难以想象的凶残和血腥。当然，受制于他个人的时代和生活经历，他把白人殖民者当成了世界的救世主，认为只有白人才拥有规则意识，这的确反映了他的殖民主义思想。

可见，规则意识意味着个体对他人的爱与善；反之，规则破坏者不仅会给自己带来灾难，也会破坏整个社会的秩序。

（三）忠诚与感恩

爱与善意味着忠诚与感恩。在狼群中长大的毛克利，始终忠诚于他的族群，并且感恩于曾经解救他于危难之中的每一个动物。而作为一条"丛林规则"，这是巴希拉告诉给他的："只要你有气力，爱杀什么都可以，不过看在那头赎买过你的公牛的份上，你绝不能杀死或吃掉任何一头牛，不管是小牛还是老牛。"（26）将此条法则牢记心间的毛克利，忠诚与感恩已经流淌在他的血液之中；他为自己属于狼族而骄傲，因此当有人将他与人类一起提及时，他非常生气；他感恩于多年间狼群首领阿格拉对他的保护，当阿格拉日渐年迈无法捕猎时，毛克利就一直供养着它："是你接受我进入丛林的，以后我的食物都会分你一半。"当红毛狗群——连老虎都要敬让三分的动物来临，丛林里的兽类即将遭受灭顶之灾时，阿格拉劝他避开这场恶战，毛克利则说："曾经有过一只狼，我的爸爸，还有过一只狼，我的妈妈，曾经还有过一只老灰狼——并不太聪明，如今他的毛都白了——又当爹来又当妈。……如果那些野狗来了，毛克利和自由兽民在那场捕猎中是同族。"（218）无论成人还是儿童，读到此处都会动容吧，"滴水之恩，涌泉相报。"感恩乃是人之为人最朴素的情感之一，也是爱与善最基本的体现，这一点跨越种族与国别，亘古不变。吉卜林把这种情感作为"丛林法则"映射到丛林里的万物生灵中，也体现了他通过故事教人为爱为善的初衷。

对于米苏阿——毛克利在人类社会的妈妈，他也充满了爱与感恩。"米苏阿对他非常慈爱，至于说到他对爱的了解，他爱米苏阿的程度完全相当于他恨人类中其他人的程度。尽管他非常讨厌他们，讨厌他们的谈话、他们的残酷和他们的胆怯……"（159）在米苏阿遭难之时，毛克利调动了他的兽类朋友连夜护送米苏阿和她的丈夫脱离险境。

在忠诚与感恩这条丛林法则上，反例是那些生活在村庄里的人类。在毛克利眼中，同类之间必须是忠诚的，不能互相陷害。然而"当他们（村民）吃饱的时候，就会把自己的同类扔进红花里"。（162）"人类一定总是为人类设陷阱，否则他们就无法满足"。（143）的确，无论吉卜林生活着的时代，还是科技进步商业发达的现代社会，人类的确一直为了自己的利益，打着各种各样的"正义"旗号，背叛和伤害着人类自己。事实上，虽然《丛林之书》一直被视为儿童读物，但其中绝不缺乏类似引成人读者深思的语句，例如"有四样最最贪得无厌的东西，自古以来从没有感到满足：茄卡那鸟的嘴巴，老鹰的胃口，无尾猿的手和人的眼睛。"而书中《国王的象叉》一篇正是对人类贪得无厌的最精准的寓言。

四、结 语

吉卜林笔下的"丛林法则"，无论是保护弱小、规则意识还是忠诚与感恩，都与西方文化中"弱肉强食，物竞天择，适者生存"的丛林法则相去甚远，甚至正好相反。不得不说，虽然吉卜林的确鲜明地支持英国的殖民政策和帝国主义，但硬将

《丛林之书》中的丛林和丛林法则与他的政治主张相联系实在有过度解读、人云亦云之嫌。作为一部传世经典的儿童文学作品，这里的丛林绝非混乱野蛮的法外之地，相反，与故事中蒙昧的村民相比，丛林却秩序井然、和谐共安。正是通过搭建这样一些有爱的"丛林法则"和所有遵守着这些法则的善良的动物主人公们，吉卜林才让狼孩毛克利安然生活在一个完全异族的地方，自由而又快乐。除了美妙的大自然画面和精彩的奇趣冒险故事，这些法则和故事主人公们传达出的爱与善才正是让《丛林之书》一百年来经久不衰的深层次原因。正如儿童文学学者孙志军点评的那样："《丛林之书》不是论文，它没有对'丛林法则'的系统阐述，而在丛林法律专家巴鲁张口闭口之间的法律讲座中，我们看到了这部零零碎碎的法律的具体和广泛，还有它的庄严。"（孙志军，2004）而另一位著名学者，翻译和研究吉卜林文学作品的专家文美惠教授则概括得更加精准："丛林法则是吉卜林贡献出来的治世良方，人类世界和动物世界一样，人和人之间的利益是相互制约、相互依靠的。为了人类的生存和繁荣，人人都要遵守一定的社会秩序。"（文美惠：227）

【深度解读】之二：
何处是故乡
——吉卜林在《丛林之书》中的身份追问

> 《丛林之书》描写了狼孩毛克利在丛林中的成长故事，其中充满了毛克利对自己人类身份和丛林身份的疑惑和追问。同样的疑惑和追问也贯穿该书作者吉卜林的一生：一直努力地接受和适应印度和英国两种社会和文化身份，但也一直在对抗和妥协。

对于大多数的中国读者和观众来说，丛林和丛林中动物的故事主要来源于童年或少年时期看过的连环画或电影，例如广为流传的狼孩的故事、迪士尼制作的《森林王子》动画片以及后续的好莱坞大片《金刚》《人猿泰山》等，但是很少有人知道，这些故事和创意最初的来源都是一本书——英国作家鲁德亚德·吉卜林的《丛林之书》（*The Jungle Book*）及其续篇。根据笔者不完全统计，《丛林之书》最早（1962 年）由香港育英书局引入中国，并改名为《狼孩》出版。此后的 50 多年间，特别是在迪士尼动画《森林王子》的影响下，这个故事冠着《狼孩》《狼孩恩仇记》《狼孩历险记》《狼孩毛格利》和《森林王子》之类的名字出版二十余次，其形式有连环画（小人书）、漫画、学龄儿童课外读物等；而直到1997年才以其本来名字《丛林之书》出版，至今也已经有20余个版本；此外还有众多其他名字的版本未在统计之列，例如上海文艺出版社2014年出版的《老虎！老虎！》等。

无论是之前略显哗众取宠的《狼孩》还是后来回归本真的《丛林之书》，国内文学界和出版界对这部百多年来经久不衰的作品的定义往往是"儿童文学经典"，却忘记了作为一部文学性和艺术性俱佳的传世之作，《丛林之书》所具有的不仅是惊险刺激、悬念迭出的故事情节，还有无穷无尽的意义和思想供人们去挖掘。这种忽视和遗忘体现在与其他世界名著相比，有关《丛林之书》的研究相对匮乏；同时，与其他如雷贯耳的英美文学大家的名字相比，本书作者鲁德亚德·吉卜林的名字则略显陌生，完全不符合其英国第一位诺贝尔文学奖获得者的声望。事实上，因为吉卜林本人及其作品中鲜明的帝国主义色彩，特别是他对英国殖民统治的推崇，"其作品中表现出来的强烈的政治性，人们总是把他的名字和帝国主义鼓吹手、殖民者的代言

人等评价联系在一起。也正是由于种种政治原因，在中国编写的许多外国文学史里，我们甚至找不到他的名字。"（汪霞，2008）

显然，在将近百年的漫长岁月里，是政治因素把吉卜林屏蔽在了中国文学研究界之外，但这并不能湮没他和他的作品曾经赢得的溢美之词。1907年，在授予吉卜林诺贝尔文学奖之际，瑞典文学院评价道："吉卜林之闻名于世，主要并非由于他思想深邃，见解睿智过人。但是，即使是最粗率的旁观者也能注意到他具有无与伦比的观察力，能够把现实生活中最琐碎的细节以惊人的准确性再现出来。……他的惊人的想象力，使他不仅能模仿自然，而且能创造出自己内在意识的幻象。他所描绘的景物，能使人们获得内心的感受，就像幻象突然出现在人们眼前一样。……正像吉卜林自己所说的那样：'他是从上帝创造事物的角度去描绘事物的。'"（百度）马克·吐温也曾热情洋溢地赞美吉卜林的作品说，"我了解吉卜林的书……它们对于我从来不会变得苍白，它们保持着缤纷的色彩；它们永远是新鲜的。"（文美惠、任吉生，2016）

在吉卜林的作品中，我们能够窥见他的见识与思想，这其中当然包括令他名声受损的大国沙文主义和殖民主义，但也包含着宗教、生态、成长这些现代文学作品经常涉猎的主题。单纯地将吉卜林创作的《丛林之书》视为童话或者寓言，是无法理解作者想要表达的复杂、丰富的情感诉求的，只有将小说的主题与作者身处的时代语境相结合才能真正理解蕴藉于小说中的价值诉求。正如戴维·洛奇所言："小说的本质是修辞艺术；也就是说，小说家或短篇故事作家劝诱读者通过阅读过程来分享某种世界观；如果顺利的话，还让读者痴迷沉醉在那个想象世界里……"（戴维·洛奇：6）在吉卜林的文字里，他也在努力与我们分享他的世界观、他的生活历程和感悟，本文中我们就将结合吉卜林本人早期的生活经历来评析《丛林之书》中有关身份认同的问题。

一、身份与身份认同研究

"身份（identity）"在社会学和心理学领域是指"社会成员在社会中的位置，其核心内容包括特定的权利、义务、责任、忠诚对象、认同和行事规则，还包括该权利、责任和忠诚存在的合法化理由。"（冯帮，2011）这些理由既有生理的，如种族、地域、时空，也有社会的和心理的，例如文化和风俗习惯等。在拥有并适应这些理由的情况下，主体融于所处群体，呈现出自由状态；而一旦这些理由发生了变化，人们往往要努力地接受新的理由、适应和融入新的环境，一旦接受、适应和融入失败，则意味着当事人某种程度上的精神危机。这种接受、适应和融入的过程就是身份认同。学者王宁指出："身份认同是人们属于某一社会范畴或群体的自我意识，及其价值观念与行为模式的认可。具体说，它是人们对自己在社会中的地位、位置、角色、形象和与他人的关系的性质的接受程度。"（引自白文飞、徐玲，2009）可以说，身份认同关乎一个人之所以为人、与他人的关系以及与世界万物的关系。对自己身份的态度、接受与否直接影响着主体意识的确立，是自我意识的基础，也是群体意识的前提。白文飞指出，身份认同可以"根据主体不同的认同过程而呈现不同的认同形式：如主体在两个不同群体或亚群体之间进行以文化自我为核心的认同活动，强调的是受不同文化（尤其是他者文化）的影响，这便是文化身份认同；……如果以社会为核心，强调的是人的社会归属，这便是社会身份认同。"（白文飞）可见只有在身份认同的前提下，主体才能认可自身的存在，接受自身与他人之间的联系，从而获得身体和精神上的完全自由；而对于群体来说，这意味着主体与群体之间的完全融合和信任。

身份与身份认同一直是文学作品的重要主题，例如主体对自我身份认同的追求或匮乏状态就呈现出了诸多的成长主题：自尊、自卑、彷徨、呐喊、流浪、反抗、叛逆、嬉皮士，等等；主体对文化身份和社会身份认同的过程则催生了众多的文化、社会和心理主题：跨文化、文化冲击、战争、离散以及其中伴随着的自尊、自卑、彷徨、流浪等自我身份再认同的主题。在当代文学批评领域，身份与身份认同引发的批评方法包括：女性主义、后殖民主义、文化研究、生态批评等等。特别是近年来，在后结构主义和后殖民主义的理论框架下出现伊格尔顿、霍米·巴巴、斯皮瓦克、萨义德等一批专注于研究民族与身份研究的大家。

与外国文学界身份与身份问题研究的丰富实践不同，目前国内文学界对该领域的研究数量有限，而且也不够深入，缺乏系统性的阐述。相对来说，社会学和心理学在这方面的研究则较为广泛和系统，特别是在流动人口社会身份认同这一领域，这也正好契合了本文即将谈到的吉卜林的身份认同问题。

二、《丛林之书》中的身份追问

鲁德亚德·吉卜林出生于 1865 年，此时的英国正值其"日不落帝国"的全盛时期，普通的英国民众为他们的帝国在东西方的全面"胜利"欢呼呐喊，梦想着这样的日子会一直持续下去。而在印度孟买出生的吉卜林自然认为这一切再顺理成章不过了，在整个幼年时期他尽情享受着奴隶仆从的照顾，徜徉在印度的民俗风情和自然世界中，无忧无虑，这里成了对他一生影响至深的"故乡"。然而，6 岁那年，吉卜林被送回英国接受正式的学校教育，而至关重要的是，他的父母并未跟他一起回国，而是将他寄养在一位退役的海军军官家庭里。这是一个清教徒的家庭，严规戒律让年幼的吉卜林吃尽了苦头，而女主人对他肆无忌惮的侮辱更是在他心里留下了永久的伤痕。这种小小年纪远离家人的痛苦和寄人篱下的屈辱经历深深地影响了吉卜林的成长和他日后的工作和生活，也在他的文学作品中如影随形。《丛林之书》即是如此，其中的角色性格和情节设计无不隐含着吉卜林对家庭、社会和整个世界的认知，也隐含着他对自己身份的追问。

（一）社会身份认同

显然，按照现代的定义来看，吉卜林在某种程度上是一位留守儿童，所以其首要面对的问题就是要确认和接受自己的社会身份。一方面他在印度享受着优厚的社会地位，父母皆陪伴身边，奴仆环伺，处于认同自己的身份并且相对满意自由的状态，而猛然间，年幼的他在不解世事的状态下被送回英国，孤独留守，且生活条件恶劣，受尽虐待，社会地位低下，完全不满意更不愿意接受自己的社会身份。

这种社会身份的巨大反差像镜像一样映射在了《丛林之书》中。该小说由七个小短篇故事构成，其中主要讲述的是小男孩毛克利的故事。毛克利本来是一个印度樵夫的儿子。当他还是一个蹒跚学步的婴儿的时候，他们一家在森林里遭遇了老虎谢利·可汗，父母逃散，毛克利被母狼拉克莎收养，成为一个被狼养大的狼孩。在狼群里，他有良好的社会地位，处于相对自由而满足的状态：每天他都可以得到狼爸爸狼妈妈的关爱，还有一帮狼兄弟的陪伴，此外他的朋友中还有黑豹巴希拉、老熊巴鲁和大蟒蛇卡奥，这些本来残暴的庞然大物都不遗余力地保护着他。突然有一天，他的狼爸爸和狼妈妈在老虎谢利·可汗的威胁下不得不把他送出森林，返回到人类的村庄中去。回归人类社会的毛克利虽然有养父养母对他爱护有加，但是却得罪了村里的老猎人布尔迪阿，最终受到陷害，被村民驱逐。可见，对于毛克利来说，人类社会反倒成了他的异乡。在人群中，他虽然能享受到家庭温暖，但在村民眼里却是卑微、邪恶、妖术的化身。例如，当毛克利第一次出现在人类的村庄，人类就把他看成了异类："放牛的小孩子们看见了毛克利，顿时喊叫起来，拔腿逃走。那些经常徘徊在每个印度村庄周围的黄毛野狗也汪汪地狂吠起来。"

正如杨茂庆、黎智慧在研究英国流动儿童人口的社会身份时指出的那样："流动儿童特殊的移民背景、独特的个体特征，以及移民前社会关系都会对其身份认同的构建和文化融入的程度产生较大影响。对原有的族群社会网络嵌入越深，则越限制其与外在的社会进行互动和融合。"（杨茂庆、黎智慧，2016）对于狼孩毛克利来说，在人生最重要的幼年时期，他已经完全融入狼群和丛林生活中，他习惯了狼的视角和思维，也习惯了丛林里的规则和环境。例如他会从丛林野兽的角度看待人类社会："'看来这儿的人也怕丛林里的兽族。'……'这些人类真没有礼貌，……只有灰猿才会像他们这样。'"（96）对于丛林社会身份的认同限制了他与人类社会的互动和融合，并且在某种程度上让他更加认可自己的丛林社会身份。"毛克利心里很不踏实，因为他从来没有在屋子里待过。但是他看了看茅草屋顶，发现他如果想逃走，随时可以把茅草屋顶弄开……到了上床睡

觉的时候，问题又来了，因为毛克利不肯睡在那个像捕豹陷阱的小屋里。当他们关上房门的时候，他就从窗子跳了出去。"（99）

迫于无奈，毛克利还是要努力的接受自己新的社会身份——米苏阿的儿子，人类的一分子。于是他开始学习人类的语言，"只要米苏阿说出一个字，毛克利就马上学着说，说的一点也不走样。不到天黑，他已经学会了小屋里许多东西的名称。"（99）"他正忙着学习人们的生活习惯和生活方式。首先，他得往身上缠一块布，这使得他非常不舒服；其次，他得学会钱的事，可是他一点也搞不懂；他还得学耕种，而他看不出耕种有什么用。村里的小娃娃们也常常惹得他火冒三丈……他们取笑他不会做游戏、不会放风筝，或者取笑他某个字发错了音……"（100）习惯了丛林生活的毛克利当然弄不明白人类的定居和农耕生活，对于依靠捕猎卫生的丛林兽族来说，大自然的赐予——各种各样的果实就已经足够享用了。这些描写与吉卜林幼年的遭遇如出一辙。在他6岁之前，吉卜林身边除了少量的白人殖民者，其余都是长着南亚棕褐色皮肤的印度人，对印度人的生活习惯、民俗风情耳濡目染；此外，在与印度仆人的交往中，他还学会了少量印度语，就连肤色也要比一般的白人肤色更黑一些。这些都成为吉卜林终其一生无法抹杀的"印度"痕迹，也成为他 6 岁回到英国后接受新的社会身份和融入新的环境的障碍：他会质疑英国的生活习惯、风俗人情；而相对的，他周遭的英国人也会质疑他的肤色、语言、思维方式和生活习惯。

跟毛克利在狼群中被视为异类，在人群中也同样与众不同类似，无论印度社会还是英国社会似乎都成为吉卜林回不去的"故乡"，无法完全融入其中任何一个社会——这正是他终生追寻的身份之问。弗洛伊德曾经这样写道："一篇创造性作品像一场白日梦一样，是童年时代曾做过的游戏的继续和代替物"，其具体过程是"现时的强烈经验唤起了作家对早年经验（通常是童年时代的经验）的记忆，现在，从这个记忆中产生了一个愿望，这个愿望又在作品中得到实现。"（陈兵，2003）

（二）文化身份认同

社会与文化是两个相互交叉的概念，更确切地说是一个事物的两种角度。文化在广义上指人类所创造的财富的总和，特指精神财富，如文学、艺术、教育、科学等。而人类的生产、消费娱乐、政治、教育等都属于社会活动的范畴。因此，就社会身份而言，包括主体与他者之间的关系，如父母、家庭的其他成员、玩伴、邻里、族群乃至整个社会。而文化身份则包括有这些社会关系衍生出的精神财富，如宗教、文学、艺术、科学等。对于吉卜林来说，他在印度文化中浸染的6年时光对他一生都产生了不可磨灭的影响，成为追随他终生的文化身份，这在《丛林之书》中都得到了淋漓尽致的体现。作为一部英语写就的小说，《丛林之书》却充满印度次大陆的异域风情：这里的场景是丛林、茅屋，不是夏洛蒂·勃朗特的英式庄园，也不是查尔斯·狄更斯笔下的城堡和钢铁丛林般残酷的工业社会，更不是莎士比亚描写的宫廷和古希腊罗马神话的场景；这里的主人公们是被狼养大的人类小孩、丛林野兽、愚昧的印度村民，而不是在欧洲大陆、英伦三岛随处可见的"现代人"。吉卜林的文化身份渗透到他的作品里，彼此水乳交融，以至于当他赶赴瑞典参加诺贝尔颁奖典礼时，那里的小读者们都以为他会像毛克利一样，在棕熊、黑豹和蟒蛇的陪伴下现身。此外，书中对于印度种姓制度、巫师、宗教的描写也与众多英语读者曾经接触过的社会制度大相径庭，自然会让他们感到新奇、神秘、有趣。这种异域风情也是《丛林之书》大获成功的重要原因。

在小说中，狼孩毛克利在丛林中获得的最重要的文化身份就是"丛林法则"。例如:"不预先通知,是没有权利改换狩猎场地的。他会惊动方圆十英里之内的所有猎物的。"(11)"禁止任何一头野兽吃人,除非他是在教他的孩子如何捕杀猎物,而且即使那样,他也必须在自己这个兽群或是部落的捕猎场地以外的地方去捕猎。"(13)"任何一头狼结婚的时候,都可以退出他从属的狼群;但是一旦他的崽子长大到能够站立起来的时候,他就必须把他们带到狼群大会上去,让别的狼认识他们……经过检阅之后,崽子们就可以自由自在地到处奔跑。在崽子们第一次杀死一头公鹿以前,狼群里的成年狼决不能用任何借口杀死一只狼崽。只要抓到凶手,就会立刻把他处死。"(19)整部小说中,这样的丛林法则随处可见,成为毛克利对丛林生活认知的基础。即使他回到人类中间,丛林文化却一直伴其左右,指导他在人类社会中的生活,例如当村子里的小孩取笑他令他火冒三丈时,他会想到的丛林法则是:"按捺火气,因为在丛林里,维持生命和寻找食物全凭着保持冷静……杀死赤身裸体的小崽子是不公平的……。"(100)

然而,对于某些人类社会的文化,毛克利却完全无法适应,并最终导致了他与村民的冲突。首先,他无法理解印度社会的种姓制度。因此当他救了一个贱民小贩和他的驴子时,村民们大为震惊，"当祭司责怪毛克利时，毛克利却威胁说要把他放到驴背上去。"（101）接着，当他听见村子里面老人讲的那些神仙鬼怪的故事，特别是布尔迪阿讲的一些有关丛林兽类的迷信故事的时候，他实在忍不住了："所有那些故事难道全都是瞎编出来的吗？……布尔迪阿说了那么多关于丛林的话，除了一两句以外，其余的没有一个字是真的……。"（103）他的这些反驳当然得罪了布尔迪阿，因此当布尔迪阿向他索要老虎的尸体未遂之后，布尔迪阿回到村子里，"讲出了一个尽是魔法、妖术和巫术的故事。"（118）最终，毛克利被驱逐出村庄，回到丛林。

对于虚构人物毛克利来说，丛林文化让他学会了遵守规则，尊重万物生灵。这些指示保护弱小、规则意识、忠诚和感恩的"丛林规则"深深地铭刻在毛克利的灵魂里，形成了与之相呼应的道德观和价值观。然而当他回到村庄，这些道德观和价值观与人类文化中的种姓制度、宗教迷信发生了严重冲突，毛克利遭到排斥，成为人类社会的他者。

这种文化身份认同感的缺失同样发生在吉卜林身上。在印度的土地上，他虽然耳濡目染印度的种姓制度，宗教和种种风俗迷信，然而其家庭教育却是英国式的价值观和道德观。而回到英国以后，虽然他终于回归英式文化的大熔炉，然而在印度殖民的某些文化因素又左右着他对事物的认知——印度的生活经历也令他在英国人中遭到了排斥。17岁时，吉卜林成为一名记者回到印度，与英国寄养家庭的"监狱屋"相比，孟买就好似任他自由翱翔的蓝天；他游逛于这个城市的大街小巷，更进一步了解印度社会的民俗风情，然而在他的"同族"——那些英国人眼中，他又显得与那些"下等"的本地人交往过密了。最终他还是向自己的生理身份妥协，回到英国。但是，吉卜林并没有就此停止对自己身份的追问。结婚之后，他随自己的妻子再度远走他乡，去了美国佛蒙特州的布拉特布罗镇，度过了几年自由快乐的时光；随后又因为与妻弟闹翻，不得不再度离开；在南非，因为无法认同英国当局在当地的殖民政策，他也只停留了几年的时间。最终，吉卜林不再漂泊，选择在英国驻留下来，再也没有离开。

在不同的文化间穿梭，吉卜林的身份追问一直处于未满的状态。在即将离开美国时，他对来访的朋友说："世界上只有两个地方我想居住：孟买和布拉特布罗。但这两个地方我都无法住下去。"而对于他在英国的最终定居地苏塞克斯，他却向人宣称那是"他见过的最美的外国土地"。（陈兵，2003）可见，吉卜林的一生都处于漂泊状态，他无法完全的认同自己的生理祖国——英国，然而对于他热爱的印度和美国，他的英国文化认知又一再促使他远离。无论对于哪种文化身份，吉卜林似乎都没有根本的认同，最终成为所有文化眼中的他者。

无论社会身份认同还是文化身份认同，都是自我身份认同的基础和重要组成部分。吉卜林独特的成长经历使得他一生都在努力地接受和适应印度和英国两种社会和文化身份，其中充满了对抗和妥协。对其中任何一种社会和文化身份来说，他都不能完全地认同，因此都在一定程度上成为他者。作为他者的困惑和妥协最终映射在了吉卜林的文学作品中，正如《丛林之书》中的狼孩毛克利，一直试图追寻自己的身份，却无法回到最初的故乡。

【深度解读】之三：
析电影《奇幻森林》
对原著改编中的二元对立原则

> 《奇幻森林》是一部典型的"合家欢"型电影，即主人公在经历重重苦难之后迎来了胜利结局，并实现了自身的成长。电影除了严格遵循好莱坞经典的三段式结构，还在角色设置上别出心裁地采用了二元对立原则，以求电影在情节上更加离奇曲折，角色上更加生动饱满。

电影《奇幻森林》于 2016 年 4 月 15 日在美国、中国和全球众多国家同步上映，虽然观众刚刚欣赏完另一部口碑炸裂的动画电影《疯狂动物城》，但这并不妨碍《奇幻森林》上映首日就在中国大陆斩获了 3.3 亿人民币票房，并且最终在中国获得 9.79 亿元人民币票房，而全球最终票房则高达 9.4 亿美元。除了商业上的成功，《奇幻森林》还凭借高超的视觉效果，获得了第 89 届奥斯卡金像奖最佳视觉效果奖，第 70 届英国学院奖最佳特效成就奖和第 44 届安妮奖最佳真人电影动画角色影片。

如此多视觉效果的奖项足以说明业界对于该片拍摄技术的认可。的确，《奇幻森林》对计算机图像技术（CG：Computer Graphic）的使用已经到了令人叹为观止的地步。虽然影片曾经远赴非洲丛林进行实地拍摄，但是为了达到最好的视觉效果，让小男孩和动物们更贴合地存在于丛林背景之中，影片最终选择除了主人公小男孩，将其他所有角色以及森林背景都用计算机软件通过对真实景象和动作的模拟做出来。不仅有参天古木、藤蔓草丛、峭壁泥洼，还有性情各异的无数动物形象，它们的毛发、五官以及沉睡抑或奔逃的表情和肢体动作，都极尽形象、生动，完全到了以假乱真的地步。这样的视觉效果着实为走进影院的观众成就了一场奇幻的饕餮盛宴，而走出影院的他们则选择在各种各样的社交媒体上分享自己的好评："男孩在自然奇观与万物生灵间穿梭出的童心奥德赛""CG 特效令人叫绝，写实度高到几乎不敢想象"……（引自肖竟，2016）

　　事实上，《奇幻森林》并不是一个崭新的或原创的故事。早在 1967 年，同样由迪士尼出品的动画片《森林王子》就曾经引起极大轰动，而《奇幻森林》正是对《森林王子》的翻拍；而《森林王子》，则是由一部传世经典的儿童文学作品——《丛林之书》改编的，这部来自于英国著名作家鲁德亚德·吉卜林的儿童短篇小说集自 1897 年出版以来，代代相传，在全球拥有无数小读者。而无论当年《森林王子》的小观众们，还是当年《丛林之书》的小读者们，都期待着能在大银幕上再次与小说或电影中的角色们相遇，以更直观的方式和更先进的技术重温经典。这其中就包括《奇幻森林》的导演乔恩·费儒。1966 年出生的乔恩·费儒因为执导《钢铁侠》声名鹊起，而这次《奇幻森林》的成功再次证明了他在导演漫威电影方面的才华。

虽然这部电影名义上是对 1967 年迪士尼老版动画片《森林王子》的翻拍，但是乔恩·费儒表示，"新版总体基调上更注重于还原吉卜林小说中的神秘感"，"但我们同样也为 1967 年版动画片的记忆留有足够的空间，并努力保持那些吸引人的迪士尼元素。"（引自肖竟，2016）最终，《奇幻森林》恢复了老版动画由于技术元素无法体现的原著因素，成为对《丛林之书》和《森林王子》都较为成功二次创作。本文我们就将从原著改编的角度分析一下《奇幻森林》中的二元对立。

一、二元对立原则与角色原型理论

二项对立原则（Binary Opposition）是结构主义语言学的基本概念，由其创始人索绪尔提出。这一原则认为系统中各要素的价值取决于它与系统中其他要素的联系和差别，而系统的意义就在于对其中任一要素的分析都必须以要素间的关系为出发点。这意味着在一个有意义的系统中，总是能分析出若干成对的概念。正是这些成对的概念使得我们更有效的认知其中某一概念和描述整个系统。从文本分析和鉴赏角度看，二项对立原则通过分析文学作品的叙事结构和文学要素，将其分解成若干彼此对立又相互联系的二项关系，再把这些要素组合起来，寻找"意义"产生的原因和途径，从而揭示文学或影视作品构成的普遍规律。

角色原型理论是由克里斯多夫·沃格勒提出的。沃格勒曾经在迪士尼电影公司和20世纪福克斯电影公司工作过，"他把约瑟夫·坎贝尔关于以神话为基础叙述故事的理论融入电影角色创作中，其著作《作者的历程：讲故事者和编剧的神话结构》已经被奉为'当代电影业的圣经'。"沃格勒认为："一共有七种基本的角色功能：英雄、导师、关卡守门人、信使、变化者、影子和小丑。这些角色功能可以作为角色原型来理解。这些原型反映了人类经历中永恒不变的一些因素，因此能够唤起我们深层次的共鸣。"（Andrew Lynn 著，霍斯亮译：301）不同的原型有不同的戏剧功能，同时也反映着人们心灵深处世界的不同侧面，而在电影情节发展过程中，角色并不是一成不变的，有的时候是"英雄"，有的时候则可能是"影子"。沃格勒的七种角色原型理论为我们研究电影开启了一扇窗，特别对好莱坞的商业电影来说，他们大多数按照这个理论来设置角色；同时，这一理论也可以应用到电影或文学创作中，对写作的铺排和架构都有很强的实践指导意义。

对于分别兴起于20世纪下半页的结构主义和20世纪末的角色原型理论，出版于1897年的《丛林之书》都远没有从中或得任何启示，因此其中的人物设置和情节都显得淳朴而自然，而由其改编的两部电影《森林王子》和《奇幻森林》则已经被好莱坞电影工业深深地"套路"了。下面我们就将应用二元对立原则和沃格勒的七种原型理论来分析一下《奇幻森林》对原著的改编。

二、《奇幻森林》中原型角色的二元对立关系

《奇幻森林》在基本结构上是与《丛林之书》一致的：从小在狼群中长大的男孩毛克利，受到老虎谢利·可汗的威胁，不得不离开丛林，试图回归人类，可是最终他确认了自己的丛林身份，回归丛林，并在众多兽类朋友的帮助下消灭敌人老虎，

实现了自我成长。相比之下，电影与书最大的不同在于反面角色的设置。对于书中的毛克利来说，阻碍他回到人群的真正敌人是人类。首先，因为无法忍受村民那些有关丛林及其中兽类的无知谣言，毛克利得罪了老猎人布尔迪阿，因此被派去放牛；随后，他又因为杀死了老虎却拒绝将老虎尸体送给布尔迪阿以获得赏钱，而被污蔑为会巫术的妖怪并驱逐出村庄；当他发现自己的养母米苏阿和养父因为曾经收留他而要被村民活活烧死之时，毛克利彻底地与人类决裂——他"让丛林进入"：引来丛林里的野兽，践踏村民们的庄稼和房屋，村民们无家可归、无以为继，不得不放弃村庄，迁徙到其他地方。在电影中，反面角色基本集中在老虎谢利·可汗身上：它袭击人类，杀死毛克利的亲生父亲，令毛克利成为孤儿；在毛克利成长过程中，它不断地滋扰狼群，要求狼群交出毛克利；在毛克利回归人类的途中，他穷追不舍；而在毛克利带着火回归丛林时，它又挑拨毛克利与丛林兽群的关系，想以此致毛克利于死地。相比之下，人类因素在电影中被完全删除。究其原因，一是原著中对于愚昧印度村民的描写如果出现在电影中，恐怕会引起殖民主义的联想并激起观众不适和反抗；二是对于这种迪士尼典型的"合家欢电影"来说，人类因素的出现恐怕会扰乱电影的三段式结构，造成电影的重心失调。

于是在电影中我们看到了一个在好莱坞电影中老生常谈的奥德赛形象，抑或是"喀耳刻"故事："好人被坏人穷追不舍，直到好人打败了坏蛋。"（Andrew Lynn 著、霍斯亮译：311）而故事中的"英雄"就是毛克利。

（一）"英雄"毛克利：懵懂而被动 VS 成熟而坚定

英雄是故事的主人公，是获得观众认同的角色。他在整个电影情节的发展过程中不断成长。电影《奇幻森林》中的英雄就是毛克利。

影片开头的毛克利是懵懂而被动的。他自小在狼群中长大，黑豹巴希拉帮助他练就健壮的体魄并且交给他在丛林中生活的诸多本领。他在潜意识中是狼群的一员，当狼群首领阿格拉要求大家背诵狼群的"丛林法则"时，他会起身，神情肃穆地一同背诵，仿佛奉若神明。的确，他从来没有想到自己并不是一匹狼，也对自己的身世和人类的世界一无所知。对于巴希拉的严格教诲，他会感到压力和不甘，然而当老虎谢利·可汗一再威胁要将他杀死，而他不得不自己回归人类社会时，他虽不愿意，但却只能听从阿格拉和巴希拉的命令。在寻找人类村庄的过程中，因为无知和犹豫，他先是被蟒蛇卡奥迷惑而差点被吃掉，随后又和棕熊巴鲁混在了一起，完全把回归人类这件事抛在脑后。直到巴希拉找到，提醒他回归人类，他才继续不情愿的陷入烦恼和犹豫之中——接着，却又被猴子掳到了巨猿路易王那里。路易王要求他帮自己找到红花，幸亏巴希拉和巴鲁奋力将他救出，然而他却从路易王那里听说了阿格拉已经被谢利·可汗杀掉的消息。

　　身世之谜的揭晓以及路易王对于红花的渴望最终让他认识到：自己来源于人类，而人类的智慧以及智慧的结晶——例如红花——火，是可以打败任何兽类的。此外，路途中的种种危险、为了救他奋不顾身的巴希拉和巴鲁和，以及阿格拉的死，最终坚定了他找谢利·可汗为自己生身父亲和阿格拉报仇，并为森林除害的决心。此时，毛克利不再是那个犹豫而懵懂的小孩，此刻的他勇敢而坚定。他从村民那里盗取了火把，一路不停息地返回森林，却在途中不小心掉下火星，造成了森林大火；当谢利·可汗煽动兽群将他看成带给森林生灵危险的人类，并要将他杀死之时，他毅然将火把丢进河中，以示自己非人类并将于森林兽类共患难的决心。没有了"红花"在手的毛克利也没有了他唯一可以对抗谢利·可汗的武器，但看到他的诚意的兽群们站了出来，为了保护他与谢利·可汗拼死抵抗。最终，在巴西拉的提示下，毛克利用人类的智慧消灭了谢利·可汗。

这样的成长主题在迪士尼动画电影中屡见不鲜，最经典的当属《狮子王》里的辛巴，也是从最初的懵懂被动经过诸多困难危险后变得坚定智慧的典型人设。

(二) "导师" 黑豹巴希拉和棕熊巴鲁：严肃说教 VS 自由主义

"导师" 是睿智、经验丰富的角色，通常要陪伴英雄或是向英雄提供人生教诲。在电影《奇幻森林》中，黑豹巴希拉和棕熊巴鲁正是这样的角色。

电影中，巴希拉变成了第一个发现小毛克利的兽类。为了让毛克利的生存环境更加安全，它把小毛克利委托给正义勇敢的阿格拉的狼群；为了让毛克利在丛林中生存下来，它时刻不停地对其进行训练和教诲；每当毛克利处于危险境地之时，它总是不惜自己的生命去营救；它对毛克利不苟言笑，训练起来也毫不留情，甚至极尽挖苦，可谓 "爱之深，责之切"。正是因为对毛克利的一腔热爱，巴希拉在教导他时总是以严肃、刻板和说教的形象出现，不允许他做出一点点淘气或者出格的行为。例如它不允许毛克利使用工具，因为使用工具是人类智慧的行为；而在丛林中，为了安全起见，毛克利应该隐藏自己人类的身份。小小的毛克利对巴希拉充满了畏惧和小小的不满，但是他也明白巴希拉是最值得他尊敬的长者。

反观巴鲁，则是自由派的代表。它把毛克利从蟒蛇卡奥的嘴里就出来，首要的原因就是要让毛克利帮它从悬崖上取蜂蜜。与巴希拉不同，巴鲁非常乐意看到毛克利能用工具帮它弄到那么多蜂蜜。它还劝毛克利干脆留下来跟它结为同盟，各取所需。不愿意离开丛林的毛克利欣然应允。从此，他们俩每天在一起嬉戏玩耍，优哉游哉，直到巴希拉出现，并告诉它谢利·可汗为了追杀毛克利已经把阿格拉杀了的事实。巴鲁虽然非常不忍，但是仍然狠心要求毛克利离开自己。在毛克利被猴子们掳走之后，它毫不迟疑地与巴希拉一起去营救毛克利。面对取蜂蜜时它都不敢爬的悬崖，虽然心里十分害怕，但巴鲁最终迎难而上，成功地将毛克利从巨猿路易王眼皮底下救了出来。显然，巴鲁的人设也是好莱坞电影中的经典形象——玩世不恭的英雄。

事实上，原著中的巴希拉和巴鲁都不是上述的形象。在原著中，巴鲁的形象反而是严肃刻板的。它是唯一被允许参加狼群大会的异类动物。因为对森林中各种动物的语言都了如指掌，也知晓每个种群自己的"丛林法则"，巴鲁平常的工作就是交给小崽子们"丛林法则"。会议岩上，它一看到小毛克利就喜欢上了这个人类小孩，恳求狼群将其收留下来。从此，它就对毛克利开始了最严格的教诲，一旦犯错，立即严惩，"宁可让他从头到脚都被爱护他的我给打青了，也比让他因为无知而受到伤害的好。"（51）狼崽子们只要背诵自己兽群的"丛林法则"就好，而毛克利要被所有兽群的，例如蛇类和鸟类。而正是因为这些法则，毛克利才得以从猴子的手中活下来，更是因为这些教人爱与善的法则，让毛克利最终成为当之无愧的"森林王子"。

原著中的巴希拉既不严肃刻板，也不是自由主义分子，而更像是毛克利的保镖和教练，负责保护毛克利的安全和锻炼他的体魄。它对毛克利极尽慈爱——虽然第一个发现小孤儿毛克利的是狼爸爸、狼妈妈，巴希拉直到会议岩大会时才出现，但是因为它曾经是人类的宠物豹，因此对人类有着特别的情愫，所以当狼群犹豫要不要收留毛克利时，它跳出来一头公牛的代价让狼群收留了毛克利，从此就一直忠诚地守护在这个小男孩身旁。

(三)"关卡守门人""使者"蟒蛇卡奥和巨猿路易王：

女性 VS 男性

"关卡守门人"是在故事叙述的关键时期暂时阻碍英雄前

进的人。在电影《奇幻森林》中，扮演这一角色的是蟒蛇卡奥和巨猿路易王。由于这个角色在经典的三段式电影结构起到桥梁连接的作用，因此非常重要。对于电影主创来说，原著如果有这样的角色当然好，没有的话则需要对其他人物进行改编或干脆创造出这样的角色来，因而往往是电影与原著最大的差异所在。

电影中，毛克利在回归人类村庄的过程中犹豫不决、三心二意，这时候蟒蛇卡奥以女性角色出现。它扭动着妖娆的身躯，用魅惑的声音将毛克利紧紧缠住，双眼张合之间红色的瞳孔里变幻出了毛克利的父亲遇袭死亡、小毛克利独自走出山洞最终由巴希拉所救的场景，毛克利因而迷惑，完全失去反抗能力。幸亏棕熊巴鲁及时将毛克利救下，否则毛克利早就成了它的食物。而原著中，蟒蛇卡奥是森林中最年长也最值得尊敬的动物之一。当毛克利被猴子们掳走了之后，巴希拉和巴鲁一起去找卡奥帮忙来对付那些猴子；当然，他们赢得了胜利，救出了毛克利，而且从此毛克利就与卡奥成了忘年交。

巨猿路易王这一形象显然受到了好莱坞经典角色"金刚"的启发，但在原著中是不存在的，虽然原著的确提及了它的"子民"——猴子和灰猿，和它的宫殿——"寒穴"。在毛克利再度犹豫要不要回归人类之时，路易王派自己的手下将他掠到"寒穴"，逼迫他为自己找到"红花"——人类的火，以图称霸整个森林。在巴西拉和巴鲁的营救下，毛克利逃离"寒穴"，而路易王则被埋在了城堡的瓦砾下面。

除了"关卡守门人"，卡奥和路易王还都扮演了另一个关键角色——"信使"，通过宣布重要的变化或挑战，"召唤"英雄踏上旅程。卡奥负责传递的消息有关毛克利的身世之谜，让他知道了自己的杀父仇人；路易王负责传递的消息则更令毛克利痛心——阿格拉已经被谢利·可汗杀死。在这两个消息的"召唤"下，毛克利不再犹豫，他要取来红花，为自己的父亲和阿格拉报仇。

有趣的是，卡奥和路易王两位"关卡守门人"形成了鲜明的对比。一位是女性，独居在丛林深处，冷静魅惑妖娆，看起来无欲无求，似乎没有什么威胁，却象征着掩藏在美好表面下的危险重重；另一位则是典型的男性形象，与它无数的猴民们一起居住在"寒穴"之中，硕大强壮威武，一出现就让人感到压迫和恐惧；它所象征的正是贪婪无度——贵为群猴之首，拥有绝对的权威，"锦衣玉食"，但是却为了不切实际的目的终将自己毁灭。

（四）"影子"老虎

"影子"是阻碍英雄前进，给故事制造冲突的反面角色。毫无疑问，电影《奇幻森林》的"影子"角色是由老虎谢利·可汗扮演的，但是其形象与原著还有一定的差别。原著中的谢利·可汗自生下来就瘸了一条腿，因此他只能去捕杀耕牛这种跑得不快的猎物。丛林法则规定任何兽类不能随意攻击人类，特别是幼小人类，但是谢利·可汗却经常向赤手空拳的人类发起袭击。正因为此，毛克利才会跟他的父母走散。谢利·可汗在追击毛克利父母的过程中不小心踩在了篝火上，因而被烧伤，因此他把火都发在了小毛克利的身上，一直想要吃掉他，最终却被毛克利引来的公牛群踩死。

电影中的谢利·可汗是一只威风凛凛，四肢健全的老虎。他杀死了毛克利的爸爸，但是也被爸爸手中的火把所伤。他一直试图杀死毛克利，一方面因为他的火伤，另一方面则因为毛克利的人类身份——人类终究是有智慧的，一旦毛克利回归人类，学会了用火和智慧，那么它的末日也就到了。所以当它看见毛克利拿着火把归来时，首先做的就是用激将法让毛克利丢掉了火把，然后就向他扑去，但是它忘了毛克利经过重重艰险，已经成长起来，而毛克利的智慧最终会将他打败。

（五）另一个"英雄"：大象

原著中和电影中都有大象形象，而无论从哪个角度来说，他们才像是森林真正的王者。原著中，他们帮助毛克利将丛林引向了人类村庄；而电影中对于他们的描写则更加形象：他们经过的地方，动物们包括毛克利都弯下腰匍匐在地，向他们表达敬意。一次偶然的机会，毛克利帮助象群救出了一只跌入深坑的小象，而在影片的最终，他得到了象群的报答。象群用鼻子折断树木，用象蹄踢开岩石和泥土，将河水引向着火的森林，河水流经之处，火熄烟灭，森林重归平静。毛克利坐在大象身上从森林深处走出来，完成了他一段成长的历程。这样的大象才是真正的丛林的缔造者，它们超然地活在丛林的一切争斗之外，无声和谐，像原著中成年后的毛克利一样，不争不斗，却是兽群眼中真正的头领。

电影《奇幻森林》用高超的电影技术和成熟的电影语言讲述了狼孩毛克利的一段成长经历，精彩地再现了《丛林之书》中的部分情节。整个电影结构整齐，节奏紧凑；角色虽性格各异，但都在故事情节发展过程中发挥着不可或缺的作用，用二元对立原则和沃格勒的角色原型理论对这些角色进行分析，我们不仅可以更好地理解影片及其主题，还可以进一步探究电影主创在原著改编时的理据和考量。

参考文献

［1］J. R. Kipling. The Jungle Books and Just So Stories. London：Bantam Books, Inc. , 1986.

［2］https：//en. wikipedia. org/wiki/Rudyard_ Kipling.

［3］A. Lynn. 英语电影赏析. 霍斯亮，译. 北京：外语教学与研究出版社，2005.

［4］吉卜林. 奇幻森林. 文美惠、任吉生，译. 北京：童趣出版有限公司、人民邮电出版社，2016.

［5］鲁德亚德·吉卜林. 丛林之书. 陈磊，译. 北京：新星出版社，2013.

［6］克林斯·布鲁克斯、罗伯特·潘·沃伦. 小说鉴赏（双语修订第三版）. 冯亦代、丰子恺、草婴、汝龙等，译. 北京：世界图书出版公司，2008.

［7］戴维·洛奇. 小说的艺术. 卢丽安，译. 上海：世界出版股份有限公司译文出版社，2010.

［8］文美惠. 超越传统的新起点——英国小说研究. 北京：中国社会科学出版社，1995.

［9］陈兵、吴宗会. 《丛林之书》的多视角研究. 外语研究. 2003（5）：70-74.

［10］王泉根. 谈谈儿童文学的叙事视角. 语文建设，2010

（5）：47-50.

　　[11] 王泉根．论儿童文学的基本美学特征．北京师范大学学报（社会科学版），2006（2）：44-54.

　　[12] 白文飞、徐玲．流动儿童社会融合的身份认同问题研究——以北京市为例．中国社会科学院研究生院学报，2009（3）：18-25.

　　[13] 杨茂庆、黎智慧．英国流动儿童社会融入：影响因素与策略选择．国际与比较教育，2016（11）：48-57.

　　[14] 汪霞．伦理与法律之间——重评吉卜林《丛林之书》中的"丛林法律"．世界文学评论，2008（1）：279-281.

　　[15] 冯帮．流动儿童身份认同危机的表现、成因及对策．学前教育研究，2011（7）：38-41.

　　[16] 肖竞．《奇幻森林》用技术创造大自然．今日科苑，2016（6）：74-76.

　　[17] 洪锡英．鲁迅论儿童教育问题．兰州学刊，2004（8）：265-267.

　　[18] 孙志军．思想与趣味：经典童书肋风骨——读鲁·吉卜林《丛林之书》．中国图书评论，2004（5）：62-63.

　　[19] 田野．"丛林世界"中的西方精神及其危机．攀枝花学院学报，2005（6）：1-4.

（本章作者：刘建华）

2.《秘密花园》

The Secret Garden

作者简介

弗朗西丝·霍奇森·伯内特于 1849 年 11 月 24 日出生于英国曼彻斯特一个富裕的五金商人家庭。1854 年，当弗朗西丝刚刚五岁时，父亲病逝，母亲接管生意，弗朗西丝则由奶奶照管。1865 年，当她 16 岁时，母亲卖掉了家产，带着全家移居美国田纳西州。迫于家里的经济压力，弗朗西丝开始写故事挣稿费贴补家用。1873 年 9 月，弗朗西丝与医生斯万·伯内特结婚，他们育有两子。1886 年《小勋爵》使她闻名全国。1898 年，她与丈夫离婚后回到英国。她在英国的住所有好几个带围墙的花园，弗朗西丝渐渐钟情于园艺，并在玫瑰园中写出好几本书。1900 年 2 月，她与斯蒂文·汤森德结婚，但他们的婚姻只持续了两年。弗朗西丝于 1902 年冬天回到美国，并于 1905 年加入美国籍。同年，《小公主》出版。1909 年在纽约家中整理花园时，她有了《秘密花园》的构思。小说于 1911 年出版后，广受好评，在英美两国畅销不衰，成为她最著名的作品。1924 年弗朗西丝·伯内特在纽约长岛去世。她是一位多产作家，作品包括 43 部小说，11 部短篇故事集，12 部剧本与 3 部杂文集。

《秘密花园》于 1911 年问世后被译成 60 多种文字，版本数不胜数，被多次改编成电影、戏剧等其他艺术形式，并被收入牛津《世界经典丛书》《企鹅二十世纪经典丛书》等，成为儿童文学的不朽名作。

撷英采华

片段 1：

The rainstorm had ended and the gray mist and clouds had been swept away in the night by the wind. The wind itself had ceased and a brilliant, deep blue sky arched high over the moorland. Never, never had Mary dreamed of a sky so blue. In India skies were hot and blazing; this was of a deep cool blue which almost seemed to sparkle like the waters of some lovely bottomless lake, and here and there, high, high in the arched blueness floated small clouds of snow-white fleece. The far-reaching world of the moor itself looked softly blue instead of gloomy purple-black or awful dreary gray. (Frances Hodgson Burnett, 2015: 50)[1]

译文：

暴风雨已经结束，一夜的风将灰雾与阴云席卷而空。风歇了之后，荒原上空悬垂着的是一个明亮、深蓝色的苍穹。玛丽

---

① 小说的英文引文出自此版本。其后只在引文后标注页码，不另加注。

做梦也没想到天空会这么蓝。在印度，天空灼热炙人。这里的天空却是湛蓝湛蓝的。让人觉得凉爽，宛若一泓可爱的、深不可测的湖水在粲然放光。这里那里，在高高的蓝色苍穹里，还飘浮着一小朵一小朵银羊毛似的云絮。连一望无垠的荒野也似乎蓝得惬意自在，再也不是黑不溜秋或是灰头土脸的，让人看着伤心了。（伯内特著，李文俊译，2015：47）①

片段2：

And over walls and earth and trees and swinging sprays and tendrils the fair green veil of tender little leaves had crept, and in the grass under the trees and the gray urns in the alcoves and here and there everywhere were touches or splashes of gold and purple and white and the trees were showing pink and snow above his head and there were fluttering of wings and faint sweet pipes and humming and scents and scents. And the sun fell warm upon his face like a hand with a lovely touch. And in wonder Mary and Dickon stood and stared at him. He looked so strange and different because a pink glow of color had actually crept all over him—ivory face and neck and hands and all. (178)

译文：

墙上，地上，树上，还有摇曳的细枝和卷须上，都蒙上了

---

① 小说的中文引文出自此版本。其后只在引文后标注页码，不另加注。

一重嫩绿色的纱幔，那是由攀爬的细嫩小叶子所组成的。在树底下的草丛里，在凉亭的灰色石瓮里，这儿、那儿、所有所有的地方，都泼洒着金色、紫色与白色的阳光。在他头顶高处，树枝上闪烁着粉红和与雪一般白的光辉。这里有羽翼的扑棱声，有轻柔、甜美的啼啭声和嗡嗡声，还有各种各样的香气。阳光温暖地沐浴着他的脸，宛如一只小手在轻轻地抚摩他。这时候，玛丽和迪康站着看他，都惊异地看得出了神。他显得如此陌生，如此特别，因为真的有一道粉红色的亮光爬满他的全身——打在他原本白里透黄的脸、颈、双手和所有的部位上。(169)

片段 3:

One of the strange things about living in the world is that it is only now and then one is quite sure one is going to live forever and ever and ever. One knows it sometimes when one gets up at the tender solemn dawn-time and goes out and stands alone and throws one's head far back and looks up and up and watches the pale sky slowly changing and flushing and marvelous unknown things happening until the East almost makes one cry out and one's heart stands still at the strange unchanging majesty of the rising of the sun—which has been happening every morning for thousands and thousands and thousands of years. One knows it then for a moment or so. And one knows it sometimes when one stands by oneself in a wood at sunset and the mysterious deep gold stillness slanting through and under the branches seems to be saying slowly again and again something one cannot quite hear, however much one tries. Then sometimes the immense quiet of the dark blue at night with millions of stars waiting and watching makes one sure; and sometimes a sound of far-off music makes it true; and sometimes a look in some one's eyes. (179)

译文:

人生在世,最最不可思议的事情之一就是,仅仅在偶然之间,一个人才会确信,你是会永远永远活下去的。你领悟到这一点,有时是在柔和、庄严的拂晓时分,你起床,走到外面,独自兀立,把头尽量往后弯去,向高处、更高处仰望,目击灰蒙蒙的天空如何一点点变得微红,神奇莫测的事情发生着,直到东方的天空几乎要使你大声呼喊起来,面对着日出时那奇妙、永恒而庄严的美,你的心真的会暂时停止跳动呢——尽管千百万年来,日出每个早晨都会发生。在这样的短暂时刻,你明白你会永生。在别的时分你也会领悟到这一点,那是夕阳西下你独自屹立在一片树木里的时候,一束束神秘、暗色调的金光不出一声斜斜地穿透树枝,仿佛在一遍又一遍地向你喃喃诉说着什么,但不管你怎么用心倾听,你仍然是听不清楚。再就是在幽蓝色的夜晚,天地间一片阒寂,无数繁星在伫候与期待,使你觉得你的想法的确是真实的;有时候远处飘来的一段音乐使

你确信，有时则是一个人眸子里的某种情愫。（170）

片段 4：

Satiny poppies of all tints danced in the breeze by the score, gaily defying flowers which had lived in the garden for years and which it might be confessed seemed rather to wonder how such new people had got there. And the roses—the roses! Rising out of the grass, tangled round the sun-dial, wreathing the tree trunks and hanging from their branches, climbing up the walls and spreading over them with long garlands falling in cascades—they came alive day by day, hour by hour. Fair fresh leaves, and buds—and buds—tiny at first but swelling and working Magic until they burst and uncurled into cups of scent delicately spilling themselves over their brims and filling the garden air. （197-198）

译文：

一朵朵颜色各异，闪着缎子般亮光的罂粟花在微风中翩翩起舞，快乐地跟在园中活了多年的别的花儿争妍斗胜，那些老住户似乎真有点儿惊讶，不知道这些新面孔是扪哪儿钻出来的。还有玫瑰——哦，那些玫瑰！从草丛里钻出来，缠绕在石制日晷上，攀缘在树干上，从横枝上挂下来，更有些登上了墙，延伸开来，盘成花环，像瀑布般地悬垂下来——它们一天一天，一小时一小时，分分秒秒都更富生机。漂亮的新鲜叶子，还有花苞——还有花苞呢——最初只有一点点小，但是逐渐鼓胀起来，像是中了什么魔法似的，到后来便绽开了，舒展开来，成了一个个盛满香气的杯子，香味儿漫过花瓣飘了出来，充溢在花园的空气中。(189)

片段 5：

In each century since the beginning of the world wonderful things have been discovered. In the last century more amazing things were found out than in any century before. In this new century hundreds of things still more astounding will be brought to light. At first people refuse to believe that a strange new thing can be done, then they begin to hope it can be done, then they see it can be done—then it is done and all the world wonders why it was not done centuries ago. One of the new things people began to find out in the last century was that thoughts—just mere thoughts—are as powerful as electric batteries—as good for one as sunlight is, or as bad for one as poison. To let a sad thought or a bad one get into your mind is as dangerous as letting a scarlet fever germ get into your body. If you let it stay there after it has got in you may never get over it as long as you live. (235)

译文：

自从开天辟地以来，每一个世纪里都有不可思议的事情被发现。20 世纪里，所发现令人叹为观止的事情更是多过于这之前的任何一个世纪。在我们的这个新世纪里，必定会有成百上千桩更令人瞠目结舌的事为人知晓。最初，人们拒绝相信能有什么新的东西被制造出来，接着，他们开始希望能把它制造出来，再接下去，他们看到它真的能够制造出来了——等它造出来以后全世界的人又会觉得奇怪，为什么早几个世纪没能制造出来呢。20世纪人们开始发现的众多新鲜事情之一就是懂得思想——仅仅是思想——是能像电池一样具有威力的——或是像阳光一样，有益于人类，或是像毒药一样，能起到很坏的作用。让一种悲哀或是有毒的思想进入你的头脑，其危险程度，是和让猩红热病菌进入你的身体一模一样的。如果你让这有毒的思想进入头脑却听之任之，很可能在有生之年里你永远也摆脱不掉它呢。（227）

片段6：

The place was a wilderness of autumn gold and purple and violet blue and faming scarlet and on every side were sheaves of late lilies standing together—lilies which were white or white and ruby. He remembered well when the first of them had been planted that just at this season of the year their late glories should reveal themselves. Late roses climbed and hung and clustered and the sunshine deepening the hue of the yellowing trees made one feel that one, stood in an embowered temple of gold. （247）

译文：

这里杂花生树，颇有秋之野趣，到处是斑斑驳驳的金色、深浅不一的紫色和蓝色，还有火一般的鲜红色，四下都有一丛丛迟开的百合亭亭玉立着——白色的或是白中带绛的。他记得很清楚，头一次栽种这种花时，就是指望能在这个季节见到它们大放异彩的。迟开的玫瑰攀登着，悬垂着，或是簇拥在一起，正在一点点变黄的树木让阳光一照，颜色更深沉了，让人宛若置身于一座丛林环抱的金色庙宇里。(239)

影片资料

类型：剧情/儿童

片长：101 分钟

出品：华纳兄弟公司（Warner Brothers）

导演：阿格涅丝卡·霍兰

编剧：卡罗琳·汤普森

主演：凯特·马伯里饰玛丽

　　　海登·普劳斯饰科林

　　　玛吉·史密斯饰梅德洛克太太

　　　约翰·林奇饰克雷文先生

　　　安德鲁·诺饰迪康

　　　劳拉·劳拉·克罗斯利饰玛莎

获奖情况：1994 年第 47 届英国电影和电视艺术学院奖最佳女配角奖提名（玛吉·史密斯）。

剧情梗概

瘦小的玛丽是一个很不讨人喜欢的小姑娘。她出生于印度，父亲是英国驻印度的官员，母亲整日只想着参加各种聚会，两人都没时间理会她，而把照料她的责任全推给了她的印度女仆。为了不让她吵闹，仆人们对她百依百顺，将她惯得脾气乖戾，自私自利，九岁了连衣服都不会自己穿。

突然爆发的瘟疫夺走了玛丽的父母，她变成了孤儿，被送到英国她姨夫克雷文先生的米塞斯维特庄园。克雷文先生性情古怪、有点驼背，一年的大部分时间都在各地云游，在家的时候也总是把自己关在屋里，根本不愿见她。被指派照顾她的管家梅德洛克太太也不愿管她，幸亏有个热心的女仆玛莎。玛莎给玛丽讲各种发生在她那个十四口之家的故事，告诉玛丽要学会自己的事情自己做，鼓励她到外面去玩。无意中玛莎提到玛丽的姨妈曾经有一个花园，十年前姨妈死后，姨夫锁上了花园，把钥匙埋了，并不许人们再谈论它。整日在园子里奔跑玩耍使玛丽渐渐变得健壮起来，慢慢地她认识了园丁本·韦瑟斯达夫和一只红胸知更鸟，并和他们交上了朋友。可是花园的事情一直在她心中挥之不去。一天，在知更鸟的指引下她在泥土中找到了那把钥匙，第二天，知更鸟又带她找到了隐藏在藤蔓下的园门，玛丽把这个花园叫作秘密花园。一天，玛丽见到了玛莎的弟弟，善良的迪康，她把花园的事情告诉了迪康，并请迪康和她一起照料花园。

在大房子里，玛丽有两次听到孩子的哭声，并试图寻找原因。在她第三次听到哭声的时候，她又去寻找，并找到了姨夫的儿子科林。科林出生不久妈妈就去世了，因为自幼弱小，科林被认为活不长，并且会和他父亲一样成为驼背。他一直被当作不久于人世的病童照顾，十年从未离开病榻，也未曾学过走路，和他相伴的只有父亲买来的玩具和图书。玛丽和科林也成了朋友。她想外面的新鲜空气让自己强壮起来，说不定对科林也有好处。于是，她和迪康带科林来到了秘密花园。在花园里，科林学会了走路，和玛丽、迪康一起翻土种花，他也很快恢复了健康。

小说结尾，当克雷文先生回到庄园的时候，在秘密花园里他见到自己的儿子，健壮的小伙子科林，他们一起在欢声笑语中出现在惊讶的仆人们的视线里。

【深度解读】之一:
从生态审美原则看《秘密花园》

　　生态主义认为人类只是自然生物的一种，应该与整个生态系统和谐共处。《秘密花园》的出版虽然早于生态批评运动，却充分体现了生态批评的审美原则。本文将从生态审美的自然性、整体性、交融性和主体间性原则对这部作品进行分析。

　　生态主义是一种哲学思想，探讨人类应该如何与地球生态系统进行道德与公正的互动。人类是自然生物的一种，所以应肩负对一切生命的责任，分享对这个世界的爱。(Baxter, 145)

　　20 世纪 90 年代，生态批评在北美兴起，并在世界范围内迅速传播。"生态批评是在生态主义、特别是生态整体主义思想指导下探讨文学与自然之关系的文学批评。它要揭示文学作品所反映出来的生态危机之思想文化根源，同时也要探索文学的生态审美及其艺术表现。"(王诺, 67)

　　《秘密花园》发表于 1911 年，虽然远早于生态批评运动，但作品充分体现了生态批评的审美原则。

根据邓新华和章辉在《西方 20 世纪文学批评教程》中的总结，生态批评的审美原则主要有自然性原则、整体性原则、交融性原则和主体间性原则。

一、生态审美的自然性原则

在很多文学作品中，对于自然的描写是为塑造人物服务的，是为了表现和象征人的内心世界，或是抒发人物的情感，或是暗示故事发展的方向，这是人类中心主义将自然工具化的表现。

生态审美的目的是审美自然，而不是通过具体的审美对象来表达审美者的思想情绪或性格力量。较之传统的环境审美，生态审美突出的是自然审美对象，而不是突出审美者。生态审美旨在具体地感受和表现自然本身的美。生态审美是活生生的自然感受过程，而不是人化自然的过程，不是工具化的自然审美。（邓新华、章辉，293）

在《秘密花园》中，有许多对于景物及动物的自然描写是纯粹为了表现自然的生机和美丽，而不是为了表现人物的性格或心境。

在瘟疫中失去双亲的主人公玛丽从印度来到英国米塞斯维

特庄园，她脾气古怪的姨父家。由于没有玩伴，她与花园中的一只知更鸟渐渐成了朋友。这是一只美丽又聪明的小东西，作者对它的动作、外形和神态的描写惟妙惟肖，它不仅受到玛丽的喜爱，所有的读者也会被它的灵性所吸引：

"它一蹦一跳，摇头摆尾，啁啾个不停，仿佛是在说话似的。它的红背心像是缎子缝的。它把小胸脯挺得鼓鼓的，那么精致，那么高贵，又是那么的华美，就好像它真的是在向她显示，一只知更鸟是能够做到多么庄重，多么像一个人似的。"（51）

除了动物的灵动可爱，荒原上的景色也是变化万千，春天的午后，"苍穹看上去高极了，雪白的一小朵一小朵的云彩就像是一只只白鸟展开翅膀在蓝色的水晶罩底下飞翔，风儿把大股大股的柔和气息从荒原上送来，那里面明显有一种奇特的野香。"（167）

在这样令人心旷神怡的日子里，花园里的景象更加异彩纷呈：

"墙上，地上，树上，还有摇曳的细枝和卷须上，都蒙上了一重嫩绿色的纱幔，那是由攀爬的细嫩小叶子所组成的。在树底下的草丛里，在凉亭的灰色石瓮里，这儿、那儿、所有所有的地方，都泼洒着金色、紫色与白色的阳光。在他头顶高处，树枝上闪烁着粉红和与雪一般白的光辉。这里有羽翼的扑棱声，有轻柔、甜美的啼啭声和嗡嗡声，还有各种各样的香气。"（169）

科林的父亲受到某种召唤，远游归来，回到十年前被自己封闭起来的花园，看到了令他难以置信的景象："这里杂花生树，颇有秋之野趣，到处是斑斑驳驳的金色、深浅不一的紫色和蓝色，还有火一般的鲜红色，四下都有一丛丛迟开的百合亭亭玉立着——白色的或是白中带绛的。他记得很清楚，头一次栽种这种花时，就是指望能在这个季节见到它们大放异彩的。迟开的玫瑰攀登着，悬垂着，或是簇拥在一起，正在一点点变黄的树木让阳光一照，颜色更深沉了，让人宛若置身于一座丛林环抱的金色庙宇里。"（239）

这些段落的描写，旨在表现自然之美，并由此引发读者对自然的景色及动物的喜爱。

二、生态审美的整体性原则

生态文学的核心思想是生态整体主义，生态整体主义思想必然会影响甚至制约生态文学的审美观。生态的审美不仅仅观照单个审美对象，还要将它放到自然系统中考察它对生态系统整体的影响。

美学家卡尔森指出，生态美学是"全体性美学"（universal aesthetics，整体主义美学的另一种表述），其审美标准与以人（审美主体）为中心、以人的利益为尺度的传统美学截然不同。生态美学的审美，依照的是生态整体的尺度，是对生态系统的秩序满怀敬畏之情的"秩序的欣赏"（order appreciation），因此这种审美欣赏的对象，很可能不是整洁、对称、仅仅对人有利的，而是自然界的"不可驾驭和混乱"（unruly and chaotic），而且，决定和制约着这种不可驾驭和混乱状态的自然规律越是神秘、越是未被人认识，其美感就越强烈。（邓新华、章辉，294）

玛丽初次进入秘密花园，那里面的景色就是这样一种"自然的不可驾驭和混乱"：

这真是任谁都想象不出来的世界上最最奇妙，气氛最最神秘的地方了。四周环绕着它的高墙都由空无一叶的攀缘玫瑰的桔梗覆盖着，桔梗密集纠缠，简直都结成了一片片毡毯……一整片地上都铺满了冬季棕黄色的枯草，上面长出了一丛丛的灌木，它们倘然活着，就必定是玫瑰了。还有不少直接嫁接到直干上的玫瑰，它们的枝梗铺得很开，简直像是小树了。园子里还有别的树木，但是使这里显得最为奇特、最为可爱的就是攀缘的玫瑰爬上了所有的树，还把长长的卷须悬垂下来，造成了轻轻飘动的帷幕。这里那里，它们相互纠缠在一起，或是挂在了别的树伸得很长的横枝上，于是枝蔓就从这棵树搭到另一棵树上，本身便构成了一座座可爱的桥。玫瑰现在是既无叶也无花了，玛丽不清楚它们是死了呢还是仍然活着，但是它们那些淡灰色或棕色的粗细枝条活像雾蒙蒙的纱幕笼罩在一切之上，包括墙、树，甚至是棕黄色的枯草，枝子一直垂到草上，甚至还铺展在地上。正是树与树之间雾霭般的纠缠使得这里如此神秘。(60)

孩子是人类中与自然最接近的群体，好奇与乐于探索的天性使他们最容易与自然形成共鸣，并能从天然的景物中得到乐趣，他们还没有受到人类规则的制约，对一切的态度都是开放的，能接受自然的各种形态，所以也能更好地保护自然的整体性。他们不以成人惯常的规则和审美态度来对待自然，而是希望按自然原来的形态来欣赏保护它。正如迪康所说："我不想把这儿弄得像园艺师设计出来的花园一样，一切都设想、修剪、拾掇得整齐划一的，……还不如像现在这样，让它们疯长野长，纠结在一起，随风飘荡呢。"(84)

三、生态审美的交融性原则

生态的审美不是站在高处远远地观望，而是全身心地投入自然，有时候，特别是在审美的初期，甚至需要忘掉自我，与自然融为一体。……人绝不仅仅是社会的动物，他首先是自然界里的动物。人的本性之一就是与人以外的自然万物和谐相处，这种本性的需求使得人不满足于与人交往，不满足于社会生活。正因为如此，人才在与原始自然的交往过程中感受到强烈的、不可或缺的、不可被人造环境所替代的美和愉悦。这种美和审美愉悦应当成为人类文明的重要组成部分。（邓新华、章辉，295）

秘密花园里的孩子们融入自然，与周围的动物植物和谐相处，成为自然的一部分。初到英国时，玛丽还是一个一切都需要别人侍候，对谁都看不上眼，也没有朋友的小女孩，但是听了仆人玛莎的建议，每天在园子里跑，使她认识了知更鸟，也从玛莎口中了解并开始喜欢迪康和他们的妈妈。现在，她又对知更鸟住的花园产生了兴趣："她开始喜欢上这花园了，就像她喜欢上了知更鸟、迪康和玛莎的母亲一样……按她的算法，那知更鸟也和人划归为一类了。"（51）

在孩子的眼中，人和动物是一样的，都只是这个世界的一员，而人们可以和小鸟交朋友，就像和其他人类成员一样。

秘密花园在成人看起来会有些杂乱，但玛丽在这里找到归属感。有知更鸟的陪伴，在这片攀缘的玫瑰桔梗覆盖的高墙之中，在还没有变绿的枝条笼罩之下，虽然独自一人，她却怡然自得，因为她好像是发现了一个专属于她自己的天地。她已经开始融入这个环境：

"园墙四围之内，阳光明媚，俯临米塞斯维特庄园这一特殊区域的蓝天苍穹，也似乎要比荒原上空的更加灿烂，更加妩媚。知更鸟从自己的高枝上飞下来，在她身边、身后飞来飞去，从一棵灌木跳到另外一棵，小嘴一刻也不歇着，一副大忙人的模样，像是在向客人展示自己家里的宝贝。这儿一切都很陌生，也很寂静，她似乎远离人间，但是却又丝毫不感到孤独。"（61）

随着时间的推移，玛丽对庄园及周围的一切越来越熟悉，她从迪康那里学会了怎么跟动物相处，如何辨认和照顾花草，自然对她来说已经有了无限的吸引力，当荒原上连下了几天的雨终于停了的时候，她迫不及待地冲出房间：

"她一跳就跃下好几级台阶，现在她站在草地上了，草似乎已经变绿，阳光淋在她身上，清香的风吹拂着她，从每丛灌木，每棵树上都传来了叽喳、啾鸣和歌唱的声音。她紧握双手，心中充满着纯粹的喜悦，仰望天空，天是那样的湛蓝与粉红，散发出珍珠般的亮白色，春日的亮光充斥着一切，使得她只想独自吹笛与放声歌唱，她知道画眉、知更和云雀也是会情不自禁这么做的。"（122）

这时候的玛丽已经对自然产生了无比眷恋的感情，她在自然的怀抱里感受到前所未有的欢愉，对动植物的感情和认识也不断深化。

小说中与自然融合得最完美的要数玛莎的弟弟迪康，他的身边总是有各种动物相伴：

"有个男孩坐在一棵树的底下，背靠着树，在吹一支很粗糙的木笛。他是个大约有十二岁的男孩，模样有点儿滑稽。……在他靠着的树干上，攀伏着一只棕色的松鼠，在定睛看着他。近处一丛灌木的后面，有只公雉优美地伸长了脖颈在向外窥视。挨他很近处，有两只野兔蹲坐着在用翕动的鼻子吸气——这些动物似乎真的是凑过来看他和听他的木笛发出的奇特、低沉的轻轻呼唤的。"（74-75）

他懂得和它们交朋友，也得到了它们的依赖，动物们喜欢跟他在一起，因为他对它们平等相待，精心呵护。在他看来，自己和这些小动物一样，也只是自然的一分子，不比它们高贵。他愿意学习动物们的语言，了解它们的习性，成为它们可信赖的朋友，甚至是它们中的一员："我想我能听懂，它们（鸟）也觉着我听得懂。"他说，"我在荒原上跟它们一起生活了那么久。我亲眼看到它们破壳出来，一点点长出羽毛，开始学飞和学唱歌，到后来就都觉着是它们当中的一个了。有时候我感觉到没准儿我是一只小鸟，一只狐狸，一只兔子或者是一只松鼠，甚至也许还是一只甲虫，只是我自己不知道罢了。"（77）

四、生态审美的主体间性原则

人不仅要与整个大自然发生关系，也要与具体的、个别的自然物发生关系。在与具体的自然物发生审美关系的时候，有时仍然要坚持自己的主体性，但却不是把自然物当作客体、当作审美主体特征的客观对应物，而是当作另一个主体，与之进行交互主体性的沟通，并在这种平等的沟通中体验自然物的美。（邓新华、章辉，296）

生态审美原则认为在融入自然之后，我们就要更加理性地处理和其他自然成员的关系，平等地与它们相处，把它们看成是我们一样的个体，进行平等的沟通相处。

《秘密花园》的很多角色都体现出这种主体间性，他们没把自然界的动物或植物看作欣赏的对象，而是可以进行平等交流的主体。园丁本·韦瑟斯达夫虽然长相苍老又阴沉，脾气和长相一样别扭的老头，但他对知更鸟却格外友好，把它当作自己唯一的朋友。一听到玛丽提到知更鸟，"那张阴沉沉、饱经风霜的脸上表情起了变化。一丝笑容缓缓地漾了开来，这花匠像是换了个人似的。"（30）

他跟知更鸟说话时，仿佛是在对着小孩儿说话似的："'你上哪儿去啦，你这厚皮赖脸的小叫花子？'他说，'怎么今天以前一直都没见到你呀？找女朋友这季节太早点儿了吧？你性子也忒急了吧？'"（30-31）

在他的影响下，玛丽也和知更鸟交上了朋友。当她在花园里玩耍时，感觉知更鸟在跟着她：

> 但她知道它的确是在跟踪。她惊诧不止，以致整个身心都充满了喜悦，人都几乎要微微打起战来。
>
> "你的确是记得我的呀！"她喊出声来。"真是记得的呀！满世界就数你最最可爱了！"
>
> 她连忙学鸟叫带说人话，哄它过来。它却一蹦一

跳，摇头摆尾，啁啾个不停，仿佛是在说话似的。

当鸟儿紧跟着她，她离鸟儿越来越近时，玛丽都忘掉自己曾是怎样的一个"倔小姐"了，她弯下腰，试着用知更鸟的声音跟它说话。(51)

科林已经过世的妈妈，也是一个亲近自然的人，本说："她喜欢玫瑰花，就跟那是小孩子——或者是知更鸟似的。我见过她弯下身来亲吻它们。"(72)

最能跟动物进行平等交流的当然还是迪康，他有很多动物朋友，小马驹"阿跳"，松鼠"坚果"，"贝壳"，乌鸦"煤烟"，狐狸"船长"等。他认为："任何活物都能听懂你的话，只要你真心愿意跟它交朋友，不过必须得是完全诚心诚意的才行。"(148)

《秘密花园》虽然远早于生态批评兴起的年代，但书中对自然及人与自然关系的描写却很好地诠释了生态审美的自然性、整体性、融合性和主体间性原则。小说以儿童的视角，为我们展现了人与自然应有的相互依赖的关系。

【深度解读】之二:
成长小说《秘密花园》的引路人分析

> 成长小说是一种关于人,主要是青少年,对自我和社会认知的小说体裁,而引路人是成长小说的一个重要因素。引路人分为三种:反面引路人、自然神灵和正面引路人。本文将对《秘密花园》中帮助玛丽成长的这三种引路人进行分析。

"成长小说"这个术语直到 19 世纪 70 年代才开始流行,但作为一种小说体裁,它通常被追溯到歌德的《威廉·麦斯特的学习时代》。成长小说一词来自于德语 Bildungsroman,意为塑造、发展或成长。大多数成长小说的研究权威都认为,成长小说是一种小说体裁(genre),"在这类体裁的小说中,主人公通过直接经验获得关于自我和世界的知识,与通过正规教育等间接的方式获取知识相对。"(Gohlman,1990:ix)也就是说,大多数评论家认为这是一种关于人(主要是青少年)对自我和社会认知的小说体裁,而认知的方式是直接体悟,强调直接感受,在亲身体验中获取知识，受到教育。而主人公认知的过程也是变化的过程，正因为如此，有人认为成长小说的"关键主题恰恰是变化——身体的、心理的、道德的［变化］。主人公不再是'现成的'（ready-made），或者经过命运或社会地位的所有改变仍固定不变的。他是巴赫金所称谓的'成长着的人物形象'（the image of man in the process of becoming）"。（孙胜忠，77）

在主人公成长的过程中会受到许多人的影响，这些人从正面或从反面丰富着主人公的生活经验，是主人公成长的引路人。因此，引路人是成长小说必不可少的因素。在《美国成长小说研究》中，芮渝萍总结了成长小说中引路人的三种类型，即正面引路人、自然神灵和反面引路人。（唐霞、水伯勋，86）

在《秘密花园》中，引路人的设计非常清晰，在不同的阶段，不同的引路人引领着故事中的人物走出原有的性格或环境局限，实现与自然、社会及自我的和解与融通，达到个人性格的完善以及心理和精神的成长。本文将对小说中帮助玛丽成长的三种引路人进行分析。

一、反面引路人

在众多的成长小说中，反面引路人呈现出各种变异的面孔。

他们或是把主人公引向歧路，或是为主人公的成长提供了反面参照，在与"坏"的比较中，"好"获得了清晰的界定；或是像《圣经》中的撒旦，没有他的诱惑，亚当和夏娃永远处于天真无知的状态，他把人类引向智慧的同时又让他们失去了天真和快乐。（芮渝萍，134-135）

《秘密花园》中，玛丽的反面引路人是她的父母，他们属于第一类反面引路人，从一开始就把玛丽引上歧路。他们没有给玛丽提供一个正常温馨的生长环境。"她父亲在当地的英国政府机构当差，总是不得空闲。她母亲倒是个大美人，光惦记着到处去参加舞会、跟那些喜欢嘻嘻哈哈的人一起寻欢作乐。"（1）虽然身居上流社会，但他们只顾自己，对孩子疏于照管和关爱。玛丽从出生就被交给了土著保姆，为了不打扰她的妈妈，她被藏藏掖掖地养大，所以病病歪歪，脾气乖戾，变成"一头非常不讲道理、自私自利的小野猪"（1）。稍不如意，她就朝女仆又踢又打，或是想出最恶毒的骂人话去骂他们，仆人们对她也只好顺从。她没有朋友，得不到应有的关爱和引导。由于一切都是佣人侍候，她的生活能力低下，虽然已经九岁，却连衣服都不会穿。这样的成长环境，使她不懂得尊敬别人以及如何与人相处，缺少应有的社会感情。而"社会感情的强弱是一个人

获得正常成长的关键性和决定性的因素。任何削弱孩子的社会和团体感情的事情，都会危害他们的精神成长。"（阿德勒，6）

父母的反面示范及周围的环境，也使她对社会有了错误的认识。小小年纪，她就认为土人"不是人——是必须向你行额手礼的用人"，所以在初到庄园时，她对玛莎态度蛮横。

正如奥地利心理学院阿尔弗雷德·阿德勒所说，"孩子的某些古怪的特征，是环境力量造成的。这些环境力量造成了孩子的自卑感、脆弱感和彷徨感，而这些感觉反过来刺激、影响了孩子的整个精神心理。"（阿德勒，25）玛丽的这种性格特征，使得她对环境和他人都呈现一种敌对性，而这也造成别人对她的疏离，使她自己产生孤寂感。

二、自然神灵

这部作品中，自然对玛丽的作用是极其重要的。尤其是那只神奇的知更鸟。它那婉转的歌声融化了玛丽坚硬的内心，并将她一步步引向自然的怀抱，身心都得以健康成长：

"她停住脚步，聆听起来，不知怎的，鸟儿的欢快、友好的轻巧啼啭赋予她一种愉悦的感觉——哪怕是一个坏脾气的小姑娘，也是会感到孤独寂寞的呀。……这只胸脯鲜红的小鸟使她那张阴沉沉的小脸也泛出一种有点儿像微笑的表情。她一直听着鸟叫直到它飞走。这鸟儿跟印度的鸟不一样，她喜欢它，不知道以后是不是还能再见到它。"（29）

在与知更鸟的交往中，玛丽对自己有了新的认识：

"我也很孤独呢。"她说。

在这以前，她没有领会到这正是使她烦躁易怒的原因之一。她似乎是在知更鸟看着她，她也是在看着知更鸟的那个瞬间察觉到这一点的。（32）

正是这种顿悟使她对朋友、对友情这种人类重要的关系有了渴求，玛丽内心深处友善的天性被这只知更鸟唤醒，当它对着她鸣叫时，"玛丽马上就变得春风满面，笑逐颜开了，鸟儿顺着墙跳跃和拍翅飞上几步时，她跟在后面追跑。平素那个可怜巴巴、又细又瘦、蜡黄丑陋的小玛丽——片刻之间竟然也显得几乎有点儿漂亮了。"（37）

她越来越喜欢知更鸟，并开始学着去跟这个小东西进行交流。"当鸟儿紧跟着她，她离鸟儿越来越近时，玛丽都忘掉自己曾是怎样的一个'倔小姐'了，她弯下腰，试着用知更鸟的声音跟它说话。"（51）

和动物的交往打开了玛丽的冰封的内心，而"学会与动物相处是孩子的一个准备阶段，这利于他学会与人进行社会合作。"（阿德勒，129）与知更鸟和其他动物的交流使玛丽渐渐变成了一个理解人、能够与人友善相处的讨人喜欢的小姑娘，并开始喜欢他人。

最为重要的是，知更鸟在玛丽的成就中充当了名副其实的引路人。故事中最为关键的两个情节，找到秘密花园的钥匙，发现秘密花园的入口，都是在知更鸟的引导下实现的。这就使这只小鸟具有了非同寻常的神秘色彩，它好像是大自然派来的神灵，引导玛丽走出封闭的自我，找到秘密花园，在使花园复苏的过程中实现自我的救赎，并最终帮助他人走出命运的低谷，使克雷文父子摆脱魔咒，最终享受天伦之乐，使阴郁多年的米塞斯维特庄园重新充满阳光和欢笑。

三、正面引路人

成长小说中的正面引路人通常具有如下特征：（1）能够以平等的身份与比自己年幼的人相处；（2）乐于助人，富有同情心；（3）身份或性格往往比较特殊，这种特殊性使他们与主流社会保持一定的距离，也使他们乐于跟年轻人交往；（4）与受他们帮助的青少年一样，他们中许多人也属于社会边缘人物，还没有被主流社会所同化。(芮渝萍，126)。

在《秘密花园》中，克雷文先生家的园丁本·韦瑟斯达夫，女仆玛莎，以及玛莎的弟弟迪康和他们的妈妈苏珊·索尔比都是正面引路人。他们都属于边缘人物，与主流社会有一定的距离，而且都天性善良，在玛丽的成长过程中对她从不同方面进行引导，承担了引路人的角色。

（一）本·韦瑟斯达夫

他是一个患有风湿病的孤独的老人，是除玛莎外玛丽在米塞斯维特庄园交的第一个朋友。虽然"模样不中看，脾气也和长相一样别扭"（32），可他心地善良，因为克雷文太太生前对他友善，在太太去世后七八年他一直悄悄地翻墙进去替她照料花园，直到病痛使他无法完成这样的任务。是他让玛丽认识了知更鸟，明白了人可以和它交朋友："你不知道吗？它是红胸知更，算得上是世界上最温顺、最有好奇心的鸟儿了。这鸟就和狗一样跟人友好——只要你知道怎样善待它们。"（31）

也是他教给玛丽关于植物的知识，告诉她如何去识别玫瑰是否依然活着："顺着大中枝子看去，如果你见这儿那儿有一个个棕色的小鼓包，……"（73）

同时，他让玛丽第一次对自己有了认识。"'你跟我是半斤八两。'他说，'咱俩是同一块料子裁剪出来的。咱们都是模样不中看，脾气也跟长相一样别扭。'这完全是大实话，对她的真实评价，玛丽·伦诺克斯可以说从来都闻所未闻。"（32）在认识自我和认识自然的道路上，本·韦瑟斯达夫可以说是玛丽的启蒙老师。

（二）玛莎

作为照顾玛丽饮食起居的人，玛莎对玛丽有很大的影响。

首先，玛莎让玛丽知道如何对待别人，即使是仆人。玛莎的表现与玛丽以前在印度的女仆们大不相同。当在印度做惯了小霸王的玛丽又盛气凌人地像骂她的印度女仆那样叫玛莎"小母猪崽子"时，"玛莎瞪直了眼睛，她看来也光火了。'你骂谁呢？'她说，'你用不着这么生气嘛。年轻小姐哪能说粗话。'"（22-23）

这无疑给了玛丽一个下马威，也让玛丽明白在与人的交往中不能为所欲为，即使对仆人也要有起码的尊重。

其次，她让玛丽认识到自己的很多事情要自己做。得知在印度时玛丽一直都是由保姆帮着穿衣服的，玛莎毫不掩饰自己的态度"这丫头咋连衣裳都不会自个儿穿哪!"……"现在你也该学学了。你也不算小了,多做点事儿对自己有好处。"(22)于是玛丽意识到"在米塞斯维特庄园的生活必将导致她学会一些全新的东西——比方说怎么自己穿衣服啦,自己捡起丢落的东西啦。"(22)

最重要的是,是玛莎帮助玛丽认识到自己在性格方面的缺陷。玛丽跟人相处不好,但"她不知道那是因为她脾气太坏。当然,那时候,她不知道自己脾气不好,她总是认为别人脾气不好,却不知道是自己有毛病。"(10)

当玛丽又用她惯常的那种生硬、冰冷的口气说道,"谁也不喜欢我"时,玛莎问她:"那么你喜欢你自己吗?"

"一点儿也不——真的。"她回答道,"不过我以前从来也没想过这事儿。"(49)

玛莎一个简单的问题,使玛丽改变了看问题的角度,第一次学着从别人的立场分析自己与别人相处不好的原因,并开始看到自己的不足。

玛莎鼓励玛丽走出房间,到户外去玩耍,去接近并融入自然,这让玛丽变得心胸开阔,同时也使原本身体瘦弱面色蜡黄的她变得强健起来。

"其实她不知道这样做对自己再好不过了。她不知道，她开始疾走，甚至在小径和林荫路上小跑进来时，由于要和荒原上刮过来的风抗争，她身上的血便会流动得更快，体质便会逐渐增强。其实她跑，只是为了使自己身子暖和一些，她很讨厌拍打着她的脸吼叫着把她的身子往后推的那一股又一股的风，它们有如一些她看不到的巨人。不过，充满她肺部的从欧石南丛里刮来的大股大股的新鲜空气对她整个瘦弱的身体却是大有好处，这使她脸颊上泛起红色，使她暗淡无光的眼睛变得炯炯发亮，虽然她自己还一点儿都没有察觉出这样的变化。"（35）

玛莎教给玛丽跳绳，为她单调的生活增添乐趣。她告诉玛丽其他孩子的日常生活，使她对别人有所了解，并逐渐学会与自己相处。

虽然是一个女仆，但她心中没有那么分明的等级界限，像对朋友那样对玛丽无话不谈。谈她自己的家庭和她的弟弟妹妹。玛丽渐渐适应了这种交谈，被家和亲情这样的温暖话题吸引。而且这种以前没有过的与同龄人的交流使她变得不那么生硬，慢慢地能听进别人的话了。"倘若玛丽是个容易被逗乐的幼儿的话，那她说不定会因为玛莎的叽叽呱呱而哈哈大笑的。但是玛丽仅仅是冷冷地听着，一边为这女仆举止这么放肆而感到惊讶。

起先她丝毫也不感兴趣，可是逐渐逐渐地，在这个姑娘以她那亲切的、家常味儿十足的风格继续往下絮叨时，玛丽对她所说的事情也开始听进去了。"（25）

玛莎一家对她的关心温暖了玛丽，她由衷地表示了感谢。虽然"她口气挺不自然的，因为她不习惯于感谢别人，也从不注意旁人帮她做了什么事情。"（57）这说明她的情商在不断提高，开始有了正常的情感表达，这是社会性的第一步。

(三) 迪康

迪康是玛莎的弟弟，是荒原上人人都认识的自然之子，他待人真诚善良，对动植物更是友善，好像是它们的朋友一样。"就边黑莓和石南也都认得他呢。……连母狐狸也敢把他往小狐狸崽子那儿领，就连云雀也不怕他知道自己的窝在哪里呢。"（33）医生也说："迪康这孩子，即使把一个刚出生的婴儿托付给他，我也是放心的。"（167）

他无疑是对玛丽影响最大的。在玛丽见到他之前，仅从玛莎口中听说他与动物的故事，就已经开始喜欢他了："玛丽还从未有过自己的宠物，一直希望能养上一只。她开始对迪康产生了一点点兴趣。在过去，她除了对自己之外，对别人是从来没

有兴趣的，这真可以算是健康感情的一丝萌芽了。"（25）

他教玛丽如何与野生动物相处，教玛丽如何照料秘密花园，教她辨认各种花卉，并同她一起欢快地在花园里忙碌。每日在美丽的花园里照料花草并与各种小动物相处，使得玛丽的性格温和了很多。正如迪康所说："在有花香鸟语的环境里，有许多友好的野物在你身边跑来跑去，筑它们自己的巢，打它们自己的洞，啼鸣歌唱时，人也好像再没必要犯倔了。"（86）

对玛丽来说，迪康是一个可以信赖的引路人，引导她认识自然中的动植物并学会如何与他们相处，在这个过程中她也磨炼了自己的性格。

在成长小说《秘密花园》中，三种引路人先后登场，对玛丽的成长起到引领和推动作用。玛丽的父母作为反面引路人将幼小的玛丽引入歧途，使她变得性格乖戾，自私自利。知更鸟作为自然的代表将玛丽的好奇心和友善的一面唤醒，本·韦瑟斯达夫教玛丽重新认识自己，玛莎教玛丽学习基本的生活技巧及自立的生活态度，而迪康则作为自然之子引领玛丽去认识自然关爱他人，使她的人生变得完整而充实。这些引路人帮助玛丽融入自然与社会，在她成长的道路上意义重大。

【深度解读】之三：
《秘密花园》小说与电影的叙事方法对比

　　《秘密花园》自 1911 年出版至今，已三次被改编成电影。1993 年由著名波兰女导演阿格涅丝卡·霍兰执导的版本基本忠于原著，但由于文学与电影的表现方式不同，仍与原作有些差异。本文从叙事人称、人物安排、情节设计和表现手法方面探讨电影与小说文本的不同。

　　《秘密花园》在 1911 年发表后就成为畅销书，后被多次再版，并分别于 1919 年、1939 年、1993 年三次被拍成电影。由于文学作品与电影作品在表意手段上的不同，改编电影与小说必将在许多方面都存在差异。本文将从叙事人称、人物安排、情节设计及表现手法四个方面讨论 1993 年版电影与原著的不同。

一、叙事人称

　　在小说中，弗朗西丝·霍奇森·伯内特使用了全知第三人称视角，既可以方便地描写所有场景、事件，又能清晰地刻画人物的内心世界。

而在电影中，为了取得这种内部心理与外部环境及事件叙事的便利，采用了第一人称画外音与第三人称视角相结合的方法。

在影片的开头，伴随着玛丽被两个印度女佣服侍穿衣、独自玩耍和与母亲争执的画面，玛丽的第一人称画外音开始介绍故事发生的背景。"我叫玛丽，出生于印度，那里很热，我在那里很孤单，我一点也不喜欢。除了我的女佣没人管我。我父母都不想要我。我妈妈只考虑着去参加各种宴会，爸爸则忙于军务。他们从不允许我去参加宴会，我只能从妈妈卧室的窗子看着他们，……"然后用第三人称视角叙述玛丽在妈妈卧室里生气摔东西，听到父母的声音藏到床下，随后地震发生。

画外音在影片中共出现六次，开头，结尾和中间穿插。每次都是描述玛丽的内心活动或集中提供大量信息。因为画外音这种"声画分立"的方式，可以扩展画面的空间容量。就电影画面本身的空间容量来说，它要受到银幕画框的限制。为了突破这种限制，有时就需要运用声音和画面分立的方式来加以实现。（林洪桐，404）这些画外音之间的时间间隔都在10—20分钟之间，它们就像是一串项链上的几颗珍珠，将整部电影联系起来，构成完整的第一人称叙述。

而且，电影中的画外音前后呼应。第一段画外音提到"我很生气，但我从来不哭，我不知道咋哭。"第二段提到"这房子好像被施了魔咒一样"，在最后一段的画外音中玛丽说："魔咒被打破了，姨夫学会了笑，而我也学会了哭。"但在电影中我们并没看到姨夫笑和玛丽哭的画面，这是因为画外音可以"借助声画分立的方式，省略掉一系列镜头，把观众的注意力集中于展示主人公情感的画面上，而用与画面'分立'的声音解析人物情感发生的原因。"（林洪桐，403）

在电影最后的画外音中，增添了小说中没有的总结启示："秘密花园现在整天开着，整个花园都苏醒了，充满生机。如果你看问题的方法得当，你可以把整个世界都看成一个花园。"我们的世界就像一个秘密花园，它可以像小说开头的花园那样杂草丛生，也可以像孩子们照料后的花园那样繁花似锦，关键是看我们如何对待它。

二、人物安排

在人物安排上最明显的区别是电影中缺少了玛莎的妈妈，

苏珊·索尔比这个角色。

在小说中，苏珊·索尔比虽然直到小说临近结尾的第二十六章才与玛丽和科林见面，但她在整部作品中起着非常重要的作用。

虽然只是一个十四口之家的家庭主妇，但在小说中她是一个近乎自然之母的角色，温柔善良又聪慧睿智，几乎无所不能，无所不知，所有的难题在她那里都可以迎刃而解。从小说的开始，读者就从不同人的口中不断地得到关于她的星星点点的信息。玛莎告诉玛丽："俺娘是个有头脑、勤快、好脾气、爱干净的人，那是没人会不喜欢的，不管是见到过她还是没有见到她的。"（49）"俺娘觉着你没人照顾不太放心。……俺娘说你到这个年纪，也该学学读书识字了，应该有个女人来照顾你的。"（55）

玛丽因为没东西玩，苏珊从连购买食物都不宽裕的收入中拿出两个便士给她买了跳绳，成了她心爱的玩具，使她每天在园子里的活动多了很多乐趣。玛丽的姨夫克雷文先生本不打算见玛丽，是她大胆地拦住他，不知说了什么，结果使克雷文先生在出行之前见了玛丽，并允许她侍弄花园。当科林想守住身体在逐渐恢复的秘密却又食欲大增很难让人相信时，是她为孩子们提供额外的食品使得他们的秘密能够不被人们看穿。当科林渴望能见到父亲并向他展示自己已经正常的体魄时，是苏珊写信给克雷文先生，劝他回家。

两个主人公玛丽和科林从她身上得到了他们从未体会过的母爱："两个孩子都不断抬起头来看看她那张让人看了很舒服的脸，心中还暗暗琢磨她给予他们的究竟是怎么样一种愉快感情——这种感情使人觉得既温暖又安全可靠。"（223）而且科林说："我真希望你能是我的妈妈。"（226）

对于故事中的孩子们，苏珊好像是一个守护神，敏锐地觉察到孩子们的需求并满足他们的愿望，为他们的成长提供所需的帮助。就连对人严苛的梅德洛克太太都说："像她这样头脑清楚、心地善良的女人真是找上一整天也难得遇见一个的。"（94）克雷文医生也说"她是我所知道的最好的一个护士……我要是在哪个病人的农舍里见到是她在护理，我就知道这个病人有救了。"（154）

总之，她的存在使得整个故事的各个情节得以顺利展开。

然而在电影中，这个极其重要的角色被彻底弱化了。玛莎只在给玛丽送跳绳的时候提到了"妈妈"。孩子们的生活中缺少了母亲的角色，他们好像是田野里的小草不需任何照料而自然生长。催促克雷文先生回家这件事也只能完全借助某种冥冥之中的神力，似乎真的是孩子们的魔法起了作用，使他突然感到家的召唤。这个角色的缺失，使电影的情节不如小说饱满。

三、情节

除了人物的删减，电影对小说中的情节也进行了改写。

（一）使玛丽变成孤儿的原因不同

小说的开头使得玛丽突然失去父母的是一场瘟疫，从她的女佣换人开始说明仆人染病，而后是母亲的惊慌，随之而来的是玛丽熟睡的过程中家中变得一片寂静，除她之外所有人染病身亡。

而在电影中致使玛丽成为孤儿的变成了一场地震。或许这是出于电影语言的简洁考虑。如果要表现瘟疫的场面，至少需要几个场景来表现人们生病死去。而要表现地震则只要有房屋倒塌、物品坠落即可。

（二）寻找秘密花园的过程在电影中被简化

小说中玛丽寻找秘密花园的过程颇为曲折。玛莎的一句

"园子里有一个是锁上门的。十年来从来没人进去过"（27）激发了玛丽的好奇心。经过询问，她得知那是克雷文太太的花园，当年克雷文和太太非常恩爱，在花园里度过许多甜蜜的独处时光。一天太太在里面荡秋千时横枝折断，太太摔成重伤，很快死去。克雷文先生迁怒于花园。他锁上门，把钥匙埋了，并命令不许任何人再谈论这件事情。从此，寻找秘密花园就成了萦绕在玛丽心头挥之不去的心事。当她渐渐和知更鸟成为朋友后，在这只小鸟的指引下，她在泥土中找到了生锈的钥匙。第二天，小鸟又带她找到了藏在常春藤下面的园门。

而在电影中，玛丽在大房子里探寻时就在姨妈的房间里看到了钥匙，但她不清楚这把钥匙是哪里的。当她请求知更鸟带她去姨妈的花园时，循着小鸟的足迹，发现了常春藤下面锁着的园门，这时她取来那把钥匙，进入了秘密花园。

（三）玛丽的个性有了变化

小说中玛丽是爱哭闹的，"他们对她又总是百依百顺、唯命是从，因为要是孩子一不高兴哭闹起来，打扰了女主人，……"（1）在瘟疫发生的那天，"一连好几个钟头，她哭上一阵，又迷迷糊糊地睡上一阵。"（4）可是在电影中，或许为了表现她的乖戾和生硬，一开始的画外音就告诉观众："我很生气，可我从来不哭，我不知道咋哭。"以此说明这女孩的古怪和倔强。在电影的结尾，当阴郁的一切已成为过去，秘密花园不再是秘密之后，玛丽也像正常的女孩一样学会了哭。

四、表现手法

由于电影语言与文字的不同，在对自然景物的表现手法上电影与小说也明显不同。电影中采用了快速镜头，"使人看到各种异常缓慢的运动和最难感觉的节奏，如植物的成长过程……。"（马尔丹著，何振淦译，211）

小说中因为玛丽的劳作，植物们有了足够的生长空间。在谈到植物的根部生长时，采用了拟人的手法："秘密花园里的那些球茎必定感到十分惊奇。在它们的四周都清理出了那么整洁的小空地，它们这下子可以称心如意自由呼吸了，事实上，如果玛丽小姐能够知道的话，它们已经开始在黑土地里高声叫好并且在拼命生长了。阳光晒向它们，温暖着它们，雨水降临时它们即时就能得到滋润，因此它们开始变得生机勃勃了。"（69）

相应的片断在电影中被移到 44 分 38 秒，当玛丽和迪康一起栽种百合时，百合的根部在肥沃的黑土地里迅速生长。由于使用了快速镜头，平时人们注意不到的百合根部的生长情形生动真实地呈现在我们眼前，而生长的速度也令人感受到植物的勃勃生机。

小说中玛丽在向科林描述秘密花园里各种鲜花生长的情形时使读者感受到春天的到来，但也只是一种朦胧的印象："花花草草都从土里推挤着往外钻呢。"她忙不迭地说，"已经有些花瓣在舒展开来了，到处都能找到花苞，以前灰秃秃的地方如今都蒙上了一层绿纱，……玫瑰丛更是显得要多活就有多活，小路和树丛的旁边都长出了樱草花，我们埋下的花籽儿也都冒出叶芽了，……。"（156）

在电影中，相应的画面出现于玛丽告诉科林找到秘密花园之前。在57分44秒至59分13秒约90秒的时间里，电影中连续使用了13个快速镜头：漫天的云团快速涌动、云影掠过绿色斑驳的荒原，紧接着是地里的花破土而出，藤蔓蓬勃生长，蛹破茧成蝶，霎时遍地紫色的薰衣草、百合、玫瑰绽放，最后云影掠过已经葱绿的荒原。这一组密集的快速镜头让人感到自然的浩瀚博大与时间的推移，好像春天眨眼间来到了荒原。正如马尔丹所说，"加速镜头也可以创造许多新奇的戏剧效果，比如用天空云彩疯狂般地奔驰使人具体地看到了时间的流程。"（马

尔丹著，何振淦译，211）

通过叙事人称、人物安排、情节设计及表现手法的不同，电影在基本忠实于原作的基础上体现了自己的特色，逻辑清晰，前后呼应，特别是画外音和快速镜头的运用，给人耳目一新的感觉。

参考文献

［1］Baxter，Brian. Ecologism：An Introduction. Washington DC：Georgetown University Press，1999.

［2］Burnett，Frances Hodgson. The Secret Garden. Tianjin：Tianjin People's Press，2015.

［3］阿尔弗雷德·阿德勒．儿童的人格形成及其培养．韦启昌，译．北京：北京大学出版社，2014.

［4］陈秋华．阿特伍德小说的生态主义解读：表现、原因和出路．外国文学研究．2004（2）：56-62.

［5］邓新华、章辉．西方20世纪文学批评教程．武汉：武汉大学出版社，2014.

［6］弗兰西丝·霍奇森·伯内特．秘密花园．南京：译林出版社，2015.

［7］林洪桐．电影化叙事技巧与手段．北京：中国电影出版社，2013.

［8］马赛尔·马尔丹．电影语言．何振淦，译．北京：中国电影出版社，2006.

[9] 芮渝萍. 美国成长小说研究. 北京：中国社会科学出版社，2004.

[10] 孙胜忠. 成长小说的缘起及其概念之争. 山东外语教学，2014（1）：73-79.

[11] 唐霞、水伯勋. 关于多丽丝·莱辛成长小说的阅读. 文学教育，2014（3）：86-87.

[12] 王诺. 欧美生态批评. 上海：学林出版社，2008.

[13] 张国龙. 成长小说概念审美流变考察. 文艺评论，2013（7）：57-62.

[14] 张军. 建构历史轴线——索尔·贝娄成长小说《贝拉罗莎暗道》中的引路人研究. 当代外国文学，2013（2）：51-59.

[15] 祝贺、张颖.《秘密花园》中的自然、人与社会. 东北师大学报（哲学社会科学版），2013（2）：229-231.

（本章作者：李瑞青）

3.《小王子》

The Little Prince

作者简介

安托万·德·圣埃克苏佩里（Antoine de Saint-Exupéry，1900—1944），生于法国里昂的一个豪门大家族，是诗人、小说家、飞行员。圣埃克苏佩里的一生虽然短暂，但是精彩而传奇，他喜欢冒险和自由，称自己首先是名飞行员。他从小就展现出过人的文学才华，生前发表的作品只有七部，且篇幅都不长，其中主要有：《南线邮航》（1929）、《夜航》（1931，费米娜奖）、《人的大地》（1939，又译名《风沙星辰》，法兰西学院文学大奖）、《战争飞行员》（1942）、《致人质的信》（1942）、和《小王子》（1943）。短篇童话《小王子》是圣埃克苏佩里的代表作，曾被法国读者票选为"20世纪最佳图书"，总销量高达两亿册以上，仅次于钦定版的英文《圣经》。《小王子》也是拥有最多译本的小说，迄今为止已被翻译成两百五十多种语言和方言。1944年7月31日晚，圣埃克苏佩里在法国南部执行一次高空飞行拍摄任务，驾驶一架侦察机启航，但是他再也没有返航，他的神秘失踪，成为法国文学史上最令人惋惜的一则传奇。

撷英采华

片段 1:

She chose her colors with the greatest care. She adjusted her petals one by one. She did not wish to go out into the world all rumpled, like the field poppies. It was only in the full radiance of her beauty that she wished to appear. Oh, yes! She was a coquettish creature! And her mysterious adornment lasted for days and days. Then one morning, exactly at sunrise, she suddenly showed herself. (Saint-Exupéry, 2015: 38-39) ①

译文:

她仔细地挑选颜色。她慢慢地披上衣裳,将花瓣一片一片地调整好位置。她不愿像罂粟花那样皱巴巴地出现。她要彻底盛放出美丽的光芒。是的,她就是这么臭美!她神秘地把自己打扮了很多天。然后在某个早晨,就在日出的时刻,她突然露出了真面目。(圣埃克苏佩里著,李继宏译,2013: 35)②

片段 2:

"To me, you are still nothing more than a little boy who is just

---

① 小说的英文引文出自此版本。其后只在引文后标注页码,不另加注。

② 小说的中文引文出自此版本。其后只在引文后标注页码,不另加注。

like a hundred thousand other little boys. And I have no need of you. And you, on your part, have no need of me. To you, I am nothing more than a fox, like a hundred thousand other foxes. But if you tame me, then we shall need each other. To me, you will be unique in all the world. To you, I shall be unique in all the world..." (94)

译文:

"对我来说,你无非是个孩子,和其他成千上万个孩子没有什么区别。我不需要你。你也不需要我。对你来说,我无非是只狐狸,和其他成千上万只狐狸没有什么不同。但如果你驯化了我,那我们就会彼此需要。你对我来说是独一无二的,我对你来说也是独一无二的……。"(84)

片段 3:

"It would have been better to come back at the same hour," said the fox. "if, for example, you come at four o'clock in the afternoon, then at three o'clock I shall begin to be happy. I shall feel happier and happier as the hour advances. At four o'clock, I shall already be worrying and jumping about. I shall show you how happy I am! But if you come at just any time, I shall never know at what hour my heart is to be ready to greet you...One must observe the proper rites..." (97)

译文:

"你每天最好在相同的时间来,"狐狸说,"比如说你在下午四点来,那么到了三点我就会开始很高兴。时间越是接近,我就越高兴。等到四点，我会很焦躁，坐立不安；我已经发现了幸福的代价。但如果你每天在不同的时刻来，我就不知道该在什么时候开始期待你的到来……我们需要仪式。"（87）

片段 4：

"They are what make one day different from other days, one hour from other hours. There is a rite, for example, among my hunters. Every Thursday they dance with village girls. So Thursday is a wonderful day for me! I can take a walk as far as the vineyards. But if the hunters danced at just any time, every day would be like every other day, and I should never have any vacation at all." (97-98)

译文：

"它（仪式）使得某个日子区别于其他日子，某个时刻不同于其他时刻。例如，那些猎人就有个仪式。每逢星期四，他们会和村里的女孩跳舞。所以星期四是个美好的日子！我可以到葡萄园里散步。但如果猎人并不在固定的日子跳舞，所有的日子都是相同的，那我就没有假期了。"（87-88）

片段 5：

"You are beautiful, but you are empty," he went on, "One could not die for you. To be sure, an ordinary passerby would think that my rose looked just like you—the rose that belongs to me. But in herself alone she is more important than all the hundreds of you other roses; because it is she that I have watered; because it is she that I have put under the glass globe; because it is she that I have sheltered behind the screen; because it is for her that I have killed the caterpillars (except the two or three that we saved to become butterflies); because it is she that I have listened to, when she grumbled, or boasted, or even sometimes when she said nothing. Because she is my rose. " (99)

译文：

"你们很美丽，但也很空虚，……不会有人为你们去死。当然，寻常的路人会认为我的玫瑰花和你们差不多。但她比你们全部加起来还重要，因为我给她浇过水。因为我给她盖过玻璃罩。因为我为她挡过风。因为我为她消灭过毛毛虫（但留了两三条活口，好让它们变成蝴蝶）。因为我倾听过她的抱怨和吹嘘，甚至有时候也倾听她的沉默。因为她是我的玫瑰。"（89）

片段 6：

"And now here is my secret, a very simple secret: It is only with heart that one can see rightly; what is essential is invisible to the eye. " (100)

译文：

"这是我的秘密，它很简单；看东西只有用心才能看得清楚。重要的东西，用眼睛是看不见的。"（89）

片段 7：

"It is the time you have wasted for your rose that makes your rose so important. " （100）

译文：

"正是你为你的玫瑰付出的时间，使得你的玫瑰是如此的重要。"（89）

片段 8：

This water was indeed a different thing from ordinary nourishment. Its sweetness was born of the walk under the stars, the song of the pulley, the effort of my arms. It was good for the heart, like a present. When I was a little boy, the lights of the Christmas tree, the music of the Midnight Mass, the tenderness of smiling faces, used to make up, so, the radiance of the gifts I received. （110）

译文：

这水确实不是普通的饮料。它来自星空下的跋涉、轱辘的歌唱和我双手的力量。它就像礼物，对心灵是有益的。在我小时候，正是圣诞树的灯光、子夜弥撒的音乐，以及那些温馨的笑脸，才让我收到的礼物充满着光辉。（101）

片段 9：

"The men where you live, raise five thousand roses in the same garden—and they do not find in it what they are looking for... And yet what they are looking for could be found in one single rose, or in a little water. " (110)

译文:

"你这里的人,会在花园里种五千株玫瑰……却找不到他们想要的东西。……然而他们要寻找的东西,也许就藏在一朵玫瑰或者一点清水之中。" (101)

片段 10:

"If you love a flower that lives on a star, it is sweet to look at the sky at night. All the stars are bloom with flowers..." (118-119)

译文:

"如果你爱上一朵生长在某颗星球上的花,当你抬头望着夜空时,你会感到很甜蜜。仿佛所有的星星都开满了鲜花。" (108)

影片资料

类型: 奇幻/动画

片长: 107 分钟

出品: 法国岙娱乐公司 (On Entertainment)

导演: 马克·奥斯本

编剧: 伊莲娜·布里格努尔、鲍伯·佩尔希凯帝

配音：瑞利·奥斯本饰小王子

杰夫·布里吉斯饰飞行员

麦肯基·弗依饰小女孩

瑞秋·麦克亚当斯饰小女孩的妈妈

玛丽昂·歌迪饰玫瑰花

詹姆斯·弗兰科饰狐狸

获奖情况：曾获 2017 年第 44 届安妮奖最佳配乐奖。

剧情梗概

　　一个小女孩偶然与年老的飞行员相识，并根据他回忆的指引开启了探索小王子故事的旅程。一个天真可爱的小女孩和妈妈在现代社会的一个大都市里生活，望女成凤的妈妈期望她考进一所精英学校，小女孩便在妈妈的严苛规划下努力学习。然而她们搬到新家后，住在隔壁的老人投出的纸飞机引起了小女孩的好奇，上面是有关小王子故事的文字和插画。老人从前曾是一位飞行员，现在的行为则有些古怪。小女孩悄悄和老人成为好朋友，并听他讲述小王子的故事。年轻时的他在非洲撒哈拉沙漠中迫降，并遇到了一个很不可思议的小男孩——小王子，小王子给飞行员讲述了他来自一个小星球，上面有一朵美丽的玫瑰；后来小王子与玫瑰有些不和，他离开小星球，探访其他几个邻近星球；他最后来到地球，遇到了狐狸。飞行员和小王子在沙漠中相处了一段时间，最后还是分别了……不久老人病倒了，为帮他实现再一次见到小王子的愿望，小女孩驾驶着飞行员的飞机去寻找小王子，开始了一段充满未知与感动的冒险……

【深度解读】之一：
从形式主义诗学
看《小王子》的"陌生化"艺术效果

作者圣埃克苏佩里在《小王子》中打破、超越了读者的习惯性思维定式，把原本习以为常的事物变得焕然一新，取得了"陌生化"的艺术效果。这种了不起的尝试在带给读者新鲜、惊奇的审美体验同时，也唤醒了他们麻木的心灵，促使他们去重新审视现代文明的荒诞与异化，启发他们更多地思考什么才是生命的真谛。

一、引言

《小王子》发表于1943年，是法国作家安托万·德·圣埃克苏佩里（Antoine de Saint-Exupéry，1900—1944）的著名短篇童话作品。圣埃克苏佩里短暂的一生颇富传奇色彩，身兼飞行员和作家的双重身份。《小王子》以一位飞行员作为故事的叙述者，讲述一位来自外星球的小王子的故事，他从自己的星球出发，途经 6 个小行星，来到了地球，最终重返自己的星球。小说从小王子的视角审视成人世界，探讨了人类社会普遍关注的问题，批判了现代文明的种种荒谬异化与理性功利。

《小王子》虽然只是一部篇幅不长的童话，但是却历经时间的考验而经久不衰，拥有隽永迷人的艺术魅力，深受读者和评论界的青睐，在世界范围内产生了深远的影响。它曾被法国读者票选为"20 世纪最佳图书"，总销量仅次于钦定版英文《圣经》，迄今为止已被翻译成两百五十多种语言，是全世界拥有最多译本的小说之一。现有的《小王子》相关评论文章较多地从象征、存在主义、叙事策略的角度进行分析，本文则拟从俄国形式主义的文艺理论出发，探讨"陌生化"（defamiliarization）的艺术效果在《小王子》中的体现。

二、形式主义诗学的"陌生化"理论

俄国形式主义兴起于 20 世纪初，是西方文论史上的一次重要转向，是对传统的外缘性文学理论和研究方法的一种反叛。它将文学评论的研究重心转向文学本体自身，探究使其成为文学的"文学性"特质。形式主义既不同于研究文学与客观外部世界关系的"模仿说"，也不同于研究文学与作者主观情感关系的"表现说",而是研究文学作品的"内在属性"。他们认为"艺术总是独立于生活,在它的颜色里永远不会反映出飘扬在城堡上那面旗帜的颜色。"(方珊,1989:前言11)俄国形式主义的代表人物什克洛夫斯基曾经作过这样一个形象的比喻,"我的文学理论是研究文学的内部规律。如果用工厂方面的情况来做比喻,那么,我感兴趣的不是世界棉纱市场的行情,不是托拉斯的政策,而只是棉纱的支数和纺织方法。"(方珊,1989:前言14)

"陌生化",也被表述为"奇特化""奇异化",被形式主义者认为是"文学性"的基本特点,由什克洛夫斯基提出,即把生活中熟悉的变得陌生,文学性较为集中地体现在使生活陌生化的过程中。文学的目的是使人感受到它的题材和形式耳目一新。(张首映,1999)什克洛夫斯基进一步认为,"艺术的手法是事物的'反常化'手法,是'复杂化'形式的手法,它增加了感受的难度和时延。艺术是一种体验事物之创造的方式。"(方珊,1989:6)

形式主义认为"陌生化"是使司空见惯的事物变得鲜活生动的关键,它产生于变形和扭曲,以及差异和独特。"生活在海边的人变得如此习惯于海浪的细语,以至于他们不再能听到它……我们对世界的感知已干枯掉，剩下的只是纯粹的认识。"（易丹：1989：45）而文学艺术的根本目的就是打破、超越人们的习惯性和自动化思维，通过寻找崭新的角度与方式表现人们熟视无睹的事物，把他们从迟钝麻木的状态中唤醒，让他们产生一种不同寻常的新鲜、惊异的"陌生化"效果，最终让读者关注艺术形式本身，感悟文学独特的趣味与魅力。

三、《小王子》的"陌生化"解读

在《小王子》这部短篇童话中，作者圣埃克苏佩里在情节结构、叙事策略、主题表现、细节与语言上都取得了巨大的创新，给读者带来焕然一新的审美感受，在增加了作品的艺术感染力同时也深化了作品主题。

（一）情节结构

从文体上来说，《小王子》与以往的很多传统童话不同，它颠覆了童话的创作传统。传统童话一般是写给孩子们看的，反映的是成人世界的一套价值观念和行为准则，供孩子们习得，以便为他们进入成人社会做好准备。而《小王子》则恰恰相反，它是写给大人看的，以纯真孩子的感性眼光来审视、衡量成人世界，透过小王子的口中一再感叹"大人们真是非常奇怪啊"，对现代文明的种种荒谬和物化进行反思和嘲讽。

以欧洲著名的童话"白雪公主"和"睡美人"为例，很多传统童话的情节结构通常是一种工整的对称模式：开端（善良的主人公过着平静的生活）；发展（恶人出现，主人公面临某种危机，平静被打破，主人公必须解决危机，于是解决危机成为叙事的动力，情节得以继续发展）；高潮（主人公经历种种磨难和考验，通过自己的努力或他人的帮助，得以解决危机）；回落（恶人受到惩罚，危机得以解除）；结局（主人公重新回归到平静生活中，从此过着幸福快乐的生活）。

而《小王子》则反其道而行之。飞行员刚遇到小王子的时候，小王子已经离开了自己的小星球，访问了六颗小行星上的居民，最后来到地球上的非洲撒哈拉沙漠，此时的他并没有面临什么重大挫折和不幸，有的只是一种淡淡的忧伤和沮丧。整篇童话中没有典型的恶人，没有明显的戏剧化高潮情节，有的只是小王子的迷惘失落，以及对成人世界的轻微嘲讽，一切都是淡淡的。小说的结局也是半开放式的，小王子应该是离开地球、回到了他的小星球，但是那朵玫瑰花是否还在？小王子和玫瑰花会过着怎样的生活？小王子还会重返地球吗？……小说中并没有明确的交代。

　　具体来说，《小王子》的篇幅虽短，却蕴含着一个非常复杂精巧的结构。全书共二十七章，第一章是飞行员的自述；第二章到第九章，飞行员和小王子的相遇、互动；第十章到第十五章，小王子访问离他最近的六颗小行星，先后遇见了有权力欲的国王、爱慕虚荣的人、悲伤的爱喝酒的人、一心追求物欲与崇尚实用主义的做生意的人、尽忠职守但却循规蹈矩的掌灯的人，还有纸上谈兵的地理学家；第十六章到第二十三章，小王子在地球上的各种经历，包括遇到了狐狸；第二十四章到二十七章，继续讲述飞行员和小王子的相处，以及小王子在地球上的消失和飞行员对他的想念。

　　从以上分析可以看出，《小王子》的情节结构与传统童话作品大有不同。根据什克洛夫斯基的形式主义理论，"陌生化"在小说创作中的一大体现是变"故事"为"情节"，"故事"是按照线性的时间顺序发生的一系列事件，而"情节"则是由作者精心编织的讲故事的方式，也就是事件在实际叙事中呈现出来的复杂化构造形式，是形式主义者主要关注的地方。"情节"是对"故事"的"陌生化"处理，使文学作品更具"文学性"。作者通过把小王子的故事素材打乱之后进行重新组合、变形扭曲，使"故事"的面貌变得陌生，从而增加了读者的审美难度，延长了他们的审美感悟过程，使读者产生了一种焕然一新且更为深刻、独特的审美体验，达到了"陌生化"的艺术效果。

（二）叙事策略

一部小说的叙事策略决定了它的情节结构，同时也决定了读者的不同感受方式。

场景。关于故事发生的场景，时间上没有指明任何具体的年代，在飞行员讲述他和小王子的相处时，只简单地说"第一个夜晚""遇到他的第三天""第四天早晨""第五天""第八天"等等。在地点上，小王子来自一个外太空的小星球，而他降落在地球上的地方也是远离任何人类居住区的非洲撒哈拉沙漠，这都远离了我们的日常生活。

人物。在人物设定上，小王子也与以往文学作品中的主人公大不一样，符合"陌生化的人物"界定。"陌生化的人物"是指那些在之前的文学作品中鲜有出现过的崭新人物形象。这种全新的人物形象与读者早已熟悉的传统形象形成一种巨大的反差，给读者带来一种惊奇的新鲜感，增强了审美的愉悦度，同时也引起他们的好奇心，想去更多探索这种新型人物。小王子并不是我们现实生活中的人物，他存在于一个非现实意义中的时空里。作者没有交代任何关于这个孩子的外在的身份信息、家庭背景，他甚至没有名字。他喜欢的对象也不是公主，甚至不是人类，而是一朵玫瑰花。

叙述。 在《小王子》中，作者没有按照正常的时间顺序把小王子的信息依次透露给我们，我们对小王子的了解是一点一点知道的，而且是透过一种作者精心设计的、曲折迂回的复杂精巧的叙事方式，一再推迟了读者对人物信息的了解。具体来说，在这本小说中，叙述视角随着情节结构的变化而变化。作者没有采用单调的平铺直叙，反而采用了双重叙事结构，即"故事中的故事"框架，——外层是第一人称有限视角（飞行员）对读者讲述的他和小王子的故事，他既是叙述者，同时也是小说中的一个主要人物；内层则是第三人称全知叙事视角讲述的小王子的故事。20世纪初的英美新批评流派的代表人物 I. A. 理查兹（I. A. Richards，1893–1979）曾指出采用人物有限视角叙述是对全知视角叙述的"陌生化"处理。

小说在不同的文本结构中不停地流畅转换叙事视角，即第一人称和第三人称之间的转换，同时配合使用倒叙和插叙的手法。这种别具匠心的叙事策略让叙事对象陌生化了，在读者充分领略阅读的趣味同时，给读者制造了充分的阅读障碍，被作者抛出的一个又一个悬念所吸引，这样读者想要的答案总是得不到立刻解决，产生了一种前所未有的颇富挑战性的阅读体验，取得了"陌生化"的艺术效果。在更深的层次上，这种复杂多变的叙事策略本身就是一种"陌生化"。它强调了读者的充分参与，让读者自己去做出判断，引导他们根据自己的理解和想象去主动参与、探索情节的构建，填补文本空白，这就延长了读者的感知过程，可以让他们更深刻地体会作者精心构造的文本形式与创作过程本身，而这一点正是形式主义所着力强调的。

（三）主题表现

《小王子》探讨的都是和人类的现实处境息息相关的古老话题，如友谊、爱情、责任、人生的意义、生命的真谛。对于这些亘古不变的永恒主题，作者的做法是独树一帜，选取崭新的视角，提出不一样的理念与观点，这些理念颇为符合法国的存在主义思想，比如"驯化""创造关系""仪式""重要的东西用眼睛是看不见的""要为你驯化的东西负责"等，具有深邃的哲理性与启发性。

透过象征智慧的"狐狸"之口，作者用纯真而诗意的语言

阐述了他的深刻思考。人与人之间的爱源于"创造关系"与"驯化",这样双方才会觉得对方是独一无二的:

> "对我来说,你无非是个孩子,和其他成千上万个孩子没有什么区别。我不需要你,你也不需要我。对你来说,我无非是只狐狸,和其他成千上万只狐狸没有什么不同。但如果你驯化了我,那我们就会彼此需要。你对我来说是独一无二的,我对你来说也是独一无二的……。"(84)

> "所有的鸡都是相同的,所有的人也都是相同的。我已经有点厌倦。但如果你驯化我,我的生活将会充满阳光。我将能够辨别一种与众不同的脚步声。别人的脚步声会让我躲到地下。而你的脚步声就像音乐般美好,会让我走出洞穴。"(86)

作者认为我们每个人都需要创造一种"仪式",这样我们枯燥单调的日常生活才会变得更加有趣,我们才会对每一天都有所期待。生活的意义也许就存在于这些微小的时刻中,意义不是本来就待在某处的,而是人们所自觉赋予的:

"你每天最好在相同的时间来，"狐狸说，"比如说你在下午四点来，那么到了三点我就会开始很高兴。时间越是接近，我就越高兴。等到四点，我会很焦躁，坐立不安；我已经发现了幸福的代价。但如果你每天在不同的时刻来，我就不知道该在什么时候开始期待你的到来……我们需要仪式。"(87)

"它（仪式）使得某个日子区别于其他日子，某个时刻不同于其他时刻。例如，那些猎人就有个仪式。每逢星期四，他们会和村里的女孩跳舞。所以星期四是个美好的日子！我可以到葡萄园里散步。但如果猎人并不在固定的日子跳舞，所有的日子都是相同的，那我就没有假期了。"(87-88)

（四）细节与语言

在细节处理方面，《小王子》也有与很多传统童话迥异的地方，这些都给读者带来了前所未有的审美体验。比如作者对人们已熟视无睹的事物进行细致入微的渲染描绘，就好像第一次看到它们时的那样欣喜，使读者产生新鲜、奇妙的感受。当描写玫瑰花绽放花瓣、与小王子第一次见面的时候，作者细致刻画了玫瑰花的所思所想，极大地丰富了玫瑰花这个人物形象，同时也使读者感受到新颖别致的文学趣味：

> 她仔细地挑选颜色。她慢慢地披上衣裳，将花瓣一片一片地调整好位置。她不愿像罂粟花那样皱巴巴地出现。她要彻底盛放出美丽的光芒。是的，她就是这么臭美！她神秘地把自己打扮了很多天。然后在某个早晨，就在日出的时刻，她突然露出了真面目。

(35)

在飞行员与小王子在沙漠中喝掉最后一滴水之后，他们在广袤的沙漠里跋涉了几个小时去找水井，经过一夜的奔波，在黎明时分终于找到了一口珍贵的水井。飞行员转动辘轳，把水井中的水桶升到井口，把水递给小王子喝。这里作者把泉水的甘甜描写得细腻而又独特，注入了自己的情感，把我们习以为常的"水"变得"陌生化"了：

"这水确实不是普通的饮料。它来自星空下的跋涉、轱辘的歌唱和我双手的力量。它就像礼物，对心灵是有益的。在我小时候，正是圣诞树的灯光、子夜弥撒的音乐，以及那些温馨的笑脸，才让我收到的礼物充满着光辉。"（101）

　　此外，"陌生化"理论认为，文学作品中的语言不同于日常生活中的语言，文学作品中的语言应该是诗意的，是对日常生活中的普通语言进行变形和扭曲，从而极大增强语言的感染力，给读者带来新奇、陌生的感觉。在《小王子》中，作者有时采用错位、变形的手法，打破读者的思维定式与惯常的表达方式，用艺术化的方式处理日常熟悉的事物，使他们从文本阅读的习惯性和自动化中解脱出来。

　　比如书中写到，小王子居住的 B612 号小星球上有两座活火山，可是这两座火山非常之小，还说"它们用来加热早餐很方便"。这和我们往常理解中的高大、危险的火山形象迥然不同。再比如我们理解的行星都是很大很大的，而小王子居住的小行星小的不可思议，竟然只有"一栋房子"那么大，小到一天可以看到几十次日落。再比如关于路灯的描写，"当他把路灯点亮，就好像带来了新的星星或花朵。当他把路灯熄灭，就好像让那星星或者花朵去睡觉。这是一份美丽的职业。"这些读者习以为常的形象与扭曲变形之后的形象之间的戏剧性反差形成了一种有趣的错位，给读者带来一种新鲜感和审美上的愉悦，极大增强了小说的艺术感染力。

四、结语

通过精巧的艺术构思和娴熟的艺术技巧，《小王子》在情节结构、叙事策略、主题表现和细节与语言上都取得了巨大的创新，这些形式上的创新在增加作品的艺术感染力的同时也深化了小说主题。作者圣埃克苏佩里在《小王子》中打破、超越了读者的习惯性思维定式，把原本习以为常的事物变得焕然一新，取得了"陌生化"的艺术效果。这种了不起的尝试在带给读者新鲜、惊奇的审美体验同时，也唤醒了他们麻木的心灵，促使他们去重新审视现代文明的荒诞与异化，启发他们更多地思考什么才是生命的真谛。

此外，形式主义诗学注重的是文学作品的审美过程，而不是审美目的或审美对象本身。而"陌生化"手法的运用则增加了读者的审美难度，延长了他们的审美感悟过程，使整个过程变得曲折复杂。然而正是这种不同寻常的"陌生化"过程才会给读者留下更加深刻的印象，使他们更多地关注文学作品的形式本身，更强烈地体会到文学作品的艺术感染力，从而收获更多的审美感悟和思考。

【深度解读】之二:
基于语料库文体学的《小王子》特色研究

一方面,《小王子》的语言风格简洁质朴,倾向于使用相对简单的词汇,词汇变化不大,而且句子结构比较简单,口语化特征强,因此可读性较强,适合青少年阅读。另外作者使用第一人称叙事视角,增加了故事的可信度,也使人物形象更加鲜活。另一方面,通过对相关主题词汇的检索分析,也印证了以往研究中指出的作者的存在主义思想倾向,尤其作者关于"驯化"、"爱"、"责任"等颇具哲理性的思考;以及作品对成人世界荒谬异化、理性功利的嘲讽与批判。

一、引言

《小王子》(*The Little Prince*)是法国作家安托万·德·圣埃克苏佩里(Antoine de Saint-Exupéry, 1900—1944)的代表作,这本经典的短篇童话作品发表于 1943 年。作者圣埃克苏佩里的一生虽然短暂，却充满了传奇色彩，拥有飞行员和作家的双重身份。《小王子》讲述一位来自外星球的小王子的故事，他离开自己的小星球，途经六个邻近星球，来到了地球上的撒哈拉沙漠，并结识了故事中的叙述者"飞行员"，最终在地球上神秘消失。

这部童话从孩子的纯真视角观察成人世界，批判了理性功利的现代社会，并探讨了关于爱与责任等人类永恒的命题。《小王子》虽然只是一部篇幅不长的畅销童话，但是却拥有经久不衰的迷人魅力，受到世界各国大小读者们的喜爱。它迄今为止已经被翻译成两百五十多种语言，是全世界拥有最多译本的小说之一。本文拟从语料库文体学的角度出发，使用语料库检索工具与统计工具，试图在量化的客观数据基础上对《小王子》的特色进行解读分析。

二、文献综述：语料库语言学与文学文体学

传统的文学批评往往建立在评论者个人对文学作品的直觉基础上，主观差异性较大。而兴起于 20 世纪 60 年代的语料库语言学则为文学批评提供了一个全新的视野和思路。杨惠中在《语料库语言学导论》一书中说，"语料库语言学以真实的语言

数据为研究对象，从宏观的角度对大数量的语言事实进行分析，从中寻找语言的使用规律；在语言分析方面采用概率法，以实际使用中的语言现象的出现概率为依据建立语法分析。"（杨惠中，2004：4）

而文学文体学是采用语言学的分析方法对文学语篇进行研究，涉及语音、句法、语义、语用等多个层面的描述，是一门融合了语用学、批评话语分析、社会语言学、认知语言学等众多分支学科的跨学科研究。申丹说，"文学文体学是连接语言学与文学批评的桥梁，它以阐释具体文本为目的，集中探讨作者如何通过对语言的选择来表达和加强主题意义和美学效果。文学文体学的阐释路子基本上与传统批评一致，借助于阐释经验、直觉和洞察力，但反对一味凭借主观印象，主张对文本进行细读，要求言必有据。"（申丹，1994）

尤其进入 21 世纪以来，随着计算机技术的迅猛发展，融合了语料库语言学与文学文体学的语料库文体学已经成为一种新的潮流，越来越多的学者开始利用语料库的各种工具分析和解读储存成电子格式的文学文本。通过语料库可以直观地呈现文学文本的语言特征，观察到一个词语、多词序列（"n-grams"，也有"词丛""词簇""词块""语块"等众多说法）、甚至整个句子在整个文学语篇中的位置分布、出现频率、搭配关系、与搭配词的语义关系和语义倾向、语法结构等，从而凸显作家的文体风格。另外还可以通过高频词和主题词表勾勒出整个语篇的框架脉络，甚至结合相关文学批评理论揭示出其主题内涵。通过以上介绍可以看出，语料库文体学同时具有自然科学和社会科学的双重属性，它整合了定性研究和量化研究，是一门名副其实的交义学科。如赵永刚所说，"文学批评是定性的、阐释性的，以阅读体验为基础的研究；而语料库方法则是量化的、描述性的，以概率为基础的语料统计分析。二者的结合能够使文本的分析描述更系统，也更为可靠。"（赵永刚，2011）

　　语料库文体学的出现是计算机飞速发展的必然结果，对文学批评的理论与实践具有深远的意义。一方面使用语料库语言学研究文学文本"开启了文学批评的实证主义研究，拓展了文学批评的研究层面，丰富了文学批评的研究方法。"（李涛、王菊丽，2009）语料库软件与工具使用严密、科学的统计方法，可以为文本解读提供真实的语言数据支撑，具有很强的客观检验性，避免传统文学批评只注重概念演绎或生搬文学以外的各种理论进行穿凿附会的弊端。（杨惠中，2004）另一方面，"一部文学作品的文体风格是作者的创作意图在字里行间的反映，研究文体风格必须源于作品的文本，也就是语言的使用。"（赵永刚，2011）而语料库文体学的出现就有助于使文学批评从传统的文本外部研究转向文本内部自身，不再局限于考察作品的社会背景和作家生平，而是回归了语言本体，是文学研究的"语言学转向"的体现之一。

三、基于语料库文体学的《小王子》特色研究

笔者使用检索工具 AntConc 与统计工具 Readability Analyzer （许家金、贾云龙，2009），以《小王子》的英文文本为观察语料库（约 20650 词）进行检索与统计分析，探讨其文体风格、语言特色、叙述视角，以及主题内涵。同时，为了使研究更具客观性，笔者选取了四部相似体裁的英语儿童文学作品，它们分别为《秘密花园》（*The Secret Garden*）、《夏洛的网》（*Charlotte's Web*）、《爱丽丝梦游仙境》（*Alice in Wonderland*）、《通往特雷比西亚之桥》（*Bridge to Terabithia*），自建了一个小型参照语料库（共计约 170，862 词），以进行比较研究。

（一）基本信息统计分析

首先使用 Readability Analyzer 统计软件，检测到两个语料库

的一些基本信息:

表1 语料库基本信息

	观察语料库	参照语料库
类符（Word Types）	2150	18319
形符（Word Tokens）	20650	170862
类符/形符比（TTR）	12.82	10.71
标准类符/形符比（STTR）	13.75	11.62
平均词长（AWL）	4.40	4.05
平均句长（ASL）	16.30	14.35
阅读容易度	62.70	78.15
文本难度	37.30	21.85

其中，类符/形符比是衡量文本词汇丰富程度或者说词汇密度（lexical density）的指标之一，它的比值越高，说明文本使用的词汇就越丰富。然而，考虑到两个语料库的大小差异悬殊，观察其标准类符/形符比会更具科学性。其计算方法是，"计算每个文本每1000词（1000词是参考值，可根据文本长度进行适当调整）的类符/形符比，将所得到的若干个类符/形符比进行均值处理，最终得到的数值即为标准化类符/形符比。"（梁茂成、李文中、许家金，2010：9）两个语料库的标准类符形符比都不高，这从一个侧面说明这一类型的儿童文学作品词汇变化

不大，生词难词比较少，符合青少年读者的阅读接受水平。

此外，平均词长是指文本中所有单词包含字母的平均数，平均句长则是所有句子包含单词的平均数。一般来说，平均词长与句长是决定文本难易程度的一个重要指标，是衡量作者文体风格的因素之一，平均词长与平均句长越长，文本就相对而言越复杂难懂，正式程度越高。《小王子》和同类体裁的四部作品一样，平均词长与平均句长的数值都不高，可以初步推断出它们使用了较多的简短、明快的词汇和句子，趋向于非正式的文体风格。就阅读容易度和文本难度而言，两者是此消彼长的关系，从数据中可以大致看出同为儿童文学类作品，《小王子》与其他四部作品一样，比较浅显易懂，可读性较强，呈现出简洁质朴的语言风格，尤其适合青少年读者阅读。最后值得注意的一点是，相对于参照语料库，《小王子》的文本难度稍高一些，这也许是因为文本中并没有采用戏剧性较强的情节冲突来吸引读者，反而使用了一些隐喻、象征的诗意语言，以及作品本身的哲理性较强，需要读者静心思考、耐心回味一番才能领会作者的真实创作意图。

（二）基于词表的文体风格分析

使用 AntConc 检索软件的词表（word list）功能，可以得出

《小王子》的高频词表，如表 2 所示。因篇幅所限，本文仅列出前 15 词，以下着重分析"and"和"said"两个高频词。

表 2 《小王子》部分高频词表

高频词	the	I	to	a	and	of	that	
频数	1037	550	477	424	364	343	323	
高频词	you	he	is	little	it	prince	said	was
频数	311	303	303	285	267	211	196	195

（1）

HIT FILE: 1   FILE: 小王子英文版.txt

No. of Hits = 364
File Length (in chars) = 106334

图 1 "and"词图

如图 1 所示，AntConc 的词图（concordance plot）功能可以清晰地展现某一个词在文本中出现的先后位置和分布密度，有助于我们直观地观察情节的发展推进，从而透视整个语篇的框架结构。从词图中我们可以看到"and"一词贯穿文本始终，而且分布得非常紧密、均匀。为了凸显"and"和周围词的搭配以及语法范式，笔者使用词簇（clusters）功能提取了文本中关于"and"的高频两词到三词词簇，其中前五个高频词簇如表 3 所示：

146

表 3 "and" 部分高频两词到三词簇

高频词簇	and I	and he	and the	and that	and the little prince
频数	39	35	26	13	11

结合进一步的索引观察，可以发现在文本中"and"多作为连词引导下一个分句，构成并列句；或者引出下一个句子。例如：

"Then come back to say goodbye to me, and I will make you a present of a secret."

"And all day he says over and over, just like you: I am busy with matters of consequence!"

考虑到"and"是英语口语中最常见的连接词，这一结果从一个方面说明《小王子》的用词和句子结构相对简单，口语化特征比较明显，可读性较强。

（2）

HIT FILE: 1   FILE: 小王子英文版.txt

No. of Hits = 550
File Length (in chars) = 106334

图 2 "I"词图

HIT FILE: 1   FILE: 小王子英文版.txt

No. of Hits = 196
File Length (in chars) = 106334

图3 "said"词图

在一部作品的高频词表中，通常功能词容易排在前列，比如"the""to""of"等，但是在《小王子》中，"I"的出现频率位居第二，高达550频次，且从词图中可以看出"I"的出现贯穿文本始终，分布得紧密而且均匀。这反映了《小王子》采用的叙事视角主要是第一人称叙述。《小王子》采用的是双重叙事框架，即"故事中的故事"—— 内层是小王子向飞行员讲述他的故事，外层则是叙述者飞行员向读者转述小王子的故事，以及他和小王子相处的情形，因此在文本中少不了"我"（即飞行员）字眼的出现。第一人称叙事视角可以使故事更加令人信服，人物形象更加鲜活。尤其考虑到小王子的人物设定，他不是现实生活中和我们一样的普通人，很容易让人觉得遥远神秘。因此第一人称叙事视角就拉近读者与书中人物的距离，让读者随着飞行员的讲述一步一步地走近、了解小王子，对他产生一种亲切感，甚至相信小王子真的曾经来到过地球上的撒哈拉沙漠，从而增强了作品的艺术感染力。

表 4 "said" 部分高频两词到三词词簇

高频词簇	said the	said to	said the little prince	said the fox	said to him
频数	94	44	41	16	12

"Said" 一词的出现频次大大少于 "and"，但同样贯穿文本始终，分布较多集中在文本后半部分。"Said" 作为高频词出现说明文本中的对话较多，口语化特征明显，另外一般过去时的时态也印证了文本采用的倒叙形式。使用大量对话的好处是一方面增强了故事的真实感，使读者身临其境，零距离聆听到人物的心声；另一方面，对话本身就是塑造人物形象一种的手段，通过人物的话语与人物彼此之间的对答，鲜活的人物形象自然跃然纸上。

(三) 基于主题词表的主题内涵分析

利用 AntConc 的主题词（Key Word List）功能，将四部相似体裁的参照语料库作为对比，可以提取出《小王子》的主题词表（如表 5 所示）。主题词指与参照语料库中的词汇分布相比，观察语料库中出现频率显著性高的那些词。分析语篇中具有超常频率的主题词以及与其具有共现关系①的词语，是分析语篇的主题思想的重要手段。这里主题词的关键值指的是该主题词对文本而言的重要程度，关键值越大，凸显作品主题的价值就越大。

表5　《小王子》部分主题词表

主题词	prince	little	planet	is	my	flower	stars	are
关键性	866	438	335	318	185	160	157	139
主题词	I	fox	geographer	me	ups	baobabs	have	desert
关键性	136	108	105	91	88	78	76	75

这里列出了前16个主题词。通过主题词表可以推测出故事情节的大致发展脉络和一些关键信息。在主题词中"prince"的关键值异常的高，说明故事的第一主人公是小王子；根据其他主题词可知他来自一个小星球，故事的地点发生在沙漠中；花儿和狐狸是揭示主题的重要人物，如果阅读了文本我们可知花儿是小王子喜欢的对象，给他带来的既有喜悦也有悲伤，甚至

---

① 共现词（collocate）是指以一定频率共现于同一语篇中的词。https：// baike. baidu. com/item/%E5%85%B1%E7%8E%B0%E8%AF%8D/16507094？ fr = aladdin

困惑，狐狸则成为小王子的朋友，给他带来很多智慧的启迪，让他知道什么是爱与责任；至于星星，书中数次提到过仰望星空，星星在作品中似乎象征了一种人们对美好生活的向往，以及人与人之间的温暖情谊：

He has never smelled a flower. He has never looked at a star. He has never loved any one.

他从来没闻到过花朵的芬芳。他从来没有见过星星。他不爱任何人。(33)

When he lights his street lamp, it is as if he brought one more star to life, or one flower.

当他把路灯点亮，就好像带来了新的星星或花朵。(61)

"If you love a flower that lives on a star, it is sweet to look at the sky at night. All the stars are bloom with flowers..."

"如果你爱上一朵生长在某颗星球上的花，当你抬头望着夜空时，你会感到很甜蜜。仿佛所有的星星都开满了鲜花……"(108)

（1）flower / rose

索引（concordance）功能是语料库检索最基本的分析手段。它以某一个词或者几个连续出现的词（或称"多词序列"）作为关键词，利用检索软件得出关键词及其所在行固定数量的语境词，并以关键词为中心显示出来。以关键词（也可称"节点词"）为中心，左右显示的词数构成了该关键词的跨距，跨距中的词构成关键词的微型语境，或称共现语篇（杨惠中，2004）。在对文学作品的检索分析中，我们可以根据这种微型语境进行关键词的搭配分析和作品的主题分析。

在主题词表中 flower 的关键值超过 100，可以看出它对主题表达的重要程度。以 flower（55 频次）和 rose（16 频次）进行检索，可以统计出 71 处索引行，从这些索引行中可以体会到小王子对玫瑰花态度的转变，以及自己的成长过程。

在一开始，虽然与玫瑰花闹了些变扭，导致小王子离开了自己的小星球，但是他对玫瑰花还是引以为豪的，因为他以为这朵漂亮的玫瑰花只生长在他的星球上，因此是独一无二的。但是当他来到地球经过一个玫瑰盛开的花园，发现有五千朵一模一样的美丽玫瑰花时，不禁觉得伤心失望了，原来他的玫瑰花并不是独一无二的，如此一来，他的玫瑰花还有什么特别价值呢?

And he was overcome with sadness. His flower had told him that she was the only one of her kind in all the universe. And here were five thousand of them, all alike, in one single garden!

他觉得很不高兴。他那朵花曾经对他说，她是宇宙里唯一的玫瑰花。这里光是一个花园就有五千朵和她一模一样的花!（82）

Then he went on with his reflections: "I thought that I was rich, with a flower that was unique in all the world; and all I had was a common rose. A common rose, and three volcanoes that come up to my knees—and one of them perhaps extinct forever… that doesn't make me a very great prince…" And he lay down in the grass and cried.

然后他又想:"我原以为我很富裕，拥有一朵独特的花，但她其实只是一朵玫瑰。这朵花，再加上三座只有我的膝盖那么高的火山，而且其中一座很可能永远不会再喷发，这些并不足以让我成为非常伟大的王

子……"他趴在草地上哭了起来。(82)

然而就在这时,狐狸出现了,经过狐狸的一番智慧点拨,小王子开始认识到玫瑰花的珍贵并不在于她本身是不是独一无二的,而在于她是"他的"玫瑰花,他们互相"驯化"了对方,他们因为对方的存在才变得与其他众多同类如此不同。更重要的是,爱就是一种"驯化",每个人都要对自己"驯化"的对象负责,作品字里行间关于爱与责任的这些哲理性思考反映了作者的存在主义思想。

"You are not at all like my rose," he said. "As yet you are nothing. No one has tamed you, and you have tamed no one. You are like my fox when I first knew him. He was only a fox like a hundred thousand other foxes. But I have made him my friend, and now he is unique in all the world."

"你们根本不像我的玫瑰,你们现在什么也不是,"他说,"没有人驯化你们,你们也没有驯化任何人。你们就像先前那只狐狸。他原本只是普通的狐狸,和其

他成千上万只狐狸没有什么不同。但我和他交了朋友，现在他是全世界独一无二的。"（88-89）

"You are beautiful, but you are empty," he went on. "One could not die for you. To be sure, an ordinary passerby would think that my rose looked just like you——the rose that belongs to me. But in herself alone she is more important than all the hundreds of you other roses: because it is she that I have watered; because it is she that I have put under the glass globe; because it is she that I have sheltered behind the screen; because it is for her that I have killed the caterpillars (except the two or three that we saved to become butterflies); because it is she that I have listened to, when she grumbled, or boasted, or even sometimes when she said nothing. Because she is my rose. "

"你们很美丽，但也很空虚，"他继续说，"不会有人为你们去死。当然，寻常的路人会认为我的玫瑰花和你们差不多。但她比你们全部加起来还重要，因为我给浇过水。因为我给她盖过玻璃罩。因为我为她挡过风。因为我为她消灭过毛毛虫（但留了两三条活

口，好让它们变成蝴蝶）。因为我倾听过她的抱怨和吹嘘，甚至有时候也倾听她的沉默。因为她是我的玫瑰。"（89）

"It is the time you have wasted for your rose that makes your rose so important. "

"正是你为你的玫瑰付出的时间，使得你的玫瑰是如此的重要。"（89）

"Men have forgotten this truth," said the fox. "But you must not forget it. You become responsible, forever, for what you have tamed. You are responsible for your rose..."

"人类已经忘记这条真理，"狐狸说，"但你千万不要忘记。你要永远为你驯化的东西负责。你要为你的玫瑰负责……"（89-90）

（2）ups / grown / consequence

"ups"（22 频次）、"grown"（28 频次）、"consequence"（16 频次）这几个词在主题词表中也处于显著位置，说明它们也在揭示作品的主题思想中起到了重要作用。通过使用文件浏览（file view）功能，可以发现在《小王子》文本中，涉及这三个词的语境基本都是贬义色彩的，大多从孩子的视角出发，表达了对成人世界的不认同，反复通过小王子之口说出"大人们简直是太奇怪了"这句话：

"The grown-ups are very strange," the little prince said to himself, as he continued on his journey.

"The grown-ups are certainly very odd," he said to himself, as he continued on his journey.

"The grown-ups are certainly very, very odd," he said to himself, as he continued on his journey.

通过反复使用"consequence"一词，作品在多处嘲讽性地批判了成人世界的荒谬异化与理性实用，而这正是作品的主题之一：

"Matters of consequence!"

He looked at me there, with my hammer in my hand, my fingers black with engine-grease, bending down over an object which seemed to him extremely ugly…

"You talk just like the grown-ups!"

"正经的事!"

他盯着我看,当时我手里拿着铁锤,手指沾满黑色油污,正在弯腰摆弄某台在他看来十分丑陋的机器。

"你说话的口气很像大人!"(33)

尤其通过描写小王子探访第四个星球上那个做生意的人,作品更是嘲讽了成人世界只会用冷冰冰的数字衡量一切,盲目地追求物质利益和讲究实用主义:

"Five-hundred-and-one million—I cannot stop… I have so much to do! I am concerned with matters of consequence. I do not amuse myself with balderdash. Two and five make seven…"

"五亿零一百……我不知道。我有很多事情要做!我是个正经人,没有空说废话!二加五等于七……"(55)

"As for me, I am concerned with matters of consequence. There is no time for idle dreaming in my life. "

"但我是很正经的！我没有时间做白日梦！" (57)

" Five-hundred-and-one million, six-hundred-twenty-two thousand, seven-hundred-thirty-one. I am concerned with matters of consequence: I am accurate. "

"是五亿零一百六十二万二千七百三十一颗星星。我是个正经人，我讲究准确。" (57)

四、结语

综上所述，笔者使用检索工具 AntConc 与统计工具 Readability Analyzer，对《小王子》的英文文本进行了检索与统计分析，探讨其在文体风格、语言使用、叙述视角，以及主题内涵几方面的特色。通过观察发现，一方面，《小王子》的语言风格简洁质朴，倾向于使用相对简单的词汇，词汇变化不大，而且句子结构比较简单，口语化特征强，因此可读性较强，适合青少年阅读。另外作者使用第一人称叙事视角，增加了故事的可信度，也使人物形象更加鲜活。另一方面，通过对相关主题词汇的检索分析，也印证了以往研究中指出的作者的存在主义思想倾向，尤其作者关于"驯化""爱""责任"等颇具哲理性的思考；以及作品对成人世界荒谬异化、理性功利的嘲讽与批判。

通过这个实例可以看出，使用语料库可以准确获取到文学作品中的大量语言特征实例，为文学批评提供了一种全新而独特研究视野。我们可以通过语料库用真实的语言数据对文本进行更加客观的描述和解释，把对作品的感性解读与理性研究结合起来，从而更准确地把握作品的语言使用、人物塑造、主题表达。使用语料库研究文学作品是宏观把握和微观特征的结合，是形式与意义的结合，它既可以提供可靠的量化数据和准确的文本细节支撑，又可以印证以往文学批评的研究成果，有时甚至能发现传统文学批评发现不到的东西。

然而，同时我们也应当看到，使用语料库分析文学作品尽管有其独到的优势，但是也不能完全取代传统的文学批评，它只是一种研究方法的补充。只有在充分阅读作品的基础上，在结合相关文学理论的基础上，才有可能对语料库获取的数据进行有效合理的解读与分析，并进一步挖掘文学文本的深层含义，否则的话，数据也只能是数据。

【深度解读】之三：
电影《小王子》中的重构与回归

> 小说的语言质朴平实，但诗意优美，把深邃的寓意与生动的形象结合起来，传达出一种细致温润的韵味，具有历久弥新的艺术魅力。电影则凭借其视觉优势与现代科技重现原著的风采，为观众带来一番鲜活生动的审美体验。但同时作为现代社会的大众传媒手段，电影中也不可避免地加入现代读者对经典的理解与思考，以及贴近现代观众的观影心理与审美品位。

一、引言

3D 奇幻动画电影《小王子》是法国益娱乐公司（On Entertainment）影片公司在 2015 年出品的，由曾经导演《功夫熊猫》的美国导演马克·奥斯本（Mark Osborne）执导。这部电影改编自法国同名小说《小王子》（1943），是兼具作家与飞行员双重身份的安托万·德·圣埃克苏佩里（Antoine de Saint-

Exupéry，1900—1944）创作的经典之作。这部短篇童话在世界各地拥有众多读者，受到孩子和大人的一致喜爱。

国外知名电影网站 *The Playlist* 对这部电影的评价是，"电影保留了这本书中大部分语句，以一种不失为相当迷人的方式表达出了故事中隐含的忧郁基调，外观上可能会符合书迷们的要求，而剧情本身引入了新的主题、人物和冒险元素，带给它更主流、现代的情感。"如果抱着百分百忠实于原著的期待去观看电影《小王子》，很多人未免会大失所望了。与其说电影《小王子》是原著的改编版本，不如说它只是与原著有着紧密互文性的一部电影。文学经典具有跨越时空的永恒魅力，经历时间的洗礼和岁月的沉淀而历久弥新，然而每个时代的读者都会对经典作品有不同于前人的理解，而且文学文本和电影画面也是两种截然不同的艺术传播媒介。因此电影《小王子》的创作者们依照自己的理解，并充分考虑了现代观众的观影期待，大胆地对原著进行了大刀阔斧的改编，且融入了一些崭新的元素，也不失为一部品质精良、新颖唯美的艺术佳作。

二、叙事重构

《小王子》的原著与电影有着截然迥异的风格。小说是法式

162

文艺的，像一首淡淡的、忧伤的散文诗，没有紧张的矛盾冲突，没有戏剧化的情节推进，没有扣人心弦的高潮场景，最后的结局也是半开放式的。小王子和飞行员在沙漠中告别之后，他迈出最后一步，一道黄色闪电从他脚边掠过，他慢慢地倒下，就从此消失了，小王子在地球的故事在这里戛然而止。相信很多读者都有一些疑问：他有没有如愿回到自己的小星球呢？玫瑰花还在小星球上等着他吗？两人重逢的场面是怎样呢？小王子长大成人以后会是什么样？……半开放式的结局虽然让读者产生足够的疑惑和悬念，却也留给我们丰富的想象空间，为作品增添了一丝神秘隽永的魅力，其余韵悠长，令人回味不已。

而电影则是美式合家欢风格的，是一部典型的好莱坞式奇幻冒险动画电影，充满着当下现代人津津乐道的娱乐精神。电影有开端介绍，有情节的发展推进，有矛盾冲突（纯真活泼的女孩与望女成凤的妈妈、女孩与飞行员、小王子与现代社会……），有紧张刺激的高潮场景，有情节的回落，最后更有电影观众喜闻乐见的大团圆结局，是一道欢乐轻松的文化快餐。但若与含蓄细腻的原著相比，电影显得外露直白，留给观众的想象空间和回味余地少了很多。

在小说中小王子是绝对的主人公，通过飞行员的叙述与转述，读者了解到小王子的故事，以及飞行员和小王子之间的友情。相信很多读者在看到最后小说结局的时候，都和飞行员一样感到惋惜与不舍，很多人会忍不住想，小王子真的回到他的小星球了吗？回到小星球后一切又是否和往常一样呢？如果小王子没有回到他的小星球呢？

　　而在电影中，则采取了"故事中的故事"的双重叙事框架，小女孩的故事是作为主线的外层，小王子的故事仅是作为支线的里层。小王子并不是主人公，他出场的部分大大减少，是为了小女孩的故事主线服务的。在电影的前半部分，他仅在飞行员的回忆中以绘本的形式出现，成为连接小女孩和飞行员结识的纽带。而在电影后半部分，两条叙事线索因为飞行员而交融在一起，——飞行员生病住进了医院，小女孩为了实现飞行员的心愿，决定开飞机去太空寻找小王子，踏上了冒险之旅，由此闯入了电影重新构建的小王子长大成人后的世界。当小女孩飞到一个工业星球，发现曾经拥有细腻情感和丰富想象力的小王子已经长大成人，但却变成了面目模糊、泯然于众人之中的"王子先生"。后来在小女孩的帮助下，小王子才重拾自我，并回到了自己的小星球，见到了玫瑰花的最后一面。

　　电影中新增加了小女孩和妈妈两个人物形象，通过她们着重讲述小女孩被成人世界的束缚，她与飞行员的关系，以及后来开飞机寻找小王子的冒险经历，从而传达出影片爱与成长的主题，批判了现代教育制度的残酷。这样一来，电影就加入了童话世界与现代都市的对比，强化了现实与想象、儿童与成人之间的矛盾冲突。电影通过解构小说的结局，让童话中的小王子走进现代文明和成人世界，描绘那个充满灵气和忧郁的小王子已被时光扼杀，他在一个工业星球上的现代都市中失去了自我，丧失了爱与梦想，而成为一个只顾机械麻木地打扫楼顶的清洁工——一个懦弱无聊的"大人"，当小女孩看到他时，他用一连几句的"我在工作"来掩饰内心的空虚与焦虑……这一处改编虽然与原著在文本层面上极度不符，但其实更有力地强化了原著中对现代文明与成人世界的讽刺与批判，从而在更深的层面上与原著达到了神韵上的统一。

针对小说，电影作了多处改编与创新，省略了一些精华之处，尤其电影后半部分变成了典型的好莱坞式冒险故事。但是电影也大量保留了原著中重要的语言对白，从而唤醒了观众在阅读小说时的美好记忆，比如以下几处：

"对我来说，你无非是个孩子，和其他成千上万个孩子没有什么区别。我不需要你。你也不需要我。对你来说，我无非是只狐狸，和其他成千上万只狐狸没有什么不同。但如果你驯化了我，那我们就会彼此需要。你对我来说是独一无二的，我对你来说也是独一无二的……"（84）

"你们很美丽，但也很空虚，"……"不会有人为你们去死。当然，寻常的路人会认为我的玫瑰花和你们差不多。但她比你们全部加起来还重要，因为我给她浇过水。因为我给她盖过玻璃罩。因为我为她挡过风。因为我为她消灭过毛毛虫（但留了两三条活口，好让它们变成蝴蝶）。因为我倾听过她的抱怨和吹嘘，甚至有时候也倾听她的沉默。因为她是我的玫瑰。"（89）

"这是我的秘密，它很简单；看东西只有用心才能看得清楚。重要的东西，用眼睛是看不见的。"（89）

"正是你为你的玫瑰付出的时间，使得你的玫瑰是如此的重要。"（89）

"你这里的人，会在花园里种五千株玫瑰……却找不到他们想要的东西。……然而他们要寻找的东西，

也许就藏在一朵玫瑰或者一点清水之中……。"（101）

　　"当你抬头看着夜空时，因为我住在某颗星星上面，因为我会在某颗星星上面笑，所以对你来说，就好像所有的星星都在笑。到时你将会拥有会笑的星星！"（109）

　　同时，电影也选用了原著中重要的插图场景，比如小王子要求飞行员画的绵羊，飞行员画了几只小王子都不满意，直到最后飞行员画了一个盒子，小王子看了才满意。另外电影把小王子的故事以飞行员给小女孩画的绘本形式展现出来，不仅成为小女孩与飞行员结识的缘起，也成为连接原著与电影的一道桥梁，是一处匠心独运的设计。

三、主题偏移

　　小说的主题是寻找与批判——探寻生命的真谛，寻找爱、友情、与责任，同时讽刺与批判现代文明和成人世界的实用主义、追逐名利、贪婪虚伪、麻木刻板、与缺乏想象。小说虽然语言浅显质朴，但是简洁流畅，富有诗意。作品情感细腻，内涵丰富，蕴藏着深刻的哲理，且包含有多重隐喻与象征，充满了不确定性，极富想象空间。

而电影则是现代版本的"小王子"，是对原著的通俗化演绎，电影对原著中的多重隐喻与主题只截取了部分展现。电影的主题也同时被偏移到小女孩的成长与找回童心的主题——她被社会压抑已久的儿童天性被飞行员唤醒，最终找回了儿童时代应有的纯真。而且通过展现小女孩遭遇的学业重压，与家长的望女成凤，影片更具有对现实社会的关照性与鲜明的时代感，从而更容易引起观众强烈的代入感和情感共鸣。另外影片还引入了一个新的主题，即"真正的问题不在于长大，而在于遗忘"。

在重新构建一个全新情节框架的同时，电影在人物和情节上还做了其他多处改编。比如增加了新的人物形象，包括纯真可爱的小女孩和她望女成凤的妈妈；把小说中小王子探访的六个小星球上的人只保留了三个——国王、爱慕虚荣的人、追求金钱的星星痴迷者，而且还让他们在现代都市中有了相应的职业：国王是高楼大厦里的电梯操作员、爱慕虚荣的人变成了警察、数星星的商人依然是唯利是图的商人，从而增添了影片的趣味性与现代气息。但是电影做了这些大幅度的改编，导致的一个负面结果是把原著中的多重主题和丰富内涵简单化、概念化，另外也弱化了原著中的其他重要人物，比如玫瑰花和狐狸，这是十分令人惋惜的。

当然，在做出重大改动的同时，电影也保留了原著的部分神韵。比如传承了"找回童真"的精神。再比如虽然电影把六个小星球上的人缩减为三个，而且无中生有地让他们在现代社会中有了新的职业。但是这些典型人物象征了人性中的自大、贪婪、冷漠、虚伪、盲目，是具有永恒的象征意蕴的，这三组典型人物无论在哪个时代、在哪个地方都普遍存在，因此电影中对现代文明与成人世界的批判和嘲讽是与原著一脉相承的。

四、绘声绘影

文学和电影是两种完全不同的艺术表现形式。电影凭借其独特的画面、光影、音响、音乐等多维度的叙事优势，再辅以发达的现代科学技术，可以生动地再现原著中清新唯美、奇思妙想的童话世界，从而更增加了感染力，使电影院中的观众有身临其境之感。一部品质精良的电影可以使传统的文学经典焕发出新的生机，为原著注入新的活力。

尤其在电影《小王子》中，创作人员别出心裁地使用了两种动画技术——计算机合成图像（CGI）与手动定格图像。他们采用以冷色调为主的CG三维动画技术呈现小女孩和她所在的现实世界，采用定格拍摄手绘折纸的静态动画技术表现原著中小王子所在的童话世界。这样现实世界与童话世界的迥然质感与色调分别呈现，写实与怀旧、灰暗冰冷与鲜艳温暖、按部就班与天马行空，再辅以时而空灵柔美、时而温馨悠扬的配乐——两个世界互为强烈反差，在观众面前不断交替融合，为他们渲染出一副精彩绝伦的感官盛宴。

五、结语

《三联生活周刊》曾经专访作者的家族传人奥利弗·阿加耶，他说，"这个电影要讲一个新的故事，但又要保留小王子最核心的价值观，关于爱，关于友谊，关于失去，关于希望"。小说的语言质朴平实，但诗意优美，把深邃的寓意与生动的形象结合起来，传达出一种细致温润的韵味，具有历久弥新的艺术魅力。电影则凭借其视觉优势与现代科技重现原著的风采，为观众带来一番鲜活生动的审美体验。但同时作为现代社会的大众传媒手段，电影中也不可避免地加入现代读者对经典的理解与思考，以及贴近现代观众的观影心理与审美品位。这种文学名著与电影改编之间的良性互动可以使更多的观众在大屏幕上领略文学经典的风采，同时为小说的解读提供更多的可能性，为原著的艺术生命注入新的活力，因此无疑是有积极意义的。

参考文献

［1］Saint-Exupéry, de. Antoine. The Little Prince. Beijing：Dolphin Books，2015.

［2］Wynne, M. Stylistics Corpus Approaches. K. Brown Encyclopedia of Language and Linguisitcs（2nd edition）. Oxford：Elsevier Science，2006.

［3］安托万·德·圣埃克苏佩里. 小王子. 李继宏，译. 天津：天津人民出版社，2015.

［4］方珊. 俄国形式主义文论选. 北京：三联书店，1989.

［5］李涛、王菊丽. 语料库文体学：计算机辅助文学语篇的文体分析. 外语电化教学，2009（1）.

［6］李千钧. 从颠覆童话创作传统到批判西方现代文明病——艾克絮佩里在《小王子》中的文体创新及思想. 哈尔滨工业大学学报（社会科学版），2006（11）.

［7］梁茂成，李文中，许家金. 语料库应用教程. 北京：外语教学与研究出版社，2010.

［8］刘万勇. 论俄国形式主义诗学的"文学性"与"陌生化". 山西大学学报，1997（2）.

［9］卢卫中、夏云. 语料库文体学：文学文体学研究的新途径。外国语，2010（1）.

［10］申丹. 文学文体学的分析模式及其面临的挑战. 外语与外语教学，1994（3）.

［11］谭晓闯. 电影《小王子》的互文性分析. 电影文学，2016

（16）.

　　［12］许家金、贾云龙．Readability Analyzer 1. 0：A text difficulty analyzing tool. 北京：北京外国语大学中国外语教育研究中心，2009.

　　［13］杨惠中．语料库语言学导论．上海：上海外语教育出版社，2004.

　　［14］易丹．从存在到毁灭．石家庄：花山文艺出版社，1989.

　　［15］张丽丽.《小王子》：小说原著到电影改编的差异分析. 电影评介，2016（22）.

　　［16］张首映．西方二十世纪文论史．北京：北京大学出版社，1999.

　　［17］赵瑞华．论电影《小王子》的改编策略．电影文学，2016（17）.

　　［18］赵永刚．当代文学批评的语料库语言学方法探索．湖北社会科学，2011（4）.

（本章作者：穆育枫）

4.《夏洛的网》

Charlotte's Web

作者简介

E. B. 怀特（1899—1985）即埃尔文·布鲁克斯·怀特（Elwyn Brooks White），是美国当代著名散文家和评论家。在康奈尔大学就读期间就开始担任《西雅图时报》等多家出版机构的记者。1926—1937 年他为《纽约客》杂志担任专职撰稿人，为这本杂志写下大量的散文、诗歌和别出心裁的文章。1938—1943 年，怀特作为《哈珀斯》杂志的专栏作家，为该杂志的"个人观点"专栏撰写了大量的散文。这些"怀特式"散文在1942 年被结集出版后，被评论家认为是怀特最优秀的一本散文集。他的文风"冷峻清丽，辛辣幽默，自成一格"。除了大量的散文、杂文等，对于几代美国儿童来说，怀特还书写了三部优秀儿童作品：《小老鼠斯图亚特》（*Stuart Little*）（1945）、《夏洛的网》（*Charlotte's Web*）（1952）以及《天鹅的喇叭》（*The Trumpet of the Swan*）（1970）。其中最受欢迎的就是《夏洛的网》，在美国 1976 年《出版周刊》的一次读者调查中，这本童话位居"美国十佳儿童文学名著"中的首位。一代又一代的大中学生和作者熟悉怀特，因为他是《风格的要素》（*The Elements of Style*）（1959）这本书的合著者（兼修订者）。该书是关于作文和惯用法的经典文献，被广泛用作美国中学与大学的教材。由于怀特在散文创作等方面取得的突出成绩，他曾获得多项殊荣：1971 年获得美国"国家文学奖章"；1973 年，他入选美国文学艺术学院 50 名永久院士之一；1978 年，获得普利策特别文学奖；怀特还曾获得美国 7 所大学及学院的名誉学位。他的主要作品还包括：《女士是冷酷的》（*The Lady is Cold*）（1928），《性是必需的吗？》（*Is Sex Necessary?*）（1929），《美国幽默文库》（*A Subtreasury of American Humor*）（1941），《个人观点》（*One Man's Meat*）（1942），《野菖蒲》（*The Wild Flag*）（1946），《这里是纽约》（*This is New York*）（1949），《角落里的第二棵树》（*The Second Tree from the Corner*）（1954），《我罗盘的方位》（*The Points of My Compass*）（1962）等。

撷英采华

片段 1：

Fern loved Wilbur more than anything. She loved to stroke him, to feed him, to put him to bed. Every morning, as soon as she got up, she warmed his milk, tied his bib on, and held the bottle for him. Every afternoon, when the school bus stopped in front of her house, she jumped out and ran to the kitchen to fix another bottle for him. She fed him again at suppertime, and again just before going to bed. Mrs. Arable gave him a feeding around noontime each day, when Fern was away in school. Wilbur loved his milk, and he was never happier than when Fern was warming up a bottle for him. He would stand and gaze up at her with adoring eyes. (E. B. White, 2003: 9)[1]

译文：

弗恩（电影中译为芬恩）爱威尔伯胜过一切。她爱抚摩它，喂它，把它放在床上。每天早晨一起来，她就去热牛奶，给它围上围涎，拿着奶瓶喂它。每天下午，校车在家门口一停下来，她马上跳下车，噔噔噔跑到厨房，又给它弄牛奶。吃晚饭的时候再喂一次，睡觉前又喂一次。弗恩上学的时候，就由阿拉布尔太太每天中午喂它。威尔伯爱喝牛奶，再没有什么比弗恩为它热牛奶更让它开心的了。它抬起头来，用深情的眼睛看着她。(E. B. 怀特著，任溶溶译，2014: 10)[2]

片段 2：

Charlotte quietly stood over the fly, preparing to eat it. Wilbur lay down and closed his eyes. He was tired from his wakeful night and

---

[1] 小说的英文引文出自此版本。其后只在引文后标注页码，不另加注。

[2] 小说的中文引文出自此版本。其后只在引文后标注页码，不另加注。

from the excitement of meeting someone for the first time. A breeze brought him the smell of clove—the sweet-smelling world beyond his fence. "Well," he thought, "I've got a new friend, all right. But what a gamble friendship is! Charlotte is fierce, brutal, scheming, bloodthirsty—everything I don't like. How can I learn to like her, even though she is pretty and, of course, clever?"

Wilbur was merely suffering the doubts and fears that often go with finding a new friend. In good time he was to discover that he was mistaken about Charlotte. Underneath her rather bold and cruel exterior, she had a kind heart, and she was to prove loyal and true to the very end. (53-54)

译文:

夏洛静静地站在苍蝇上面，准备去吃它。威尔伯躺下来闭上眼睛。由于一夜没有睡好，又和陌生人第一次相识太兴奋了，它觉得十分疲倦。微风给它送来红花草的香气——它的围栏外面芬芳天地的香气。"好了，"它心里说，"我终于有一个新朋友了，错不了。可这友谊多么冒风险啊！夏洛凶狠、残忍、狡诈、嗜血——样样都不是我喜欢的。我怎么能学会喜欢它呢？哪怕它好看，当然，又聪明？"

找到一个新朋友，在喜悦之外，常常会同时有一些疑惑和恐惧，可威尔伯却只感受到了疑惑和恐惧。不过有时候它就会发现，它这是错看了夏洛。在夏洛凶猛残忍的外表下，有一颗

善良的心，到头来，它会显示出自己是个多么忠实的朋友。(40-
41）

片段 3：

Twilight settled over Zuckerman's barn, and a feeling of peace.
Fern knew it was almost suppertime but she couldn't bear to leave.
Swallows passed on silent wings, in and out of the doorways, bringing
food to their young ones. From across the road a bird sang
"Whippoorwill, whippoorwill!" Lurvy sat down under an apple tree
and lit his pipe: the animals sniffed the familiar smell of strong
tobacco. Wilbur heard the trill of the tree toad and the occasional
slamming of the kitchen door. All these sounds made him comfortable
and happy, for he loved life and loved to be a part of the world on a
summer evening. But as he lay there he remembered what the old
sheep had told him. The thought of death came to him and he began
to tremble with fear. (82-83）

译文：

　　暮色笼罩了朱克曼的农场，带来了一种和平的感觉。弗恩
知道晚饭时间要到了，可是她舍不得离开。燕子无声地扑动翅
膀，在门口飞进飞出，给它们的小鸟带来食物。大路对面，一
只小鸟在唱："唧唧喳，唧唧喳!"勒维在苹果树下面坐下来，
点燃他的烟斗；牲口吸着它们熟悉的强烈的烟草味。威尔伯听
到树蛙咕咕叫，还有偶尔的厨房关门声。所有这些声音让它感

到舒适和快活，因为它爱生活，爱成为夏夜世界的一分子。可它正躺在那里时，忽然想起老羊告诉它的话。关于死的想法来到它的脑子里，它吓得发起抖来。(63)

片段4：

The grown-ups climbed slowly into the truck and Wilbur heard the engine start and then heard the truck moving away in low speed. He would have left lonely and homesick, had Charlotte not been with him. He never felt lonely when she was near. In the distance he could still hear the music of the merry-go-round.

As he was dropping off to sleep he spoke to Charlotte.

"Sing me that song again, about the dung and the dark," he begged.

"Not tonight," she said in a low voice. "I'm too tired." Her voice didn't seem to come from her web.

"Where are you?" asked Wilbur. "I can't see you. Are you on your web?"

"I'm back here," she answered. "Up in this back corner."

"Why aren't you on your web?" asked Wilbur. "You almost never leave our web."

"I've left it tonight," she said.

Wilbur closed his eyes. "Charlotte," he said, after a while, "do you really think Zuckerman will let me live and not kill me when the cold weather comes? Do you really think so?"

"Of course," said Charlotte. "You are a famous pig and you are

a good pig. Tomorrow you will probably win a prize. The whole world will hear about you. Zuckerman will be proud and happy to own such a pig. You have nothing to fear, Wilbur—nothing to worry about. Maybe you'll live for ever—who knows? And now, go to sleep. "
（185-187）

译文：

大人慢慢地上车，威尔伯听到汽车发动、低速开走的声音。要不是有夏洛和它在一起，它真要感到孤独，要想家了。只要有夏洛在身边，它从不感到孤单。在远处，它还能听到旋转木马的音乐声。

当它要睡觉的时候，它跟夏洛说话了。

"再把那支歌唱一遍给我听吧，关于肥料和黑暗什么的。"它恳求夏洛说。

"今天不唱了，"夏洛低声说，"我太累了。"它的声音听上去不像是从它的网那边传来的。

"你在哪里啊?"威尔伯问道，"我看不见你。你在你的网上吗?"

"我在后面这儿，"夏洛回答说，"在后面墙角上头。"

"你为什么不在网上?"威尔伯问道，"你几乎从来不离开你那张网的。"

"今天晚上我离开了。"

威尔伯闭上眼睛。"夏洛，"过了一小会儿它又说，"你真认为朱克曼先生会让我活下去，天气冷了以后不杀我吗？你真这样想吗？"

"当然，"夏洛说，"你是一只大名鼎鼎的猪，你是一只好猪。明天你可能得奖。全世界都会知道你。朱克曼先生会因为有你这样一只猪而自豪得意。你不用怕，威尔伯——什么都不用担心。你也许会永远活下去——谁知道呢？而现在，你睡觉吧。"（137-138）

片段 5：

" A little tired, perhaps. But I feel peaceful. Your success in the ring this morning was, to a small degree, my success. Your future is assured. You will live, secure and safe, Wilbur. Nothing can harm you now. These autumn days will shorten and grow cold. The leaves will shake loose from the trees and fall. Christmas will come, then the snows of winter. You will live to enjoy the beauty of the frozen world, for you mean a great deal to Zuckerman and he will not harm you, ever. Winter will pass, the days will lengthen, the ice will melt in the pasture pond. The song sparrow will return and sing, the frogs will awake, the warm wind will blow again. All these sights and sounds and smells will be yours to enjoy, Wilbur—this lovely world, these golden days..."

Charlotte stopped. A moment later a tear came to Wilbur's eye. "Oh, Charlotte," he said. "To think that when I first met you I thought you were cruel and bloodthirsty!" When he recovered from his emotion, he spoke again.

"Why did you do all this for me?" he asked. "I don't deserve it. I've never done anything for you."

"You have been my friend," replied Charlotte. "That in itself is a tremendous thing. I wove my webs for you because I liked you. After all, what's a life anyway? We're born, we live a little while, we die. A spider's life can't help being something of a mess, with all this trapping and eating flies. By helping you, perhaps I was trying to lift up my life a trifle. Heaven knows anyone's life can stand a little of that."

"Well," said Wilbur, " I'm no good at making speeches. I haven't got your gift for words. But you have saved me, Charlotte, and I would gladly give you my life for you—I really would."

"I'm sure you would. And I thank you for your generous sentiments." (215-217)

译文:

"也许有点累。不过我觉得很平静。你今天上午在圆围栏里的成功,在很小的程度上也是我的成功。你的未来有保证了。你会活下去,安然无恙,威尔伯。现在没有什么能伤害你了。秋天的白昼要变短,天气要变冷。树叶要从树上飘落。圣诞节于是到了，接下来就下冬雪。你将活下来欣赏冰天雪地的美景，因为你对朱克曼先生来说太重要了，他怎么也不会伤害你。冬天会过去，白昼又变长，牧场池塘的冰要融化。北美歌雀将回来唱歌，青蛙将醒来，和暖的风又会吹起。所有这些景物、声音和香气都是供你享受的。威尔伯……噢，这个美好的世界，这些珍贵的日子……"

夏洛停了下来。过了一会儿，威尔伯的眼睛里涌出了泪水。"噢，夏洛，"它说，"想到第一次见到你，我还以为你很残酷，喜欢嗜血！"等它从情感激动中恢复过来，它又说了。

"你为什么为我做这一切呢？"它问道，"我不配。我没有为你做过任何事情。"

"你一直是我的朋友。"夏洛回答说，"这件事本身就是一件了不起的事。我为你结网，因为我喜欢你。再说，生命到底是什么啊？我们出生，我们活上一阵子，我们死去。一只蜘蛛，一生只忙着捕捉和吃苍蝇是毫无意义的，通过帮助你，也许可以提升一点我生命的价值。谁都知道人活着该做一点有意义的事情。"

"哎，"威尔伯说，"我不会说话。我也不能像你一样说得那么好。不过你救了我，夏洛，我很高兴为你献出生命——我

186

真心愿意。"

"我断定你会的。我感谢你这种慷慨之心。"（158-159）

影片资料

类型：剧情/喜剧

片长：97 分钟

出品：派拉蒙影业公司（Paramount）

导演：盖瑞·温尼克

编剧：苏珊娜·格兰特、凯利·柯克帕特里克

主演：达科塔·范宁饰弗恩

　　　多米尼克·斯科特·凯伊配音威尔伯（小猪）

　　　朱莉亚·罗伯茨配音夏洛（蜘蛛）

　　　史蒂夫·布西密配音坦普尔顿（老鼠）

　　　凯文·安德森饰阿拉布尔·霍默（农场主）

获奖情况：2007 年第 33 届土星奖最佳特效提名（卡伦·乔伊、小约翰·安德鲁·伯顿、布莱尔·克拉克、约翰·迪亚兹）；最佳奇幻电影奖提名。

剧情梗概

　　这是一个发生在美国农场的故事。阿拉布尔先生的母猪生了一窝小猪，但是多生出了一头又小又弱的猪，根本无法存活，他正要处理掉小猪的时候，女儿弗恩拦了下来并且坚决要自己喂养小猪。从此这头被弗恩起名叫作威尔伯的小猪给她的生活带来了无尽的欢乐。但是由于小猪个头会逐渐长大，阿拉布尔家的谷仓还有他用，于是威尔伯被送到农场邻居霍默舅舅家去喂养，弗恩可以定期去看望威尔伯，他们一直是一对形影不离的"好朋友"。威尔伯在霍默家的谷仓里结识了牛、马、羊、鹅、老鼠等很多新朋友，尤其是一只叫夏洛的灰蜘蛛主动与他结下友谊。动物们的闲言使得威尔伯得知自己是一只猪，年底要被屠宰成为圣诞大餐，他又害怕又难过。但是聪明善良的夏洛策划了网上织字的计划，帮助威尔伯成名，以此躲过一劫。起初是"王牌猪"，"了不起的猪"，随后又在老鼠坦普尔顿的帮助下织出了更为贴切的形容词"容光焕发的猪"。最后霍默一家决定带威尔伯去参加集市展览希望他能夺冠。虽然奖牌颁给了一头大猪，但是夏洛费尽了最后一丝力气织出的"谦逊的猪"为威尔伯赢得了集市特别大奖，终于使威尔伯幸存下来，而夏洛则产下卵袋虚弱而死。在夏洛为了友谊而自我牺牲的精神鼓舞下，威尔伯也坚决实现了自己对夏洛的承诺，带着卵袋回到谷仓，经过他和其他动物的细心看护，第二年春天，从夏洛的卵袋里爬出了无数只小蜘蛛。大部分都随风而飞，踏上自由的旅途。有三只喜欢谷仓的小蜘蛛留了下来，继续与谷仓动物们缔结友谊、和谐相处。

【深度解读】之一：
触动心灵的友谊之网
——析电影《夏洛的网》①

一头小猪和一个蜘蛛之间的奇特友谊，一个热爱生活、拯救生命的故事，这部温馨感人的电影生动展现了动物与动物之间、人与动物之间的友谊，投射出的是人类最高尚的品德——博爱之心以及人间最美好的图景——和谐之美。

一、引言

影片《夏洛的网》改变自美国著名散文家和专栏作家 E. B. 怀特的同名儿童小说。无论是读怀特的散文还是小说，他的文字都给人 种朴素、明晰、隽永的感觉，这也正是怀特生活的风格。怀特迷恋简单素朴的乡村生活，他一生的大部分光阴是在乡间度过的，在乡村养猪的生活经历激发了怀特创作的灵感。有一次他养的一头猪病死了。本来这也无足轻重，因为即使这

---

① 影片及字幕引自芒果 TV。

头猪没有病死，迟早也要被宰杀。可是为了救治这头猪，怀特费尽心血，与这头猪共度了三四个痛苦焦虑的日子。当猪最终死去时，作家在筋疲力尽中居然感到了一丝奇特的伤感，同时也获得了一种前所未有的感悟。在埋葬了这头猪后，他写下了一篇著名散文《猪之死》。文章的开头写道："春天，买上一头小猪仔，喂过夏秋，当酷寒天气来临时，宰掉——这是我非常熟稔的一种方式，自古以来一直是这样的。这是在大部分农庄里都一板一眼上演的悲剧。这种屠杀，因为是早有预谋，够得上一级罪愆，屠刀下去，迅疾而干脆利落，最终以烟熏火腿而隆重结束，从来就没有人对此行为存有过任何质疑。"

他创作的作品《夏洛的网》实际上也是在描写他自己的生活，他在谷仓里的确见到了蜘蛛，小女孩的原型是他的侄女，整个故事也是在怀特拎着一桶猪食走向猪圈的路上构思的。在一篇谈自己创作的文章里，怀特写道："对一个喜爱动物的人来说，农场也是一个恼人的地方，因为绝大多数牲畜的饲养者，同时也是它们的谋杀者。牲口们平静地生活，却突然会被人为地夺去生命，命运的不祥之音始终在它们耳际回荡。我养了一些猪，春天下的崽，我喂了它们一个夏天，一个秋天。这种情形令我苦恼。我和我的猪一天天地熟识，它也一样。"最后，在作品《夏洛的网》里，怀特下决心要拯救一头小猪的性命。

影片《夏洛的网》不仅成功再现了故事的原貌，而且忠实秉承了怀特的创作风格。影片一开始就展现给了观众一副安详和谐的场景，农场生活气息扑面而来。这部电影主要讲述的是女孩弗恩和小猪威尔伯以及威尔伯与蜘蛛夏洛之间的友情。威尔伯，一只在春天出生的猪，在圣诞节来临之际将成为熏肉火腿；夏洛，一只令谷仓大多数动物厌恶的蜘蛛，在冬季来临之际生命将走到尽头。这两只完全没有交集的动物成了朋友，他们在农场快乐地生活着。然而，当威尔伯偶然知道自己将无法度过圣诞节时，一切都改变了。当他高喊着："我想要活下去！我想要看雪！"时，谷仓里没人回答他，也没人帮助他，只有一个例外，那就是夏洛，她向威尔伯承诺，一定会让他看到雪，即使她自己本身很渺小，根本无法和人类相抗争，但她还是向威尔伯做出了承诺，而且是永不违背的承诺。于是，一系列改变猪的命运的故事就在这个蜘蛛的网中发生了。

二、友谊中的博爱之心

春天里一个下雨的夜晚，小姑娘弗恩家里的老母猪生了一窝小猪，当她兴奋地跑去观看时，却见爸爸拿着把斧头，抱起其中的一头小猪往外走，因为这只小猪又瘦又小，必须要处理掉。弗恩赶紧拦住爸爸请求不要杀他，弗恩叫喊道，"那猪生得小，不是他的错，对不对？倘若我生得瘦小些，你会不会杀掉我？"爸爸回答道，"小猪发育不良是一回事，小姑娘是另一回事。"但是弗恩坚持说，"这没有区别，这太不公平也太不公正了，那么我来喂养他！"这句非常精彩的话打动了爸爸，他不再与弗恩争论了。然后弗恩抱起小猪一边爱抚着他一边说："我来喂养你，我来照顾你。"弗恩开始为这头猪的生命负责，他们之间的友谊也从此开始了。弗恩给小猪取了一个漂亮的名字威尔伯。她用奶瓶喂养它，给他洗澡，连上课也带着他。威尔伯的生命就这样奇迹般地保住了。在弗恩的精心喂养下，威尔伯一天天长大也越来越健壮。但爸爸担心威尔伯会长到300磅家里养不下他。为了照顾女儿对威尔伯的感情，妈妈建议把小猪寄养在霍默舅舅家的谷仓里，这样她还可以经常去看望他。在送小猪去谷仓的前一个夜晚，弗恩搂着威尔伯轻轻哼唱着"睡眠曲"，她是多么不舍得离开威尔伯啊。第二天弗恩抱着威尔伯巡视着大谷仓，在确认这是一个合适地方后，她放下威尔伯轻声说，"小猪宝贝，我会天天来看你的。我爱你。"她甚至是含着眼泪奔向校车的。目送弗恩去上学的威尔伯也依依不舍，禁不住跑向围栏，第三次终于冲破围栏追向校车并高声叫喊着："弗恩，等等，回来！"

从这些场景可以看出弗恩是一个很有博爱之心的小女孩。她拯救了一只弱猪的生命，还无微不至地照顾它，给予它温暖，从而让威尔伯感到快乐与安全，也从此有了更多谷仓中的朋友。她天天去看望威尔伯，喜欢有动物围在身边的感觉，甚至给他们读"鹅下蛋"的故事，还会经常画画展现动物们的生活，她去谷仓的次数太多了以至于妈妈怀疑她出了问题，委婉建议弗恩去找小伙伴玩，不要一个人老待在谷仓里，可是弗恩不以为然地反问道："一个人？我所有的朋友都在那里，他们给我讲最棒的故事，让我开怀大笑，而我答应给他们念书。"她也不允许淘气的哥哥艾弗里伤害谷仓里的任何动物，哪怕是一只蜘蛛。她天天与动物们为伴，活在心理医生所说的"童年幻想"中，在内心中她深深热爱这群动物，尤其怜爱小猪威尔伯，与动物们交流的童年难道不是很美好的吗？当她听说熏制室的秘密时，心中万分难过，当她看见夏洛一次又一次为威尔伯织就的神奇之网时，脸上露出了欣慰的笑容。她说服了霍默舅舅让威尔伯参加集市展览，通过获奖的方式拯救他。如果没有弗恩的纯真善良和博爱之心，威尔伯又怎能逃开被屠杀的命运呢？

威尔伯和夏洛也同样具有博爱之心，因此收获了彼此之间珍贵感人的友情。起初谷仓里的动物们并不喜欢蜘蛛夏洛，认为她丑陋、恶心甚至恐怖。但是威尔伯不一样，他发现了夏洛的神奇之处，他以一颗真诚的心面对着夏洛和所有动物，为交上夏洛这样的朋友而感到快乐，"她织了那么奇妙的网，让飞虫远离谷仓"，"我想她很漂亮"，威尔伯的话令夏洛无比感动，她决心与威尔伯结下友谊，因为威尔伯的真诚以及对自己的赏识。为了从艾弗里手中救下夏洛，忠诚的威尔伯死死咬住了弟弟的鞋带，再加上弗恩的合作，共同帮助夏洛摆脱了一难。

　　正是因为威尔伯把夏洛当成自己的朋友，夏洛才会承诺让威尔伯看到雪，不遗余力地尽自己的一切可能帮助他。当威尔伯听到自己将在圣诞来临之际被制成熏肉和香肠时，变得十分无助和悲伤，忠诚的夏洛向他承诺"我不会让他们杀了你"，"我永远不会违背诺言，你不用担心"，奇迹般的，夏洛的承诺安抚了威尔伯，"好的，夏洛，我听你的"。如果不是全然信任，有谁会把自己的生命托付给别人？夏洛苦思冥想，在一次织网的过程中找到了解救办法。她不辞辛苦先后织出了"王牌猪"（some pig）和"了不起的"（terrific）几个单词，消息顿时传遍了乡里，威尔伯成了一头名猪。来参观的人络绎不绝，霍默叔叔乐开了花。但是威尔伯的命运仍然在空中飘荡。在老鼠坦普尔顿的帮助下，夏洛用她的网上艺术对威尔伯的名声层层加码，又推出了双层"光彩照人"（radiant）的字眼。最后，威伯参加了当地的农业集市，在危急关头，已经衰老的夏洛，用尽全身最后的力气，以一个"谦卑"（humble）的字眼把威尔伯推上了特等奖的宝座和名声的顶点，从而彻底化解了威尔伯的生命危险，实现了自己对朋友的承诺。

夏洛很伟大，她为友情付出了很多，而正因为夏洛的牺牲付出，才让她和威尔伯的友谊显得更加感人。她的网不仅织出了伟大珍贵的友谊，而且造就了新的生命。与之相比威尔伯的付出则是无形的。如他和夏洛初次见面时，以真诚之心对待夏洛其实就是一种付出，因为威尔伯没有因为其他动物的眼光而改变对夏洛的看法，毅然和她成为朋友。威尔伯的付出是在他无意之间的，就像夏洛在临死前说的："威尔伯，你不知道你已经做了吗？你把我当作你的朋友，因为这样，我在谷仓每一位居民的心里都是美丽的"，"我的网不是奇迹，威尔伯，我只是描述我看到的，你才是奇迹"。

在夏洛缓慢而又安静地死去之后，威尔伯同样以一颗博爱之心实现了对夏洛的承诺，与老鼠坦普尔顿一起将夏洛生前最伟大的作品，一个装着 514 个未来儿女的卵袋运回了农场。威尔伯终于看到了平生第一场雪，他的生活一直持续到来年的万物复苏、生命轮回的时刻，威尔伯惊喜地看到小蜘蛛们一个个地破囊而出，乘风而去，他兴奋地说道，"亲爱的，我是你们妈妈的朋友，我向你们宣誓我的友谊，我爱你们！"有三个小蜘蛛愿意留下来陪伴威尔伯，继续他们的母亲和威尔伯的友谊。他们的友情是令人感动的，同时也令人反思，两只动物的友情是如此感人永恒，如果不是这种伟大的博爱之心，他们又怎会谱写出一首热爱生命和尊重友情的圣歌呢？

三、友谊中的和谐之美

和谐共存一直是人类社会所倡导的理念。在这部影片中，一头可爱的小猪，一只蜘蛛，一个小女孩等一系列动物和人之间展开了一段既神奇又平凡的经历，他们之间的深厚友谊在观众面前展现的是一片和谐美好的场景。当然在故事一开始，动物们之间也并不和谐，当威尔伯主动介绍自己并邀请大家一起玩耍时，奶牛、羊群和马的回应都显得清高漠然、刻板守旧，不太接受这只天真快乐、泥地里打滚的小猪。他们也看不上龌龊贪吃的老鼠坦普尔顿以及在他们看来丑陋凶险连配偶都吃掉

197

的蜘蛛夏洛，但是在纯真可爱的威尔伯眼里，他们都可以做他的朋友，没有任何偏见和戒心。威尔伯结交夏洛赞美夏洛的行为令动物们十分惊讶，目睹了威尔伯和夏洛开心度过了后半个春天的时光，开始对他们刮目相看，他们渐渐喜欢上了这只小猪，也开始和他一起围在弗恩的周围看她画画，听她读书。在坦普尔顿无意中透漏了圣诞节猪将被宰杀的秘密后，谷仓里的动物也十分同情威尔伯，并为夏洛帮助威尔伯的承诺所震撼。

在夏洛创造出第一次网上奇迹之后，他们开始赞美夏洛是聪明的蜘蛛，并逐渐参与到拯救威尔伯的行动中来，帮助夏洛出谋划策，集体强迫坦普尔顿去寻找合适的单词再次引起人们对威尔伯的关注，在弗恩和所有动物的共同努力下，威尔伯终于赢得了去参加集市展览的机会，他们由衷地替威尔伯高兴并且一致赞赏夏洛是"勤劳的工作者"，同时又替辛苦织网的夏洛担心，希望她多想想即将出世的宝宝，为了让夏洛多一个帮手，他们拿美食做诱饵，哄骗了坦普尔顿去集市，然后异口同声预祝威尔伯取得胜利。当他们发现带着蓝色绶带的威尔伯悲伤地走进谷仓时，已经预感到了夏洛的结局，大家一起久久注视着门框角落里的蛛网，低头向逝去的夏洛默哀，大家轮流对夏洛留下的卵袋进行看护，连漠不关心的坦普尔顿也加入了他们的行列，直到所有的小蜘蛛孵出来。这样的场景使动物们之间的友谊与和谐达到了顶点。

弗恩的霍默舅舅多次提到杀猪制作熏肉火腿的事情，但夏洛的神奇网字以及弗恩的善良使他改变了想法，他在集市上发表获奖感言时说，"我们不常看到奇迹发生，或许每一天都有奇迹发生只是我们不知道在哪里。但不可否认的是威尔伯已经成为我们自身美好的一部分，有了他生活变得更加美好，他真是一只了不起的猪。"夏洛用自己的丝在猪栏上织出了被人类视为奇迹的网上文字，彻底逆转了威尔伯的命运，也从此"活在每一个认识她的人心中"，"似乎人们知道他们活在一个特别的地方，在一些细节上他们开始不一样了，变得更加友善，更加体谅；动物们感觉也不一样了，他们更亲近了，带着温暖的友情走过漫长的寒冬，他们友善的姿态表现出了不同寻常的耐心。"动物的故事感染了人类，他们不仅更加珍惜人与人之间的亲情和友情，而且更加爱护动物，与动物之间永远和谐地相处下去。这难道不是人间最美好的场景吗？

四、结 语

《夏洛的网》给人以无限温情、感动和憧憬，夏洛用那柔韧无比的蜘蛛丝编织了一张理想的、温暖的、美丽的、博爱的友谊之网，激起了观众心中无尽的爱与温情。除了博爱和友谊之外，还有一分对生命本身的赞美与眷恋，对和谐生活的向往与憧憬。正如这部电影所表现的主题那样，愿人间友谊长存，博爱无疆，和谐永恒。

【深度解读】之二：
孩童心中的"谷仓情结"
——分析儿童文学作品《夏洛的网》

> 无论是在童话世界还是现实世界中，谷仓里发生的一切欢笑、悲伤、友谊、奇迹、关爱都会成为孩子和动物心中永恒难忘的最美好的"谷仓情结"，它映照的永远是人的心灵深处最纯真最圣洁的情感。本文将从孩童的视角分析他们心中的动物世界和"谷仓情结"。

美国作家 E.B. 怀特的三部儿童文学作品《夏洛的网》、《小老鼠斯图尔特》和《吹号的天鹅》全部文笔细腻、构思巧妙，温婉曲折、温馨动人的故事情节背后不仅突出了儿童和动物共同的成长主题，而且还歌颂了人与动物之间、动物和动物之间的亲情和友情。这样的作品不仅令孩子们热爱和痴迷，也让成人沉浸其中，唤醒了童话曾经带给他们的纯真与美好。这三部作品中《夏洛的网》之所以成为"二十世纪读者最多、最受欢迎的童话"与作家的乡村农场生活体验是分不开的。在 20

世纪 30 年代末，怀特从纽约搬至缅因州北布鲁克利的咸水农场，成为一名自由作家。他在农场上曾养有十五头羊、一百一十二只红母鸡、三十六只白岩母鸡、三只鹅、一条狗、一只雄猫、一头猪和一只笼鼠。还种了苹果、南瓜、西葫芦、土豆、牛甜菜，捕捞鳕鱼、黑线鳕和鲭头鱼，猎杀豪猪，用炭火育雏炉养小鸡，生产了几百几千打鸡蛋，给农场里的母羊接生，谷仓里剁了三吨干草用来养羊、养猪等。怀特在自述里说道："当我还是新手时，我常常得费一把力气，将羊羔的嘴凑近乳头，让它哂奶。如今，我只需轻轻触动羊的尾根。"怀特说自己决定把家连根拔起、从城市搬到乡村"出于冲动，草率行事"，一是在《纽约客》"不能按照自己喜欢的方式来写作"，"再有居于纽约租住的房子里，从来没有家的感觉"，于是"就像个疯癫的流浪风笛手一样，率领我的小家离开了城市"。正是怀特这看似突兀的举动，使得他毅然前往留有其童年印记的缅因州乡村生活，真真切切地操持一个农场的事务，过起农场的生活，与动物们朝夕相处的经历激发了他的创作灵感。"我起初并不喜欢蜘蛛，不过后来开始观察其中的一只，很快就发现它是十分聪明可爱的动物，编织技术又是如此的精巧。我就给它起名叫夏洛，现在我喜欢蜘蛛了，随之还喜欢上了自然中所有的生灵。"（怀特，2009：201）怀特对农事有浓厚的兴趣，他不仅不辞劳累地去做，而且兴致盎然记录下来，并且有深切的思考。他敏锐的观察力和洞察力加上深厚的写作功底，促成了这部作品的诞生，故事内容表现了他对俭朴生活的向往，对谷仓里的动物世界的热爱，说明他内心充满着孩童一般的纯真情感。本文将主要以这部童话作品为主，辅之以另一部保罗·恩格的《爱荷华的圣诞节》里的谷仓描述，从孩童视角分析他们心目中的动物世界和"谷仓情结"。

一、童话中的"谷仓情结"

在农场出生长大的弗恩只有8岁，她对所有动物都怀有特殊情感，她甚至能听懂谷仓动物之间的谈话，回家后总是学给妈妈听，妈妈真怀疑弗恩是不是得了什么怪毛病，跑去咨询医生，因为她与动物待在一起的时间太长了。弗恩的哥哥艾弗里调皮好动，偶尔也会去谷仓纵情耍闹一番，甚至成为动物们的威胁。

故事从小猪仔们的出生之夜开始，弗恩奔向自家猪圈，她从爸爸的斧头下救下了一只落脚猪，就是后来成为她好朋友的威尔伯。弗恩像对待小婴儿一样喂养威尔伯，可是五周后威尔伯就大得无法再生活在箱子里了，爸爸计划把他和其他小猪仔一样卖掉。还是妈妈理解弗恩的心思，她建议把威尔伯卖给住在大路那边的霍默舅舅，这样弗恩还可以去看望威尔伯。于是威尔伯很快来到了他的新家——高大的谷仓。从此以后，弗恩的生活就与谷仓连接起来，她所有的快乐和遐思都定格在了谷仓里。

在很多表现美国农场生活的电影中观众不难看到谷仓的场景，这几乎是每一个农场家庭的必备建筑，它发挥着动物生活场所、储存干草和谷物、摆放大中小型工具和器物的多重作用，"里面有干草的气味，有肥料的气味。里面有干活累了的马的汗味，有吃苦耐劳的母牛的极好闻的气息。谷仓让人闻上去感到天下太平，什么坏事都不会再发生。它是所有家畜和家禽的庇护所和栖息地，威尔伯的猪圈在谷仓底层的肥料堆上，只占一小块儿地方。"（15）它又高又大又宽敞，"它是燕子喜欢筑巢的那种谷仓，它是孩子们喜欢在里面玩耍的那种谷仓。"（15）

未经世事的威尔伯却想逃离谷仓，因为他感到成天在猪圈猪槽之间来回转悠实在无聊，所以在一只老鹅的教唆下，拱开一片栅栏，跑了出去。谷仓里的小动物们都为他获得自由而庆贺，可是当威尔伯看到主人在追赶它的时候，却认为自己闯祸了，"不知道该朝那里跑，'如果这就是所谓的自由'，他心里说，'我想，我情愿被关在自己的猪栏里。'"然后，当它看到主人提着一桶泔脚的时候，他根本不管那些动物朋友如何警告他"别上当"，朝着热的泔脚桶走去。最后，在喝了半天泔脚，贪婪地吸牛奶嚼膨松饼之后，他感到："重新回到家真好。"当他听到霍默说自己会长成头好猪，还以为是在夸他，殊不知这句话暗示着他的死亡命运。吃饱喝足就要入睡的威尔伯还自言道："我独自一人去闯世界实在还太小。"在某种意义上，威尔伯的所做所想其实就是一个儿童的写照，充满好奇却又勇气不足，容易被哄骗，更容易满足，他可笑又可怜的幼稚以及软弱应该加以爱护，所以才为下面情节的铺开打下基础。这恰恰表明作者对儿童成长的呵护心态，接下来的与谷仓其他动物相处的经历给了威尔伯更多美好和温暖的记忆，甚至挽救了他的生命。

弗恩找来一条挤奶凳，放在猪圈旁边的羊圈里，坐在凳子上静静陪伴威尔伯。其他动物们都信任弗恩，因为她是那么安静美好。放暑假后弗恩更是天天去谷仓，所有牲口都把她当成自己人了，她似乎也成了动物们中的一员，虽然不能与他们直接对话，但却能听懂动物们之间的谈话。弗恩和哥哥艾弗里特别喜欢大人们割下来的干草高高落在干草车上，他俩就可以坐在干草顶上运回大谷仓，整个谷仓变成了他俩玩乐的大草床，又蹦又跳，躲在草里人都找不见，艾弗里偶尔还会找到一条小草蛇塞进衣袋，成为他的新玩具。当七只小鹅顺利孵出来后，母鹅允许小老鼠坦普尔顿拿走第八只没有孵出小鹅的坏蛋，灰蜘蛛夏洛发表了祝贺词，这一切谈话都被弗恩真切地听到，她很平淡地向妈妈描述整个过程，从她嘴里说出的都是一个一个带着名字的生命，她告诉妈妈自己非常佩服夏洛的演讲，当得知这些名字其实是小老鼠、大蜘蛛的名字时，妈妈惊诧不已，她责怪女儿去谷仓太频繁，可是弗恩说："我喜欢那里。"

这座谷仓里有全县最好的秋千：一根又粗又长的绳子拴在北边门口的横梁上，绳索下面一端的头上打个大结，人可以骑坐在上面荡悠。孩子们需要爬梯子上到堆干草的阁楼，抓住绳索，然后两腿夹住绳结坐在上面，从阁楼朝下看，会惊得头晕目眩，需要鼓足勇气，纵身一跳。这种冒险行为总是招来妈妈们的担心，但是从来没有孩子摔下来过。艾弗里是男孩因此显然是玩秋千的老手，很轻松荡悠了一个来回。而"弗恩紧密眼睛，往下一跳。她感觉到落下去时头都晕了，感觉到秋千把她带着飞走。等她睁开眼睛看到蓝天使，都几乎又飞进门里了。"

（71）这时候的谷仓成了孩子们的游乐场，洒下多少历险的惊喜和欢笑。当兄妹俩去威尔伯的猪圈时，艾弗里看见了大蜘蛛夏洛，想把她抓到糖果盒里，弗恩大叫着让艾弗里住手。艾弗里举起树枝正要去拍打夏洛，结果由于没站稳翻倒在食槽上，压破了那只被坦普尔顿一直储存在食槽底部的坏鹅蛋，鹅蛋的臭气熏跑了艾弗里也救了夏洛一命。当夏洛为威尔伯织出了"王牌猪"的网字，成为家喻户晓的奇迹，弗恩向妈妈告状说艾弗里曾经还想用树枝打夏洛，妈妈就惩罚了艾弗里。威尔伯成了吸引人的中心，可以保住性命，这令弗恩很高兴，可是谷仓却比从前喧闹了许多，因为她更喜欢独自一人跟那些动物在一起的日子。热闹的谷仓很快归于平静，人们的新鲜劲儿一过就忘记了这件事情。弗恩继续她参与谷仓动物们对话的生活，她如此喜爱夏洛讲给威尔伯听的关于蜘蛛堂姐捕鱼和飞天堂姐的故事，如此迷恋她唱给威尔伯的催眠曲：

睡吧，睡吧，我的好宝宝，

在肥料里，在黑暗中，美美地睡觉，

不用害怕，不要觉得孤独苦恼！

就在这时候，青蛙和鹣鸟，

在林中，在灯心草丛里，赞美这个世界多么美好。

抛开一切心事吧，我的好宝宝，

在肥料里，在黑暗中，美美地睡觉！（100）

当弗恩与妈妈再次分享这些神奇故事的时候，妈妈劝她不要再去谷仓玩了，希望她去外面找小伙伴玩，担心她老这样孤孤单单不好。"孤孤单单?"弗恩反问道，"我最好的朋友都在谷仓底，那地方可热闹了，一点也不孤单。"弗恩对谷仓里的动物如数家珍，相熟相交，这又何尝不是孩子们亲近自然、亲近动物的本性呢？谷仓是农场的孩子们最向往的场所之一，那里庇护着孩子对童年的自由探索和天马行空的想象。对动物的热爱和对交友的渴望，是一个人一生都难以忘怀的情结。

当威尔伯熟悉了谷仓的环境和成员，经历了一次失败的逃跑之后，很快结交了夏洛这样外表可怕却心地善良的新朋友，可是却从老羊那里得知自己是一头春猪，天冷了就要被杀死，就立刻笼罩在死亡的阴影当中，他哇哇大哭并呻吟道："我要活，我要活在这舒服的肥料堆上，和我所有的朋友在一起，我要呼吸美丽的空气，躺在美丽的太阳底下。"（50-51）夏洛答应救他的话给了他安慰，他很快忘记不愉快的事情，模仿着夏洛，好奇地投入到"吐丝结网"的游戏中去，他的可爱引得动物们一阵欢笑。可是夜幕降临时威尔伯又想起了死亡，他再次向夏洛表达："我不要死，我就是爱谷仓这里，我爱这里所有的东西。"夏洛回应着威尔伯："你当然爱，我们全都爱。"谷仓是动物们共同的家，在这里有共同拥有的爱和共同守护的友谊，是这样的情谊使得动物们在夏洛的带领下共同出谋划策，想出一个又一个可以拯救威尔伯的点子，连自私的坦普尔顿也愿意去垃圾场里寻找适合威尔伯的广告上的字眼，虽然他也被可以无偿分享威尔伯的食物的条件所打动。威尔伯相继成为"了不起的猪""光彩照人的猪"，虽然不确定的未来仍然会困扰他，但他充满希望，觉得快活和放心，欣慰自己有那么多忠实的朋友，感觉友谊是天底下最使人称心的东西。他知道自己还可以在集市展览上博得头彩，为主人赢取奖金，这样的话，主人就会让他活下去。

令人悲伤的是，威尔伯亲眼看见夏洛为了他最后的生存希望而不顾自己的身体，织出了让威尔伯获得特等奖的"谦卑"字眼，自己却慢慢衰弱下去直到死亡。威尔伯问过她为什么要这样做，她回答说："通过帮助你，也许可以提升一点我生命的价值。谁都知道人活着该做一点有意义的事情。"夏洛是想告诉威尔伯，死亡是不可避免的事情，但活着的时候知道如何看待生命才是最重要的，生命固然宝贵，可是死亡也同样具有价值。在面对死亡的时候，是选择庸庸碌碌地活着还是选择有价值地离去也许是我们生命中永恒的命题。夏洛正是用她的死亡向威尔伯证明牺牲了自己换来朋友或亲人的生存同样体现了生命的意义。夏洛的友谊和牺牲精神唤醒了懵懂的威尔伯。他终于从一个不谙世事、不能独立掌握自己命运的小猪，成长为一个成熟的、具有关爱之心、愿意为他人着想的大猪，他开始懂得了生命的意义，也懂得了责任和担当。威尔伯成功说服坦普尔顿并与他合作将夏洛的卵袋顺利带回谷仓，开始了与夏洛的后代之间的恒久友谊。威尔伯的谷仓经历也正是一个孩童的成长经历，从其他动物身上尤其是夏洛身上学到的良好品质，同样也在自己的行为中践行，从这个意义上说，谷仓见证了所有动物的成长，促成了所有动物的和谐。因为有夏洛的精神在闪光，谷仓永远是威尔伯和其他动物们的精神家园和快乐天堂。

二、现实中的"谷仓情结"

在美国爱荷华州土生土长的著名作家保罗·恩格曾经回忆自己 8 岁时全家去乡下农场过圣诞节的故事，他写下了这篇怀念农场、怀念圣诞传统的怀旧散文《爱荷华的圣诞节》，使人读起来倍感亲切。其中他以一个孩子的视角描述的谷仓令人印象深刻，似乎不难理解为什么谷仓那么容易就成为孩子心中的"情结"。

恩格全家坐着马拉雪橇去往 10 英里外的乡下农场，在到达时恩格如此回忆当时的场景："如今再也没有那样的到达时的热闹景象了：车辕上的铃铛清脆响亮，就像远处的尖塔钟声那样优美。马儿们朝着马厩里的马嘶鸣，马厩里的马也以响亮的嘶鸣作答，狗儿们跳上雪橇在牛皮毯子下钻来钻去；母鸡窝里传来咯咯的鸡叫声；为了让兴奋的马儿们安静下来的'喔''喔'的人声，堂兄弟姐妹们在雪橇周围欢闹着追逐着。"恩格描写全家人到达农场的场景时使用了大量的拟声词，大多是动物们发出来的声音，读着这样的文字描述，一幅各种动物一应俱全的谷仓动态图就会浮现在脑海里，这是一片何其欢快热闹的场景。"马儿们从雪橇上被解下来，带到了谷仓里，披上了毯子，喂上了饲料。"（国华译，195-196）家人对服务于他们的马匹又是何等的爱护。家人团聚的圣诞节也是动物们的节日，因为这些动物为农场提供了很多副食例如烟熏猪肉、烤肉、黄油、奶油、奶酪、凝乳，还有多用途的鹅，鹅绒可以做枕头做衣服，鹅油可以治咳嗽，所以人们才会在圣诞大餐之后不忘去谷仓里照顾这些勤劳的动物，也让他们分得一杯圣诞饭羹。连恩格的父亲都穿着自家去世的马的皮做成的大衣，表现了人们与动物之间的亲密无间的和谐关系，在孩子的心中是多么美好的记忆。

针对冬日谷仓里的味道，恩格也做了精彩描述："冬天谷仓里的那种气味是一种令人陶醉的混合味道，浓郁而温暖，完全不像夏天里的味道：许多动物身上的热乎乎的体味扑面而来；几头猪在角落里发出阴郁低沉的哼哼声；奶牛不停地用鼻子拱着食槽，咀嚼着里面的干草；马儿们滴溜溜地转动着深邃的椭圆形大眼睛，审视着那些新成员；燕麦、干草还有稻草都散发着新鲜的八月阳光的味道；还有冒着热气的动物粪便的气味以及为了使皮革马具柔软而用牛角摩擦皮革散发出的浓烈的味道；还有贮藏在地窖里正在发酵的未干的秫草发出的米糖般甜甜的味道。"（国华译，196）又一幅生动的谷仓全景图摆在读者面前，仿佛置身谷仓，闻到了那充满阳光味道的草香，见到了安静幸福的各种动物。恩格说谷仓里的味道是一种从强壮而又有生命力的东西身上发出的味道。他的父亲总是会说这种气味是保持健康的秘诀，因为它可以清脾健肺，恩格还提到了父亲的小动作："他总会站在那里，一手搭在马屁股上，一边做着深呼吸，一边看着马匹由于刚刚疾驰过身上的热气从毯子下面冒出来。"父亲太喜欢闻谷仓的味道因为"它比新鲜空气更能使他有好胃口，新鲜空气却太过平淡而没有味道。"这是一条充满着浓郁乡情的奇特结论，别说孩子就是其他成人恐怕都难以理解，那混合着动物粪便气味的谷仓怎么会那么吸引恩格的父亲呢？他一定是在谷仓里经历过童年的探索和冒险，那里的一切对他来说都是熟悉和亲切的，对那些没有过相似经历的人来说很难感同身受，但是却又被这种真切体验所打动。许多年以后，恩格成为一名成功的乡土作家，从他的文笔中流露出的是富有生命力的谷仓和浓浓的乡情。相信任何一位喜欢动物、喜欢自然生态的人，都一定会爱上谷仓的环境和谷仓的故事。并非只有亲身经历的人才会有"谷仓情结"，没有亲身经历却深受谷仓故事感染的人来说同样会有"谷仓情结"。因此，无论是童话故事还是乡间回忆，只要能引发读者的无线遐思，触动内心的温柔世界，怀有一份美好的"谷仓情结"，就堪称是一部优秀的儿童文学作品。

三、结语

优秀的儿童文学作品可以直达孩子和成人的心灵，对培养孩子健全的品格和高尚的情操会起到潜移默化的作用。这部《夏洛的网》呈献给读者的是一个纯净世界，一个摒弃了现实的黑暗与残酷的世界，作品所塑造的都是乐观积极、珍视美好的正面形象：既不为自身的缺陷感到悲观，也可以为了别人而牺牲自我，从未停止对于爱和美的追求。他们既是热爱谷仓、关爱动物的孩子，也是热爱家园、互相关爱的动物。在谷仓里发生的一切欢笑、奇迹、悲伤、友谊、关爱都会成为孩子和动物心中永远的最美好的"谷仓情结"，无论是在童话中还是在现实中，它映照的永远是人的心灵深处最纯洁最纯真的情感。

【深度解读】之三：
原著文本与电影中的坦普尔顿形象及性格对比分析

> 怀特在原著作品中塑造的坦普尔顿形象：一个对食物狂热、对他人淡漠的以自我为中心的不合群的小老鼠，到后来成为一个偶尔也会出于一己之私顺便助人为乐的积极形象。改编后的电影则呈现了坦普尔顿从一个令人生厌、自恋贪婪、好哄骗的小老鼠，变成了有勇有谋，乐意冒险助人的形象。

读作品《夏洛的网》，感受的是 E. B. 怀特笔下流淌出来的简单中的美丽，平淡中的幽默。难怪美国国家图书委员会如此评价他："我们要感激 E. B. 怀特，不仅因其散文堪称完美；不仅因其眼光敏锐，乐观幽默，文字简洁；更因其多年来给予读者，不论老少，无尽的欢乐。"看电影《夏洛的网》，体味的是作品改编后更丰富的幽默效果和直入心灵的感人瞬间。美国《娱乐周刊》评论到："这部影片可能会让原书作者——身在文学天堂里的怀特拭去一颗感激的泪珠。"《好莱坞报道》称其是一部制作精美的影片，充满温暖、智慧和奇趣。《纽约时报》则评论说："盖瑞·温尼克的影片也许不够完美，但却为原著增光不少，并抓住了成就怀特原作经典的关键元素"；《帝国》认为这部影片亲切可爱，如果说该片缺乏大智慧或者神奇魔力，至少它有忠实于原著淡淡忧伤和现实的勇气。电影改编很难达到原著中的完美，但是却能在原著没有充分展示的小细节上有所发挥和创造，从而达到一种更能引起观众共鸣的效果。原著中除了主要动物有名字以外，其他动物都是以羊、马、鹅相称，而电影中的大部分动物都有名字，他们像人一样展开对话，例如说话直接的老羊，琴瑟和鸣的鹅夫妇，害怕蜘蛛的马，忠厚友好的牛夫妇。而那只不太受欢迎却在故事中起到关键作用的小老鼠坦普尔顿在原著文本中着墨很多，怀特很忠实这种动物的本来面貌，在平淡的叙述中让小读者自己去认识坦普尔顿的形象和性格特征，在阅读的过程中会被坦普尔顿的贪婪形象和可笑谈话逗得会心一笑。电影中对他的形象有更多幽默的发挥和创造，甚至有些夸张，增添了老鼠的可爱之处，从而令人更加信服一个事实：再负面的形象也有积极的一面。本篇将主要解读原著文本和电影中坦普尔顿的形象塑造来对比分析这只可爱小动物的性格特征。

一、原著中的坦普尔顿——嗜吃、自私有时也仗义相助

无论是原著中还是电影中塑造的坦普尔顿都是一个地道的"吃货"，他的一切生活内容都必须与吃有关，好像世界上除了食物再也找不到能打动他的东西。谷仓里的动物都知道老鼠的负面本性：不讲道德，没有良心，没有恻隐之心，诡计多端，有时还会威胁小动物的生命安全。从威尔伯一进新谷仓就注意到了坦普尔顿，因为他在食槽底下藏身，而且善于挖地道，可以自由穿行于谷仓内外的各个角落。他从不主动与威尔伯交流，但是威尔伯太孤单了，很想与他交朋友，尽管他觉得跟坦普尔顿聊天算不得世界上最有趣的事，不过聊胜于无。

一个雨天早晨，当他邀请坦普尔顿和他一起玩时，坦普尔顿尖刻地回应："只要能避免，玩这种事我从来不干，我情愿把时间花在吃啊，啃啊，窥探啊，躲藏啊这些上头。我是个大食鬼而不是个寻欢作乐的。"（29-30）他还毫不客气地把威尔伯的早饭吃掉了。坦普尔顿还有收藏和积攒各种新鲜玩意儿的嗜好，自然也不会放过鹅夫妇的孵不出小鹅的坏蛋。有时候收藏的东西也未必无用，它们果然为后面的情节做了两处铺垫。一

处是天真的威尔伯以为自己也可以像夏洛那样跳起来结网，结果他从肥料堆上一下子就摔到了地面，夏洛乐意看到威尔伯慢慢领悟自己不能做的事情。接着威尔伯就请求坦普尔顿借给自己一段绳子，这时候的坦普尔顿很大方马上叼来绳子，还应威尔伯的要求把绳子系到他尾巴上，看着威尔伯再次从肥料堆上摔落下来，坦普尔顿则呲着大牙笑。想必他非常清楚威尔伯是要吃亏的，但他并不多言，或者只是在嘲笑这头小猪的笨拙。另一处铺垫是那只坏了的鹅蛋在关键时刻爆裂，熏走了调皮的艾弗里，否则他可能就捉住了夏洛。当谷仓里的动物抱怨臭气熏天时，威尔伯强调正是这个坏蛋救了夏洛一命。坦普尔顿也不失时机地自夸一番："积攒东西也有好报。老鼠就知道有什么东西在某个时候会派上用场，因此我从来不扔东西。"（75）这表明坦普尔顿也有自我表现的一面，也需要在众动物面前显现自己的作用。

威尔伯对坦普尔顿间接救了夏洛心存感激，特意给他留下一整根面条。夏洛召集众动物开会商量要织出更好的字继续拯救威尔伯，老羊建议找坦普尔顿帮忙，因为只有他才有机会去垃圾场，可以把旧杂志和广告上的字叼回来给夏洛作参考，可是夏洛担心坦普尔顿不肯帮忙，因为他似乎从不为别人考虑。

可是老羊却胸有成竹，只要把与吃有关的招数亮出来，坦普尔顿一定会帮忙。虽然一开始坦普尔顿对会议内容漠不关心，也不在乎威尔伯的生死，但是老羊采取欲纵故擒的方法，指出失去威尔伯就意味着坦普尔顿再也没有热乎乎的泔脚可吃，吃是坦普尔顿的头等大事，他坚决不能忍受自己没有泔脚吃。于是就答应去垃圾场叼字回来。当然垃圾场的诱惑还是主要在于粘着食物的罐子，他可以趁机再大吃一顿。可是起初叼回的两个字眼："松脆"和"缩小"都不理想，因为太容易让人联想到熏猪的味道以及猪不能好好长大这样不吉利的场景。夏洛好言哄劝坦普尔顿在去找字，尽管坦普尔顿很厌烦，不喜欢自己被呼来唤去，但聪明的他想到了肥皂盒上的广告，那里面终于有一个适合威尔伯的"光彩照人"的字眼。

夏洛决定陪伴威尔伯一起去农场集市，但她仍然需要坦普尔顿这样的帮手去找字。这位老鼠一开始又是拒绝："我不去，我就留在这里，我对集市一点兴趣也没有。"（119）结果又是老羊的一番美食描述，让坦普尔顿的眼睛发亮了，因为集市有他向往的高档生活，于是再次经不住诱惑很快答应前去。临行前他钻进柳条箱子底部，还拜托威尔伯挣扎的时候动作小心别踩伤自己。这段对话让人忍俊而笑，因为这是坦普尔顿第一次说话如此客气，当然他仍然是一个很自我的老鼠，仍然不喜欢听夏洛的差遣。好在他叼回的"谦卑"字眼令夏洛满意，坦普尔顿继续尖刻地说道："我可不想把我的时间都花在跑来跑去拿东西上面。我到这集市是要享受享受不是当听差把纸送来送去。"（135）他一边骂着夏洛是老滑头，一边飞快钻进集市享乐去了。夏洛和威尔伯不负众望，获得了集市特等奖。威尔伯在领奖台上听到主人的长篇颂词激动得晕倒，又是坦普尔顿及时咬了威尔伯的尾巴，使得他及时站立起来，顺利戴上了奖章。劳累织网又产下卵的夏洛虚弱地再也不能跟随威尔伯回谷仓了，威尔伯惊恐不已，但是他决定把这些小蜘蛛带回谷仓，完成夏洛的遗愿。而装他回家的箱子马上就到了，他一着急就顶醒了正在酣睡的坦普尔顿，要求坦普尔顿把夏洛的卵袋取下来，大为不悦的坦普尔顿一通冷嘲热讽，抱怨自己做了那么多好事却得不到感谢，他觉得动物们对他只是表面的感激和敷衍，没人真正关心他，他还历数了自己的几大功劳，但就是迟迟不行动，绝望的威尔伯忽然学到了老羊的技巧，答应让坦普尔顿优先吃食槽里的食物，坦普尔顿再次被吃的条件所打动，就爬到天花板上把夏洛的卵袋叼了下来，帮助威尔伯完成了一大任务。故事的最后，威尔伯履行了自己的诺言，坦普尔顿先吃先得，无比满意，结果使自己变成了一只越来越肥的老鼠。他仍然像从前一样积攒各种物品，不关心小蜘蛛的降生，更不关心威尔伯的未来，当然对他来说这是一种双赢的结果，威尔伯有未来，也就意味着他可以保证有美食入口。

就是这样的一只老鼠，虽然自私，虽然冷漠，虽然一切的前提都是美食，但总能在关键时刻发挥应有的作用，多少有一颗仁慈的心，是这样一个让人爱不起来也恨不起来的丰满形象，从他身上笼罩着的乌云中总能透出一点亮彩的缝隙，也许恰恰充实了这个老鼠形象的真实性。

二、电影中的坦普尔顿——贪婪、自我有时也勇敢多谋

电影基本忠实了原著中的主要情节，但是也通过增加角色的戏份，尤其是一些表现坦普尔顿积极一面的细节，使得其形象得到了强化，也突出了故事的幽默效果。坦普尔顿的出场是被倒进猪食槽的脚汀吸引过来的，在他的认识里，猪就等同于脚汀。威尔伯与他友好地打招呼询问他是否叫老鼠，坦普尔顿训斥威尔伯说自己可以称自己是老鼠，但是威尔伯不能称他为老鼠，并自豪地说老鼠是王道。可在其他动物眼里坦普尔顿只是会往肮脏的猪汀水里钻的肮脏生物，是令他们讨厌的。镜头

随着吃饱的坦普尔顿进到他长长的地道，乱七八糟的物件应有尽有，坦普尔顿经过一面小镜子还不忘记夸奖自己是英俊的老鼠，坐在床上喝着瓶装饮料，俨然一个自我感觉良好的游离主流圈子外的形象。动物们不太看好威尔伯和夏洛的友谊，坦普尔顿也称威尔伯是傻得无可救药的小猪。他从鹅夫妇那里要来坏鹅蛋，可是由于他的失手使得鹅蛋在弯曲倾斜的地道里不停滚动，差点砸到他自己。与原著不同的是，在艾弗里和弗恩争执过程中，坦普尔顿为了抢救那只鹅蛋结果弄了自己一身，更加遭到动物们的唾弃，连谷仓外的两只黑乌鸦都闻到了怪味。这两只乌鸦是新角色，主要是为了坦普尔顿的冒险来做铺垫的。威尔伯将被屠宰的事实也是从坦普尔顿而不是从老羊嘴里说出来的，他还提醒威尔伯在谷仓外面不远处有一个熏制室，就是专门为做圣诞节熏肉而准备的。这一切成了笼罩在威尔伯心头的阴影，也促使夏洛下决心拯救威尔伯。当夏洛织出的第一个字出现后，惊得勒维手中的猪食掉在了地上，坦普尔顿欣喜若狂地扑了上去，霍默舅舅提着刀赶到了现场，也吃惊地松掉了手里的刀，差点砍到了坦普尔顿，这又是影片的一个笑点。

两只乌鸦角色的创意为剧情增添了趣味性和惊险性，同时也衬托了坦普尔顿去找字的艰巨性。但是第一次并非在食物的诱惑下，而是因为坦普尔顿总要去垃圾场捡拾东西，所以他答应去垃圾场帮忙找字，威尔伯叼给他一个胡萝卜让坦普尔顿积攒些力气再去，坦普尔顿没有了嘲讽的反应，默默感谢了威尔伯。两只乌鸦正为垃圾场附近的玉米地稻草人所纠结，他们以为那是一个真人，想去叼玉米吃，可是又怕稻草人，不吃又饿，冒险冲了一次可是又被稻草人吓回来了。这时候他们看见了坦普尔顿，那正是他们喜欢的食物。在一场惊心动魄的追逐中，坦普尔顿跌跌撞撞中还不忘记找字的事情，他最终用自己的智慧加上运气侥幸逃脱了两只乌鸦，也顺利带回了"光彩照人"这个字。作为奖赏，坦普尔顿痛快地跳进猪食里去大快朵颐。足可见食物是坦普尔顿快乐和满足的来源。在去集市前，伊迪丝舅妈用牛奶擦洗威尔伯，坦普尔顿也陶醉在威尔伯身下的牛奶中又洗又喝，真是一个大活宝的形象。在集市上，坦普尔顿疯狂地吃着各种美食，他落身在制作棉花糖的圆盘中吃着棉花糖的形象未免过于夸张，难道人们会看不见一只老鼠在里面，如何还能再吃棉花糖？总之坦普尔顿一边快活地填饱自己的胃，一边对自己说："忘记那只蜘蛛"，但是他很快就去寻找词语了。真是冤家路窄，两只乌鸦也在集市觅食，又一次盯住了老鼠。这次坦普尔顿用更聪明的方法把乌鸦引到稻草人游戏场，制服了两只傻鸟，然后带着报纸上的字再次平安返回。威尔伯要求坦普尔顿把夏洛的卵袋叼下地面，坦普尔顿不喜欢威尔伯的语气，发了一通牢骚，表明自己也需要感谢需要关爱。聪明的威尔伯顿时甩出撒手锏，答应让坦普尔顿优先吃自己的食物，这时坦普尔顿则爽快地答应了，很快来到夏洛面前，叼下房上的卵袋，夏洛向坦普尔顿说着感激的话，这只小老鼠则庄重沉默地看了一眼虚弱的夏洛，向她点头致意。其实他很明白夏洛所做的一切都是高尚的，是无私地替别人着想的行为，更是一种充满爱的行为。漫长的冬季，不仅是威尔伯，其他动物都在守护着夏洛的卵袋，甚至连坦普尔顿的身影也出现在了卵袋旁边。可见，威尔伯和夏洛之间的友谊感染了坦普尔顿，使他内心善良和柔软的情感被激发了出来，他的形象也获得了提升。

三、结语

综上所述，原著作品让读者从平淡的叙事中增加自己的理解和想象，形成一个基于语言描述的坦普尔顿形象：一个对食物狂热、对他人淡漠的以自我为中心的不合群的小老鼠，到后来成为一个偶尔也会出于一己之私顺便助人为乐的比较积极的形象。而电影基于其独特的语言和艺术形式，将老鼠的形象更加活灵活现地呈现在观众面前：一个令人生厌、自恋贪婪的好哄骗和嘲弄的小老鼠，却原来也有勇有谋，乐意冒险助人，他最初的自私和贪婪都在拯救威尔伯的过程中变得不那么令人讨厌了。电影丰富的视觉化呈现方式将绘画、音乐、摄影等艺术形式融为一体，让平淡的语言变成了惟妙惟肖的形象，幽默生动的情节，在寓教于乐中提升了本部作品的审美和教育意义。

参考文献

［1］E. B. White. Charlotte's Web. London：Penguin Books Ltd. 2007.

［2］E. B. 怀特. 夏洛的网. 任溶溶，译. 上海：上海译文出版社，2014.

［3］E. B. 怀特. 最美的决定. 张琼、张冲，译. 上海：上海译文出版社，2009.

［4］来颖燕. 尘世里的诗意——读《最美的决定——怀特书信集》. 北京晚报，2009-9-22.

［5］刘瑛.《夏洛的网》中坦普尔顿的性格分析. 电影文学. 2011（23）：118-119.

［6］宋楠、李丹妹. E. B. 怀特儿童文学作品的审美功能. 短篇小说（原创版）. 2014（23）：17-18.

［7］宋兴蕴. 现代大学英语全程辅导（精读5）. 沈阳：辽宁大出版社，2005.

［8］杨丽娟. 多重性格的坦普尔顿——《夏洛的网》中老鼠性

格分析 . 美与时代 . 2005（3）：77-79.

　[9] 张啟智 . 从文学到电影——看《夏洛的网》之改编 . 电影文学 . 2012（9）：69-70.

　[10] 张艺、孟祥成 . 英语欣赏文选 60 篇 . 济南：山东科技出版社，2002.

　[11] 赵君 . 影片《夏洛的网》中"爱"的主题研究 . 电影文学 . 2015（16）：131-133.

　[12] 周莉莉 . 审美与伦理：E. B. 怀特童话的电影演绎 . 电影文学 . 2013（20）：55-56.

（本章作者：李华）

5. 《通往特雷比西亚的桥》

Bridge to Terabithia

作者简介

凯塞琳·帕特森（Katherine Paterson，又译作凯瑟琳·佩特森，1932—）是当代最杰出的美国儿童文学作家之一。她的多部作品获得纽伯瑞大奖，此外还两次获得美国儿童文学国家图书奖，1998 年获得儿童文学界的"诺贝尔奖"——国际安徒生大奖。凯塞琳出生在中国江苏省，她的父母是来华的传教士。小时候和父母在中国住过一段时间，后来回到美国，还不停地搬家。由于童年的这些经历，在以后的创作中，她经常让故事的主人公处于某种困境，不能融入周围的环境，觉得没人理解。1977 年，凯塞琳·帕特森出版了她最著名的小说《通往特雷比西亚的桥》，这本小说于 1978 年获得纽伯瑞金奖。凯塞琳·帕特森的作品还有《养女基里》（*The Great Gilly Hopkins*，1978）、《我和我的双胞胎妹妹》（*Jacob Have I Loved*，1980）。她在获奖演说辞中利用自己的经历，曾表达了通过儿童文学增进各国人民间的相互了解，促进世界和平的希望。

撷英采华

片段 1：

He thought later how peculiar it was that here was probably the biggest thing in his life, and he had shrugged it off as nothing. (Katherine Paterson, 2003: 10) ①

译文：

后来的日子里，他想起这一天时都会觉得诡异，因为这差不多是他生命里最重大的一件事情了，而在当时他却只是耸了耸肩膀，对此毫不在意。 （凯瑟琳·佩特森著，陈静抒译，2014: 10）②

片段 2：

So the students of Lark Creek Elementary sat at their desks all Friday, their hearts thumping with anticipation as they listened to the joyful pandemonium pouring out from the teacher's room, spent their allotted half hours with Miss Edmunds under the spell of her wild

---

① 小说的英文引文均出自本版本。其后只在引文后标注页码，不另加注。

② 小说的中文引文均出自本版本。其后只在引文后标注页码，不另加注。

beauty and in the snare of her enthusiasms, and the then went out and pretended that they couldn't be suckered by some hippie in tight jeans with makeup all over her eyes but none on her mouth. (16-17)

译文：

在云雀溪小学，每到星期五，大家一整天都坐在自己的书桌前，心脏怦怦跳地期待着，听着教师休息室那里传来的欢乐的喧闹声，等着轮到属于自己的时间，在埃德蒙兹小姐野性的美丽魔咒和热情罗网下，和她共度半个小时的美好时光。可当他们一旦走出休息室，又会假装自己不可能会被这个穿着紧身牛仔裤、眼睛上涂满了化妆品、嘴巴上却什么东西都没抹的嬉皮士所蛊惑了。(15)

片段3：

"You are the proverbial diamond in the rough," she'd said to him once, touching his nose lightly with the tip of her electrifying finger. But it was she who was the diamond, sparkling out of that muddy, grassless, dirty-brick setting. (17)

译文：

"你是沙砾中夺目的钻石。"有一次她对他说，并用她那触电般的手指轻轻点了一下他的鼻子。可她才是那枚钻石，在这片贫瘠肮脏、泥泞不堪的灰土背景之上，熠熠生辉。(16)

片段4：

"We need a place, just for us. It would be so secret that we would never tell anyone in the whole world about it.... It might be a whole secret country, and you and I would be the rulers of it." (49-50)

译文：

"我们还缺一个地方，只属于我们两个的地方，一个非常秘密的地方，我们不告诉这世界上任何一个人。……那是个神秘的国度，我们俩就是统治那个国度的王。"（45）

片段5：

For the first time in his life he got up every morning with something to look forward to. Leslie was more than his friend. She was his other, more exciting self—his way to Terabithia and all the worlds beyond... Just walking down the hill toward the woods made something warm and liquid steal through his body. The closer he came to the dry creek bed and the crab apple tree rope the more he could feel the beating of his heart. He grabbed the end of the rope and swung out toward the other bank with a kind of wild exhilaration and landed gently on his feet, taller and stronger and wiser in that mysterious land. (59)

译文：

长这么大以来，他还是第一回每天早晨起来都对这一天充满了期待。莱斯莉不仅仅是他的朋友，还是另一个他自己，更有趣的一个自己，——是他通往特雷比西亚和所有外界的通道。……仅仅是走下山坡，朝那树林走去，他的身体里就涌动起一股暖流了。越是走进那干涸的河床和酸苹果树上的绳子，他的心跳就越快。当他怀着狂野、兴奋的心情，抓住绳子这头朝河的那边荡过去时，当他双脚轻轻点地，一站到这片神秘的土地上时，他就觉得自己仿佛变得高大、强壮、聪敏了起来。（53）

片段 6：

All the Burks were smart. Not smart, maybe, about fixing things or growing things, but smart in a way Jess had never known real live people to be. (88)

译文：

伯克家的人都很聪明，或许不是那种能修好东西、种好植物的聪明，而是那种杰西从来不知道还有能这么聪明的聪明。（81）

片段 7：

She had tricked him. She had made him leave his old self behind and come into her world, and then before he was really at home in it but too late to go back, she had left him stranded there—like an astronaut wandering about on the moon. Alone. (145-146)

译文：

她耍了他，她把他带离了他自己的旧世界，进入了她的新世界里，在他还没有完全熟悉却又已经无法回头的时候，她把他一个人搁浅在那里，就像在月球上漫步的宇航员，孤零零的一个人。(136)

片段 8：

Sometimes like the Barbie doll you need to give people something that's for them, not just something that makes you feel good giving it. (160)

译文：

有时候，你得送给别人他们真正想要的东西，比如送给梅宝的芭比娃娃，而不是自己喜欢什么东西就去送什么东西。(148)

片段 9：

For hadn't Leslie, even in Terabithia, tried to push back the walls of his mind and make him see beyond to the shinning world—huge and terrible and beautiful and very fragile?

Now it was time for him to move out. She wasn't there, so he must go for both of them. It was up to him to pay back to the world in beauty and caring what Leslie had loaned him in vision and strength.

As for the terrors ahead—for he did not fool himself that they were all behind him—well, you just have to stand up to your fear and not let it squeeze you white. (160-161)

译文：

　　这一切都是莱斯莉的功劳。即便是在特雷比西亚，她也在尽力劈开他心中的壁垒，让他走出桎梏，看见前方那真实的世界——巨大而可怕、美丽而又异常脆弱的世界。

　　现在是他该继续前进的时候了。她不在那里了，他要为了他们两个而前行。该轮到他了，用莱斯莉曾给予他的广阔视野和无限力量，去回馈这世界以美好和关怀了。至于前方的凶险，他不会自欺欺人地说这些都没有关系。嗯，要踩着恐惧站立起来，而不是被它吓到惨白。(149)

影片资料

类型：奇幻/儿童片

片长：95 分钟

出品：美国沃顿传媒公司（Walden Media）、美国迪士尼公司（Walt Disney Company）摄制

导演：嘉柏·丘波

编剧：杰夫·斯多威尔、凯塞琳·帕特森

摄影：迈克尔·查普曼

主演：乔什·哈切森饰杰西

安娜索菲亚·罗伯饰莱斯莉

佐伊·丹斯切尔饰埃德蒙顿小姐

拜莉·麦迪逊饰梅宝

获奖情况：2008 年，第 34 届美国电影电视土星奖，乔什·哈切森，最佳年轻演员（提名）。

剧情梗概

十岁的小男孩杰西住在乡下农场，有四个姐妹和永远做不完的家事。他在家里不受父母的重视，在学校又受到同学的欺负，生活苦闷而孤独。新来的邻居家的小女孩莱斯莉转学到杰西的班上，打破了杰西平静的生活。两人成了好朋友，经常在一起玩耍。两人发现了小河上的一根绳子，可以抓住绳子荡过小河，到对面的森林中去。两人把森林命名为神秘的"特雷比西亚王国"，在那里忘记现实生活中的烦恼，一起无忧无虑地自在玩耍。雨季到了，小河开始涨水。有一天，杰西喜欢的音乐老师邀请他去城里的博物馆参观，杰西和她渡过了愉快的一天。然而回来却得知莱斯莉在抓住绳子想要荡过小河的时候不幸溺水身亡。杰西自责不已，心里充满了内疚和伤心。后来在家人、老师的关爱与鼓励下，杰西重新振作精神，鼓起勇气独自面对新的生活，并为妹妹搭建了一座新的"通往特雷比西亚之桥"……

【深度解读】之一：
《通往特雷比西亚的桥》中的成长主题

　　虽然这是一本儿童小说，但并不仅仅是故事有趣、语言生动。作者用细致入微的笔触描写了现实生活中无可奈何、甚至是不可逃避的灰暗残酷的一面，比如杰西贫穷的家境、学校里的恃强凌弱、莱斯莉的意外死亡。然而也正是因为如此，这部小说才更具有其现实意义与教育意义，读者才会更真切地认识自我与这个世界，更深切地思索生命与死亡、理想与现实，学会坚强、勇气、包容、珍惜。现实不都是尽如人意的，所以更需要我们美妙的幻想，需要我们跳出循规蹈矩的日常生活，去积极主动地发现快乐，寻找人生的意义，享受生之为人的喜悦，同时面对困难的时候能够克服恐惧，迎难而上。

《通往特雷比西亚的桥》（*Bridge to Terabithia*）出版于 1977 年，是著名美国儿童文学作家凯瑟琳·佩特森（Katherine Paterson）的代表作，曾在世界各地多次获得儿童文学界的最高奖项。

佩特森是广受赞誉的杰出儿童文学作家，她的主要作品还有《养女基里》（*The Great Gilly Hopkins*，1977），《我和我的双胞胎妹妹》（*Jacob Have I Loved*，1980）等。她的作品深受大小读者们的喜爱，曾多次荣获各种国际性大奖。

一、引言

佩特森于 1932 年出生在中国的江苏省，她的父母是来华的传教士，她自小在中国长大，对中国文化耳濡目染。由于战争的原因，她们一家在中国和美国之间往返搬迁了好几次。1940年，佩特森一家再次回到美国定居，然后就是不停地搬家和转学。因为特别的成长环境，她经常被班上的美国同学称为"东方人"，她感到无法适应美国的生活，还经常受同学欺负，缺少朋友，因此感到自己被孤立，是个格格不入的边缘人物。童年的这些不幸经历给她以后的文学创作打上了深刻的烙印，作品中或多或少都有作者童年时代的影子。她故事中的主人公经常会觉得孤独、苦闷，感到没有人理解，无法融入周围的环境，就像这本小说中的主人公小男孩杰西（Jesse）一样。

佩特森的小说内涵丰富，感情真挚，动人心弦，很容易引发读者的强烈共鸣，其中很重要的一个原因就是她作品中的很多故事情节都来源于个人的生活经历，比如《通往特雷比西亚的桥》这部小说就是源自她的儿子大卫，和大卫经常怀念的一个已经不幸意外去世的好朋友丽萨。因此她的作品在生动有趣的故事之外，还能深刻地反映现实生活。她笔下的故事就如同发生在我们真实的日常生活中，她故事中的人物就如同我们每一个普通人——没有完美无缺的人，也没有十全十美的事；我们会遇到真心相待的朋友，也会遇到刻意为难的一些人；我们会渡过数段幸福愉快的时光，也会不可避免地陷入悲伤、痛苦、甚至绝望的困境中；不是每个人都会拥有天长地久的幸福，也不是每件事情都有像童话故事那样的美好结局。尤其可贵的是，佩特森作品中的人物往往虽然经历了种种艰难困苦，但是能够不断反思、不断成长，在痛苦的蜕变中重新认识自我与世界，然后获得重生，继续前行，让读者看到生之为人的勇气与执着，看到人类的希望之所在。

二、青少年文学中的成长主题

在佩特森的众多作品中，几乎都涉及这样一个永恒主题，即青少年在苦闷中寻找真正的自我，并同时寻求世界的理解与认同，最后得到了成长。在提名佩特森获得"国际安徒生大奖"

的时候，评审团曾经写下这样一番评语："小说通常涉及一些与社会不能融合的儿童。这些儿童渴望着爱、理解和承认，他们中的大部分人都想成为家庭或团体中的一员，但同时不愿放弃他们真实的自我。……就是这些愿望，将孩子们吸引到她的书中。"

成长主题是青少年文学中喜闻乐见的一个模式，而成长小说也是能给读者带来很多启迪的一种文学类型。成长小说最早起源于德国的启蒙运动时期，当时在德语中被称为"bildungsroman"，后来也叫"initiation story"，或"coming-of-age story"。一般来说，在很多以成长为主题的小说中，"成长"不仅指年纪随岁月的增长，而且指主人公在经历了一系列考验、波折之后，在思想、心智方面有所成长，对自我以及外部世界都有了更新、更深入的认识，他们找到了个人在世界中的位置以及与之正常相处的可能方式。在"what is an initiation story?"一文中，Mordecai Marcus 认为，主人公一定是经历了某种仪式性的事件，发生了重大的改变，而这个改变对他以后的人生有深刻的影响。孙胜忠的定义是，"成长小说指一个年轻人的成长，从很多错误认识到发现真理，直到最后认识真正的自我，并融入社会或周围的世界"。芮渝萍的观点类似，"在经历了一系列考验之后，这个青少年获得了知识、能力、信心来独立面对人生和社会，这标志着他进入了一个新的人生阶段：成人阶段"。在这类成长小说中，年轻人通常经历了一些考验或遇到了某种邪恶，变得不再天真，再经历某一个或几个顿悟的时刻，这是他们成长中的关键一步，他们醍醐灌顶，得到启迪教益或自我发现，最终对外部世界做出调整。（刘艳华，2010）

三、一个男孩的成长历程

一般来说，以成长为主题的小说情节发展可分为三个阶段："separation and withdrawal"（疏离与退缩）、"transition and initiation"（调整与成长）、"incorporation and return"（融合与回归）。（芮渝萍，2004）

（一）疏离与退缩

《通往特雷比西亚的桥》就是这样一部成长小说。故事的主人公是一个普通的十岁小男孩杰西，他住在一个乡下农场，上小学五年级。在故事开始的时候，他的生活一片灰暗，被束缚在苦闷压抑的气氛里，过着平庸琐碎的日子。他的家境贫穷，饱受生活重压的父母刻板严肃，整天愁眉苦脸、脾气暴躁。杰西有四个姐妹，父母对他的态度和姐妹们的态度却完全不同，想要父亲关爱的眼神，得到的却总是斥责，他的姐姐们经常嘲弄他，只有妹妹梅宝（May Belle）崇拜他。他和妹妹挤在一个老旧的房间里住，放学以后还要帮着做各种无聊的家务活儿。在家里杰西缺乏温暖，在学校也总是被忽略，老师严厉而无趣，高年级的学生又欺负捉弄他。

杰西唯一的爱好是画画，被同学称为"成天画画的疯小孩儿"，每当他拿起画笔潜心作画的时候，"一种安宁的感觉会像一股清泉似的从他那乱糟糟的脑子里倾泻下来，慢慢渗过疲惫而紧绷的身体"。但痛苦的是，他的作品却没有人欣赏。唯一例外的是美丽的女音乐老师埃德蒙兹（Edmunds），她鼓励他一直坚持画下去，埃德蒙兹小姐是他心中的小秘密，他把她的理解"当成海盗的宝藏一般埋在了内心深处"。而每周五下午短短半个小时的音乐课是杰西每周唯一开心期盼的时刻，大家围坐在教师休息室里破旧的毯子上，一起唱着歌，玩着各种乐器，场面非常热闹。

杰西这些不幸的经历中或多或少有作者自己的影子，"她是一家五个兄弟姐妹中的老三，上面的兄姐年龄相仿，下面的两个妹妹年龄也很接近，她夹在当中常常只能独处。她小时候

'胆小、不聪明、笨拙，反正就是当不成英雄的那种人'，所以后来当她成了作家，就特别想为同样经常垂头丧气、胆小害怕的孩子们写书。"（阿甲，2014）

综上所述，虽然这是一部写给孩子看的小说，但故事一开始的部分并不轻松愉快，反而读起来相当沉重，真实地反映了现实生活。不是每个人的儿童时代都是快乐无忧的，相信很多成年人的童年记忆中都有一些不愉快的阴影——愁眉苦脸的父母，缺少理解和交流的兄弟姐妹，严厉苛刻的老师……正如这本小说中的杰西，心地善良，却又内向懦弱，不自信，不合群，不善于表达自我，不善于主动与人交流，他觉得自己是个"异类"，在这个世界里没有找到自己的位置，没有得到周围人的关爱、理解、与认同。因此他选择退缩在自己的小世界里，与周围人保持着一段疏离的距离，无法正常沟通与融合，内心充满了苦闷与压抑。

(二) 调整与成长

转校生莱斯莉（Leslie）的出现改变了这一切。莱斯莉一家刚刚搬到杰西家的隔壁农场，如果真有天意，那么这个女孩儿就是上帝特别安排来拯救杰西的天使。和杰西相反，莱斯莉活泼开朗、热情聪明，善解人意，同时还非常有自己的思想和见解。沉默寡言的杰西一开始对这个大城市来的奇怪女孩很是看不惯，但随着了解的增多，两人渐渐成为知心的好朋友。

在一个爽朗的秋日，杰西和莱斯莉跑到将牧场和森林分隔开来的一条干涸的小河边上，那里有一棵酸苹果树，上面挂着一根绳子。两个小伙伴开心地轮流抓住绳子荡过了河道，进入对面的森林，"感觉就好像飘浮在空中一般"，莱斯莉对杰西说："知道我们还缺什么吗？……我们还缺一个地方，只属于我们两个的地方，一个非常秘密的地方，我们不告诉这世界上任何一个人。……那是个神秘的国度，我们俩就是统治那个国度的王。"（45）

莱斯莉有着异乎寻常的丰富想象力，在她的脑海中，她把这片平常的森林幻想成只属于他们两个人的自由乐土，并给这个"神秘国度"命名为颇具奇幻色彩的"特雷比西亚"，把他们自己想象成国王和王后，那根简陋粗糙的吊绳则变成了一座"神奇"的"桥"，并定下一条趣味十足的颇具仪式感的规则："只有荡着这根施了魔咒的绳子，才能进入王国"。虽然没有莱斯莉那样丰富的想象力和广博的见识，杰西也有自己的长处：他动手能力强，会造东西，在他的带领下，两人一起在林间空地上造了一座"城堡"，并简单地布置了一下。两个孩子在森林中自己幻想的虚拟王国中尽情玩耍，寻找着无穷无尽的乐趣，忘记了现实生活中的烦恼忧愁。

因为天生性格和成长环境的关系，莱斯莉比杰西要成熟、有主见许多，她是他的好朋友，却也像一个指引他成长的心灵启蒙老师。她教会杰西很多东西，让他克服心中的胆怯，不再恐惧幽深的森林，不再害怕欺负他的同学。她欣赏杰西的画，圣诞节时送给他一盒水彩颜料、三支画笔、一本厚厚的美术纸作为礼物。她鼓励他去主动帮助别人，与同学化解隔阂，让他学会了积极主动的人生态度，学会自信、勇气、宽容、原谅，学会面对困难，承担责任。最重要的是她帮助杰西走出自我的狭小地带，打开眼界，敞开心扉，想象可以摆脱现实中的种种琐碎羁绊，使平凡的事物变得奇妙多彩。

莱斯莉不仅给杰西带来了温暖的友情，还给他的生命注入了活力、快乐、希望，让他重新认识了这个世界。在莱斯莉的陪伴下，杰西经历了很多成长与启迪的时刻，慢慢发生了改变。他开始调整自己的状态，变得不再消极懦弱，每一天都充满了活力与乐趣，仿佛找到了一个全新的自己。更重要的是，他开始主动去寻找生活中微小的美好，了解生活的意义不是等待而来的，而是全在于你自己，需要你自己去挖掘和创造：

> "长这么大以来，他还是第一回每天早晨起来都对
> 这一天充满了期待。莱斯莉不仅仅是他的朋友，还是
> 另一个他自己，更有趣的一个自己，——是他通往特
> 雷比西亚和所有外界的通道。……仅仅是走下山坡，
> 朝那树林走去，他的身体里就涌动起一股暖流了。越
> 是走进那干涸的河床和酸苹果树上的绳子，他的心跳
> 就越快。当他怀着狂野、兴奋的心情，抓住绳子这头
> 朝河的那边荡过去时，当他双脚轻轻点地，一站到这
> 片神秘的土地上时，他就觉得自己仿佛变得高大、强
> 壮、聪敏了起来。"（53）

（三）融合与回归

　　然而男孩的转变与成长不是一蹴而就的，中间免不了经历
一个渐进曲折的过程。小说中间有一段这样写道，"杰西试着独
自一人去特雷比西亚，却发现没什么意思了。只有莱斯莉在那
里时，才有神奇的魔法。"这个小细节一方面说明友情的可贵，

美好奇妙的事物是需要与朋友分享的，然而另一方面也说明此时的杰西对莱斯莉还有很强的依赖性，并没有完全形成一个强大、成熟的自我。

复活节之后，雨下得越来越大，小河的水位一直上升，以往干涸的河床变成一片汹涌的汪洋，河水甚至淹到了酸苹果树的树干。有一天，悲剧突如其来地发生了。埃德蒙兹老师邀请杰西去华盛顿的博物馆参观，莱斯莉独自去小河边，当她想像往常一样用绳子荡过河道的时候，绳子断裂，莱斯莉不幸遇难了。

杰西一开始无法接受这个残忍的事实，他拒绝相信莱斯莉已经离开，内心充满了悲痛和内疚，后悔没有叫上她一起去华盛顿。他伤心地把莱斯莉送给他的颜料和画纸投向河水中，看着它们从眼前一一消失，又一次感到无助和绝望：

> "她耍了他，她把他带离了他自己的旧世界，进入了她的新世界里，在他还没有完全熟悉却又已经无法回头的时候，她把他一个人搁浅在那里，就像在月球上漫步的宇航员，孤零零的一个人。"（136）

没有了莱斯莉，杰西还能不能再找到一座桥，重新进入特雷比西亚呢？当得知莱斯莉的不幸消息时，每个人对他都很好，以前忽视他的家人都开始关心他，老师也特意把他叫到走廊去安慰他，他终于得到了来自周围人的温暖，从中得到一些力量和勇气。他好像又经历了一次成长，开始反思自己的生活：

　　"他一整天都在思索，莱斯莉来到这里之前，他的生活是什么样子的。他是多么微不足道啊，蠢蠢的、怪怪的，每天画些滑稽的图画，绕着奶牛场跑步想要当什么了不起的大人物，实际内心却躁动不安地隐藏着深深的恐惧与胆怯。

　　是莱斯莉把他从奶牛场带到了特雷比西亚，把他变成了一个国王。……在那里待了一段时间，变得强壮了之后，就要继续前进了。这一切都是莱斯莉的功劳。即便是在特雷比西亚，她也在尽力劈开他心中的壁垒，让他走出桎梏，看见前方那真实的世界——巨大而可怕、美丽而又异常脆弱的世界。

　　现在是他该继续前进的时候了。她不在那里了，他要为了他们两个而前行。该轮到他了，用莱斯莉曾给予他的广阔视野和无限力量，去回馈这世界以美好和关怀了。至于前方的凶险，他不会自欺欺人地说这些都没有关系。嗯，要踩着恐惧站立起来，而不是被它吓到惨白。"（149）

因此，莱斯莉教给杰西的最后一件事就是，学会独立、坚强、珍惜、负责。人生中尽管会遇到知心的朋友，一起携手走过一段路程，然而终究大部分路程要靠自己一步一步向前走的。她的突然离开也告诉他生命的无常与残酷，我们都是普通人，不是每一件事都能如愿以偿，应该学会放下、释然，接受一些我们无能为力的现实。最后，杰西振作精神，从伤痛中走了出来。他决定为妹妹梅宝造一座重新通往特雷比西亚的桥，就像莱斯莉当初为他自己造了那座吊绳桥梁一样。在帮助梅宝造桥的过程中，杰西自己也在成长——为别人造桥其实也就是为自己造桥，是 个让自己学会承担责任，变得强大的过程。杰西带领梅宝走过那座通往特雷比西亚的桥，也就又一次跨越了旧的自我，获得了成长与新生，与周围的世界达成和解。

四、结语

《通往特雷比西亚的桥》这本感人至深的小说是作者写给儿

子大卫的，大卫有一个小伙伴丽萨，丽萨在八岁那年意外地被困雨中，发生了不幸的雷电事故。大卫因此情绪一直很低迷，当大卫读完这个故事之后，请求把丽萨的名字也加上。作者以此鼓励大卫走出阴霾，也感谢丽莎给儿子带来的温暖友情与美好时光。

虽然这是一本儿童小说，但并不仅仅是故事有趣、语言生动，作者用细致入微的笔触描写了现实生活中无可奈何、甚至是不可逃避的灰暗残酷的一面，比如杰西贫穷的家境、学校里的恃强凌弱、莱斯莉的意外死亡。然而也正是因为如此，这部小说才更具有其现实意义与教育意义，读者才会更真切地认识自我与这个世界，更深切地思索生命与死亡、理想与现实，学会坚强、勇气、包容、珍惜。现实不都是尽如人意的，所以更需要我们美妙的幻想，需要我们跳出循规蹈矩的日常生活，去积极主动地发现快乐，寻找人生的意义，享受生之为人的喜悦，同时面对困难的时候能够克服恐惧，迎难而上。

【深度解读】之二：
论《通往特雷比西亚的桥》中的艺术特色

《通往特雷比西亚的桥》这部小说选取关注的题材都是孩子们在成长过程中会遇到的一些永恒话题：成长、友情、勇气、信念，还有如何面对生活中的种种不如意状况带来的烦恼。作者鼓励孩子们打开心扉、克服恐惧、学会想象，以及培养积极热情的人生态度。而作者采用的象征艺术手法及简洁生动的语言风格则有效传达了作者的思想和情感，取得了良好的艺术效果，从而进一步深化了这部小说的主题。

作为一本畅销世界几十年的经典儿童小说，《通往特雷比西亚的桥》（*Bridge to Terabithia*）作品深受各个年龄阶段读者的推崇与喜爱，其中小说匠心独运的艺术特色功不可没。

一、象征

小说中作者大量使用了富有象征意义的语言，使这部儿童文学作品内涵丰富，寓意深刻，不仅孩子读起来津津有味，成年人拿起来书来同样深受启迪。

南帆在他的《小说的象征模式》一文中说，"象征是以特定的具体形象表现，或暗示某种观念、哲理或情感。"（引自黄晋凯，张秉真，1989）也就是说，象征是某种抽象理念的具体化体现，是用现实世界中的具体事物或形象来表现和传达作者的思想和情绪，是现实的物质世界与抽象的精神世界之间的一座桥梁。从微观的层面说，它可以使作者想传达的某种理念更加形象生动，塑造的人物更丰满立体，从而更容易被读者理解和接受；从宏观的层面说，它可以增强文学作品的表现力，加深其艺术效果，最终丰富文学作品的内涵，深化其主题。象征的力量在于其丰富的内涵和微妙的联想，赋予原本平淡无奇的事物以生命力，使其焕发出含蓄隽永的艺术光芒。

在这部小说中，它的标题"通往特雷比西亚的桥"就颇富象征意义。相信很多读者第一眼看到这个名字都会想，"特雷比西亚"在哪里？真的有一座通往那里的"桥"吗？在故事中，这个颇具奇幻色彩的名字可能是来自英国作家 C. S. 刘易斯（Clive Staples Lewis）所著的儿童游历冒险小说《纳尼亚传奇》（*The Chronicles of Narnia*），因为故事中有个异域岛国就叫"特雷比西亚"。

在小说中，莱斯莉曾经说过这样一句话，"就像纳尼亚那样，是一个奇幻王国，只有荡着这根施了魔咒的绳子，才能进入王国。"（46）

这样短短一句话非常耐人寻味，一方面，它增添了孩子们喜欢的想象力和趣味性，又体现了某种仪式感的重要性——从农场到对面的森林，从桥上直接走过去就好了，可是只有选择抓住树上的绳子荡过河道这种特别方式，才能进入他们自己的神圣自由的"领土"；另一方面，这句话中也点出了"王国"和"绳子"这两个寓意深刻的象征意象。

"王国"，其实只是一片普通的森林，但在莱斯莉奇妙的幻想中，却是一个神圣自由的"理想自由国度"，并且"我们俩就是统治那个国度的王"。在那里是属于他们的整个世界，他们可以无拘无束地玩耍，忘掉现实生活中的烦恼，治愈受伤的心灵。"王国"象征着理想、自由，它可以是我们向往的外部客观世界，也可以就在我们心里，每个人的心灵里都可以有一块只属于自己的角落，可称之为精神家园的地方。

"施了魔咒的绳子"，跨过河道连接了两块土地，一块是人们日常居住生活的农场，代表现实世界；另一块则是少有人去、专属于杰西和莱斯莉的森林，是他们用想象构建出来的虚拟奇幻世界。这里的"魔咒"可以指丰富的想象力，以及一切对美好生活积极、主动的寻求，有了这样的人生态度，平淡无奇的事物也会变得五彩缤纷、妙趣横生。从某种意义上讲，莱斯莉就是那个"施了魔咒的绳子"，是她的出现把杰西带出了生活中的困境，帮他燃起对生活的热情，连接了平庸的日常生活与美妙的幻想世界，使他跳出现实生活的枷锁，看到更广阔的精彩大世界。

然而男孩的转变与成长不是一朝完成的，小说中间有一段这样写道："杰西试着独自一人去特雷比西亚，却发现没什么意思了。只有莱斯莉在那里时，才有神奇的魔法。很显然，魔法不大愿意到他这里来。"（77）

这个小细节一方面说明友情的可贵，美好奇妙的事物是需要与朋友分享的，然而另一方面也说明此时的杰西对莱斯莉还有很强的依赖性，并没有完全形成一个强大、成熟的自我。

直到有一天，雨下得越来越大，河道的水位一直上升，莱斯莉独自一人去小河边，当她想像往常一样用绳子荡过河道的时候，绳子忽然断裂，莱斯莉不幸遇难了。陪伴杰西走完一段路程的莱斯莉离开了这个世界，杰西忽然失去了一直以来依赖信任的朋友。直到后来他在家人与老师的关心和鼓励下振作起来，用木板为妹妹梅宝（May Belle）造了一座新桥，带领妹妹重新进入"特雷比西亚"王国。这里的"桥"可以指代独立重生了的杰西、他的自我重建与自我救赎。

荡过小河的"绳子"和通往特雷比西亚的"桥"，是杰西通往奇幻国度的不同方式，可以说它们象征了在不同的成长阶段，杰西不同的心态和能力，——如果说"绳子"还是莱斯莉为他搭的，那么"桥"则是杰西自己主动完全依靠自身的力量为他人（妹妹梅宝）完成的，这个转变象征了杰西从依赖到独立，从胆怯退缩、逃避现实到勇于面对伤痛、承担责任。

二、生动简洁的语言

（一）生动形象

作为一本写给孩子们看的书，作者善于把日常平凡的事物描写得绘声绘色，在其中使用了大量孩子们易于接受的形象生动的语言、活灵活现的比喻，以及语言口语色彩较强，饶有趣味性。因此这部小说虽然寓意深刻，并且涉及比较沉重的关于如何面对死亡的话题，但是在阅读过程中并不会感到一本正经、板着脸说教的口吻。

A. 使用象声词，使孩子们易于看懂：

"砰，砰，砰……呜的一声——爸爸开着小货车走了。"（1）

B. 使用大量精准巧妙的比喻，读起来津津有味、不觉枯燥：

"墙很薄，要是这个钟点就把妈妈给吵醒了，她会像困在果酱罐子里打转的苍蝇一样气疯了的。"（2）

"一种安宁的感觉会像一股清泉似的从他那乱糟糟的脑子里倾泻下来，慢慢渗过疲惫而紧绷的身体"。（12）

"他把这种理解当成海盗的宝藏一般埋在了内心深处。"（14）

"杰西把身体向后仰，沉醉在这迷人清凉的天色里。他觉得自己就像一团慵懒肥美的白云，在蓝天之上来回地飘荡着。"（45）

C. 增添细节的趣味性与幽默感，使孩子们读起来格外轻松愉快：

"有时候他觉得身处在这一群女性当中，自己真是孤独——就连家里那只唯一的公鸡都死了，还没买一只补回来。"（17）

"像《圣经》里说到的上帝那样，他们看着自己所造的一切，非常满意。"（47）

同时小说中的心理描写刻画地细致入微，并且非常符合人物的身份与性格，使人物形象更为丰满立体。

"在云雀溪小学，每到星期五，大家一整天都坐在自己的书桌前，心脏怦怦跳地期待着，听着教师休息室那里传来的欢乐的喧闹声，等着轮到属于自己的时间，在埃德蒙兹小姐野性的美丽魔咒和热情罗网下，和她共度半个小时的美好时光。可当他们一旦走出休息室，又会假装自己不可能会被这个穿着紧身牛仔裤、眼睛上涂满了化妆品、嘴巴上却什么东西都没抹的嬉皮士所蛊惑了。"（15）

这段话描写了学校里孩子们的矛盾心态，刻画得十分真实可信。一方面，身处保守的乡村地区，孩子们在大人的影响下无法接受思想进步、穿着时髦的音乐老师埃德蒙兹小姐；而另一方面，孩子们的童心未泯又使他们非常期待上埃德蒙兹小姐的音乐课，大家一起合唱，一起弹奏各种乐器，玩得不亦乐乎。

关于杰西对埃德蒙兹小姐的态度，小说中也有一段描写：

"埃德蒙兹小姐是他心中的小秘密。他喜欢埃德蒙兹小姐。不是艾丽和布兰达在电话里嘀嘀咕咕的那种傻兮兮的情啊爱的，他的情感真实深切，让他无法说出口，甚至都不能多想。埃德蒙兹小姐有一头乌黑飘逸的长发，还有一双深蓝色的眼睛。……她的嗓音

柔和荡漾，听得杰西心中泛起涟漪。老天，她实在是
太美好了！"（13）

对于杰西对埃德蒙兹小姐的朦胧情感，这段文字也刻画地
十分精准传神。杰西喜欢美丽活泼的埃德蒙兹小姐，然而他
毕竟只是个十岁的小男孩，性格又十分内向，因此他把这种
情感悄悄地隐藏起来，"当成海盗的宝藏一般藏在了内心深
处"，并且即使想到埃德蒙兹小姐，也是甚为含蓄，好像蜻蜓
点水一样只是点到为止。同时透过这段文字读者可以感到他
的这种情感十分真挚纯洁，他喜欢埃德蒙兹小姐的样子、声
音、言谈举止，她代表了一切他所向往的那些美好事物。

（二）简洁自然

另外，作者的语言风格朴实自然，舒缓沉静，读起来像一
篇淡淡的散文诗，却又散发着温暖安静的力量：

"长这么大以来，他还是第一回每天早晨起来都
对这一天充满了期待。莱斯莉不仅仅是他的朋友，还
是另一个他自己，更有趣的一个自己，——是他通往

特雷比西亚和所有外界的通道。"（53）

"有时候，你得送给别人他们真正想要的东西，比如送给梅宝的芭比娃娃，而不是自己喜欢什么东西就去送什么东西。"（148）

"伯克家的人都很聪明，或许不是那种能修好东西、种好植物的聪明，而是那种杰西从来不知道还有能这么聪明的聪明。"（81）

作者使用的语言简洁但是内涵丰富，使人物形象跃然纸上，同时寥寥数笔却非常富有启发性，能引起读者的思考，比如杰西和莱斯莉关于宗教的一段讨论就非常耐人寻味：

"有关耶稣的故事都有意思极了，你不觉得吗？"

"什么意思？"

"那些人想要杀害他，但他并没有做任何伤害他们的事。……这真是一个美丽伤感的故事，就像亚伯拉罕·林肯，或者苏格拉底，或者阿斯兰的故事一样美好。"

…………

"因为我们生来就有原罪，上帝才让基督死去的。"

　　"你相信它是真的吗？"

　　他震惊了，"莱斯莉，这是《圣经》上说的。"

　　她望着他，一副想要争辩的样子，接着好似又改变了主意。

　　"很不可思议，是吧？"她摇摇脑袋。"你必须相信，却又厌恶。我不必相信，却觉得美好。"（102）

　　莱斯莉虽然不信教，但是她单纯从孩子的善恶观看觉得耶稣非常宽容正义，同时勇于质疑宗教的权威性；杰西相信上帝，但却是不假思索地相信，没有经过自己的独立思考。

三、结语

　　综上所述，《通往特雷比西亚的桥》这部小说选取关注的题材都是孩子们在成长过程中会遇到的一些永恒话题：成长、友情、勇气、信念，还有如何面对生活中的种种不如意状况带来的烦恼，作者鼓励孩子们打开心扉、克服恐惧、学会想象，以及培养积极热情的人生态度。正如阿甲在他的书评中所说，这部小说"为所有在平凡而艰难的生活中困顿的大小读者，搭起了通往无边想象世界的桥，有'特雷比西亚'的存在，会让我们觉得生命更有滋味，也更加精彩"（阿甲，2014）。而作者采用的象征艺术手法及简洁生动的语言风格则有效传达了作者的思想和情感，取得了良好的艺术效果，从而进一步深化了这部小说的主题。

【深度解读】之三：
论电影《通往特雷比西亚的桥》的改编策略

> 《通往特雷比西亚的桥》这部影片就是关于成长、友情、冒险、勇气的故事，它鼓励孩子们"闭上眼睛，敞开心扉"，教给孩子们学会想象、自信、勇气、热情，鼓励他们热爱生活，积极主动地去寻找快乐，创造自己的幸福。同时影片凭借其特有的画面、音响、音乐等艺术手段将小说中想象出来的"特雷比西亚"王国转化为直观生动的画面，为观众带来一番精彩纷繁的冒险历程与审美体验。

一、引言

美国迪士尼公司与沃顿公司联合出品的儿童奇幻电影《通往特雷比西亚的桥》（*Bridge to Terabithia*）拍摄于 2006 年，取景于新西兰，又名《仙境之桥》，改编自美国杰出儿童文学作家凯瑟琳·佩特森（Katherine Paterson）的同名经典畅销小说，这本小说曾获得评论界与各年龄阶段读者的一致赞誉。原著小说出版于 1977 年，而电影改编则发生在将近三十年之后，因此电影把故事发生的时间重置，变成了现在，地点则同样是美国乡村。

二、电影《通往特雷比西亚的桥》的改编策略

（一）强化幻想王国与现实世界的对应关系

原著小说颇富象征色彩，意象迭出，"特雷比西亚""王国""森林""绳子""桥"等都有非常丰富的象征意蕴，但"特雷比西亚"毕竟是想象中的，小说更多描述关注的是现实生活。而电影则大幅增加了杰西与莱斯莉在"特雷比西亚"王国中的森林场景，其中包含展现与刻画各种意象与细节，从而比小说更进一步强化了想象王国与现实世界一一对应的关系。在影片中想象王国就像映射现实世界的一面镜子，两者虚实相间，互相映衬，两个空间发生的事件相互交替，推动故事情节向前发展。

一开始，当杰西跟随莱斯莉荡过河道进入对面的森林时，杰西看到的还是一片荒芜破败样子，一阵阵冷风袭来，尤其是远处黑漆漆的"松树林"，对于他来说，那里黑暗、幽深、阴

冷、神秘。树上的小屋也同样如此，一开始小屋破破烂烂的，象征他的心灵居所一片荒芜。就连看到森林里不时跑过的鹿和松鼠等小动物，他也觉得害怕极了，不敢走近它们。这个时候的杰西对森林还处于未知的神秘状态，内心充满了深深的恐惧，正像影片中的背景音乐烘托出的那样。后来发生了一系列事件，杰西在莱斯莉的帮助下不断地成长，开始战胜自己内心的胆怯和自卑。与此同时，在莱斯莉的开导和鼓励下，杰西渐渐地不再恐惧森林，他眼前看到的森林开始变得郁郁葱葱、宁静美好，他开始学会欣赏自然的美丽并与之和谐相处。树上的小屋也开始变得不再简陋，他们一点点充实、装饰这个小屋，小屋逐渐变成一个温馨的家，象征杰西的内心开始充满对生活的热情，变得积极乐观。可以说，杰西在不同阶段看到的森林是他不同阶段心灵状况的折射，森林其实一直都是那片森林，变化的只是杰西本人的心态。

同理，一开始当两人爬上树梢，杰西在远处看到的只是一片普通的原野，然而当杰西在莱斯莉的引导下成长之后，他再一次登高望远，这次看到的就是一番焕然一新的景象了——巍峨的高山、青翠的原野、蜿蜒的河流、倾泻的瀑布、飞翔的小鸟，这表明因为杰斯心境的改变而看到了美好精彩的世界。就像莱斯莉告诉他的那样，要"闭上眼睛、敞开心扉"（Close your eyes and keep your mind wide open），一旦打开封闭的内心世界，学会积极、乐观、热情、包容，就可以自己发现和创造一个美丽新世界。"特雷比西亚"当然不是真实存在的，但是从另一个角度讲，它却又无处不在——其实就在每个人的心里。

在影片中，想象王国和现实世界中的人物和发生的事件是一一对应的，比如他们在森林中遇到的精灵怪兽象征他们在学校中遇到的坏同学。洞穴巨人象征着坏女孩珍妮丝（Janice），珍妮丝也有一对大脚。一开始珍妮丝在学校里总欺负他们，而洞穴巨人也在森林里追赶他们，但是当在学校里莱斯莉跟痛哭的珍妮丝推心置腹地长谈之后，森林里洞穴巨人对他们的态度也开始变得友善起来。而松鼠怪和毛秃鹰则象征着欺负杰西的霍格（Hoager）二人，当杰西在森林中击败了松鼠怪和毛秃鹰之后，回到学校，他也不惧怕霍格二人了。可以说杰西击退怪兽实际上是在击退自己心中的恐惧，然后回到现实生活中变得更加自信、勇敢。

（二）绘声绘色 融入奇幻元素

相对于文学作品单一维度的文字描述，电影是一种综合性极强的视觉艺术形式，拥有画面、音效、音乐等多元表现手法。这部影片就充分利用现代科学技术加入了许多奇幻元素与特效处理，给观众带来很强的视觉冲击力，使他们有身临其境之感。例如森林中杰西与莱斯莉和精灵怪兽们打斗厮杀的典型好莱坞式惊险场面、影片结尾杰西带领妹妹梅宝（May Belle）重新进入特雷比西亚王国，精灵魔兽们都列队欢迎他们的大团圆结局。

电影凭借其天然视觉优势对小说主题进行了通俗化演绎，且将其定位为奇幻电影，使其成为一部名副其实的儿童电影，更容易吸引低龄观众，使故事的情节发展更扣人心弦，更加符合这个时代的观众口味。因此，影片大幅增加了在森林中的奇幻场景，增加了许多林中奇异的怪兽精灵，强化了影片的奇幻童话色彩，使幻想世界与现实世界两个空间平行存在，且二者有紧密的联系。而在小说中，森林中的精灵怪兽只是一笔带过，且都只是想象中的。

此外影片的另一大特色是悦耳动听的音乐，除了恰到好处的背景音乐与特技音效之外，影片还穿插加入了几首音乐老师埃德蒙兹小姐教唱的歌曲，孩子们在教室里一起一边随意地敲打乐器一边温馨地合唱，同时这些歌曲的歌词内容与影片中故事情节的发展相辅相成，构成了一个天衣无缝的有机整体。

比如影片一开始，莱斯莉主动对杰西流露出友善，想和杰西成为好朋友的时候，杰西一方面渴望真挚的友情，另一方面由于自身的性格表现得有点怯懦迟疑。这个时候，影片中埃德蒙兹小姐教唱了孩子们一首歌曲，《为什么我们不能成为朋友呢?》(*Why can't we be friends?*)，这首歌曲不仅烘托了气氛，而且与两小伙伴此时的心情非常吻合：

"Why can't we be friends？

Why can't we be friends？

Why can't we be friends？

Why can't we be friends？

I seen you walking down in Chinatown，

I called you but you could not look around.

Why can't we be friends？

Why can't we be friends？

Why can't we be friends？

Why can't we be friends？

I bring my money to the welfare line，

I see you standing in it every time.

Why can't we be friends ?

Why can't we be friends ?

Why can't we be friends ?

Why can't we be friends ?

The color of your skin don't matter to me ,

As long as we can live in harmony. "

"为什么我们不能成为朋友呢?

为什么我们不能成为朋友呢?

为什么我们不能成为朋友呢?

为什么我们不能成为朋友呢?

我看到你走在中国城里,

我叫你,但你却头也不回。

为什么我们不能成为朋友呢?

为什么我们不能成为朋友呢?

为什么我们不能成为朋友呢?

为什么我们不能成为朋友呢?

我捐钱给社会福利社,

每次都看到你在排队。

为什么我们不能成为朋友呢?

为什么我们不能成为朋友呢？

为什么我们不能成为朋友呢？

为什么我们不能成为朋友呢？

我不在乎你皮肤的颜色，

只要我们和睦相处。"

　　后来杰西和莱斯莉终于成为好朋友，两人一起在森林里的"特雷比西亚"王国尽情地玩耍，一起装饰林中树上的小屋，玩得不亦乐乎。这时影片中恰到好处地穿插了一首埃德蒙兹小姐教唱的歌曲《总有一天》（Someday），表达两个孩子向往远方、向往自由的期盼心情：

　　"I got me a 67 Chevy, she's low and sleek and black.

　　Someday I'll put her on the interstate and never look back.

　　Someday I'm finally gonna let go.

　　Cause I know there's a better way.

　　And I wanna know what's over that rainbow.

　　I'm gonna get out of here someday."

"我买了一辆 1967 年代的雪佛兰，地盘低、黑得
发亮，

　　总有一天我要开上洲际公路，再也不回头。

　　总有一天我要抛开一切，

　　因为我知道还有更好的方式。

　　我想知道彩虹的那一端是什么，

　　我总有一天要离开这个地方。"

　　但美中不足的是，在电影调动各种艺术手段尽情发挥其音
画优势的同时，影片显得稍有直白，似乎弱化了原著的主题思
想。相比于场面热闹、情节有趣的电影，小说则更含蓄、舒缓、
沉静，内涵更为丰富，就像一首淡淡的优美散文诗，也更能引
发读者的思考。这一点从电影的中文翻译可以略见端倪，小说
是《通往特雷比西亚之桥》，强调的是成长、是向往，而电影则
多为翻译为《仙境之桥》，更加强调其奇幻色彩。

三、结　语

　　在有关儿童题材的文艺作品中，成长一直是最为喜闻乐见
的主题之一。孩子们在拥有一段生命最为幸福的时光同时，在

与这个世界磨合的最初阶段中，也会不可避免地感受到迷茫与困惑、甚至孤独与苦闷。而《通往特雷比西亚的桥》这部影片就是关于成长、友情、冒险、勇气的故事，它鼓励孩子们"闭上眼睛，敞开心扉"，教给孩子们学会想象、自信、勇气、热情，鼓励他们热爱生活，积极主动地去寻找快乐，创造自己的幸福。同时影片凭借其特有的画面、音响、音乐等艺术手段将小说中想象出来的"特雷比西亚"王国转化为直观生动的画面，为观众带来一番精彩纷繁的冒险历程与审美体验。

参考文献

［1］Paterson, Katherine. Bridge to Terabithia. New York：Harper Collins Children's Books, 2003.

［2］Coyle, William. The Young Man in American Literature：the Initiation Theme. New York：Odyssey Press, 1969.

［3］Perspectives on American Literature. Philadelphia：Odyssey Press, 1969：221-228.

［4］阿甲. 后序：永远的特雷比西亚.《通往特雷比西亚的桥》. 北京：新蕾出版社, 2014.

［5］黄晋凯，张秉真. 象征主义·意象派. 北京：中国人民大学出版社, 1989.

［6］凯瑟琳·佩特森. 通往特雷比西亚的桥. 陈静抒，译. 天津：新蕾出版社, 2014.

［7］刘艳华．论《通向特拉比西亚的桥》中象征对成长主题的凸显．东北师范大学硕士论文，2010.

［8］芮渝萍．美国文学中的成长小说．北京：中国社会科学出版社，2004：3.

［9］孙胜忠．A Study of Artistic and Cultural Expression of American Bildungsroman. 合肥：安徽人民出版社，2008：34-35.

［10］杨洋．《仙境之桥》的对比演绎手法．电影文学，2010（13）.

(本章作者：穆育枫)

6.《尸体》

The Body

作者简介

斯蒂芬·金（1947—）生于美国缅因州波特兰市，曾任高中英语教师。他自幼爱好写作，虽然屡受退稿打击，但他坚持不懈，终于在 1973 年发布了自己的第一部小说《魔女嘉莉》，从此一发不可收拾，至今已发表 40 余部长篇小说和 200 多部短篇小说。这些作品不仅是美国畅销书排行榜上的常客，也受到了世界其他国家和地区读者的欢迎。他的小说以恐怖惊悚题材为主，因此他也被誉为"现代恐怖小说之王"。此外，有超过 100 部影视作品取材于他的作品，如《闪灵》《肖申克的救赎》《伴我同行》，等等，其中《肖申克的救赎》（又名《月黑风高惊悚 1995》）更被广大影迷视为影史第一的佳作。作为畅销作家，评论界一直认为他的作品过于通俗，缺乏文学性和艺术性，然而 21 世纪开始后，他的文学才华也渐渐被评论界所认可，2003 年他被授予美国国家图书奖"杰出贡献奖"，其后又获得世界奇幻文学奖"终身成就奖"和美国推理作家协会"爱伦·坡奖"的"大师奖"。

撷英采华

片段 1：

The most important things are the hardest things to say. They are things you get ashamed of, because words make them smaller. When they were in your head they were limitless; but when they come out they seem to be no bigger than normal things. But that's not all. The most important things lie too close to wherever your secret heart is buried; they are clues that could guide your enemies to a prize they would love to steal. It's hard and painful for you to talk about these things... and then people just look at you strangely. They haven't understood what you've said at all, or why you almost cried while you were saying it. (Stephen King, 2012: 385)[①]

译文：

最重要的事情往往也最难启齿，你不好意思说出口，因为言语会缩小事情的重要性——原本萦绕在脑中一些天大的事情，一经脱口而出，便立时缩为原本的实际大小。不过其实远远不止如此，是不是？最重大的事，往往和你埋藏在内心深处的秘密有密切关系，有如敌人乐于一窥的藏宝图。或许有一天你鼓

---

① 小说的英文引文出自此版本。其后只在引文后标注页码，不另加注。

起勇气，把心中的一切和盘托出，结果只落得让别人看笑话，因为他们压根儿不懂你在说什么，也不知道你为什么觉得事情那么重要，说着说着，几乎要哭了出来。（斯蒂芬·金著，施寄青、赵永芬、齐若兰译，2015：226）①

片段2：

Speech destroys the function of love, I think—that's a hell of a thing for a writer to say, I guess, but I believe it to be true. If you speak to tell a deer you mean it no harm, it glides away with a single flip of its tail. Love has teeth; they bite; the wounds never close. No word, no combination of words can close those love bites. It's the other way around, that's the joke. If those wounds dry up, the words die with them. (568)

译文：

我认为过多的言语只会破坏爱的机能——我猜从一个作家嘴里说出这种话大概极不可思议，但我相信这是真的。假使你告诉一只鹿说你对它毫无恶意，它只会摆摆尾巴，一溜烟即不见了。爱有牙齿、会咬人，而这种伤口永远也无法愈合，没有任何言语可以使爱的伤口愈合。可笑的是，恰好相反，若是伤口干了，言语文字也随之枯死。（332）

---

① 小说的中文引文出自此版本。其后只在引文后标注页码，不另加注。

片段 3:

It's like God gave you something, all those stories you can make up, and He said, this is what we got for you, kid. Try not to lose it. But kids lose everything unless somebody looks out for them and if your folds are too fucked up to do it then maybe I ought to. (505)

译文:

上帝赋予你某种天赋,可以编故事的天赋,然后它说:孩子,这就是我们给你的东西,请尽量不要把它弄丢了。可是如果没有人从旁提醒,小孩子一定会把什么都丢了。如果你的家人没办法提醒你,那么也许我就该这么做。(296)

片段 4:

There's a high ritual to all fundamental events, the rites of passage, the magic corridor where the change happens—it's what you walk down when you get married, what they carry you down when you get buried. Our corridor was those twinrails, and we walked between them, just bopping along towards whatever this was supposed to mean. (535)

译文:

人生所有重要大事都有一套崇高的仪式、必经的过程,发生人生种种改变的神奇走道——就是你在结婚典礼上走过的通道,也是你入土安葬时别人抬着你走过的路。而我们的走道就

是那两条铁轨，我们踩在轨间枕木上，一步一步走向目的地，无论这样长途跋涉究竟有何意义。（313-314）

片段 5：

Your friends drag you down. They're like drowning guys that are holding on to your legs. You can't save them. You can only drown with them. (509)

Friends come in and out of your life like busboys in a restaurant, did you ever notice that? But when I think of that dream, the corpses under the water pulling implacably at my legs, it seems right that it should be that way. Some people drown, that's all. It's not fair, but it happens. Some people drown. (576)

We were clinging to each other in deep water. I've explained about Chris, I think; my reasons for clinging to him were less definable. His desire to get away from Castle Rock and out of the mill's shadow seemed to me to be my best part, and I could not just leave him to sink or swim on his own. If he had drowned, that part of me would have drowned with him, I think. (580)

译文：

你的朋友会拖你下水，他们就像是快要淹死的人，紧紧抓住你的腿，你救不了他们，只能跟他们一起沉沦下去。（298）

有注意到吗，朋友在你生命中进进出出，好像餐厅中的侍者来来去去一样。可是每当我想起那场梦、想到那两具尸体正

用力拖我下水的时候，我就觉得这样也好。有的人会沉沦，如此而已，并不公平，但世事就是这样，有的人会沉沦下去。（338）

我们在深水中紧紧攀附着对方；我想柯里那方我已经解释过了，而我攀附他的理由则比较不是那么清楚。我想，柯里亟欲逃离城堡岩与逃离工厂阴影，就是我最好的理由，我不能丢下他一个人逆流而上，如果他沉沦了，我想一部分的我也会随之沉沦下去。（340）

影片资料

影片名：伴我同行

类型：剧情/冒险

片长：89 分钟

出品：哥伦比亚影业公司（Columbia Pictures）

导演：罗伯·雷恩

编剧：瑞诺德·葛迪恩、布鲁斯·埃文斯、斯蒂芬·金

主演：瑞弗·菲尼克斯饰柯里

　　　威尔·惠顿饰戈登

　　　杰瑞·奥尼尔饰维恩

科里·费尔德曼饰泰迪

获奖情况：又名《站在我这边》《同仇敌忾》《与我常在》。1987 年第 59 届奥斯卡最佳改编剧本提名；1987 年第 44 届美国电影电视金球奖最佳剧情类影片提名、最佳导演提名。

剧情梗概

故事发生在 50 年代的美国俄勒冈小镇城堡岩。戈登、柯里、泰迪和维恩四个小伙伴年龄相仿但是性格各异。他们每天都聚在神秘的"树屋"里，既迫不及待地模仿大人，也借以逃避来自于大人们的压力——这些大人们或是冷漠或是贫穷或是酗酒或是暴虐成性。有一天，维恩带来了一个关于尸体的秘密，为了当英雄出风头，也为了向成人世界宣战，四个小男孩出发了。一路上他们逃过了猛犬的袭击、涉险经过了铁路高架桥、熬过了野兽出没的森林野营、爬出了布满血吸虫的沼泽地，最终找到了那具尸体。然而他们没有料到，一伙小混混也在寻找着这具尸体……就在这险象环生的路途中，男孩们渐渐长大，他们开始理解死亡，也学会了尊重生命，明白了友谊与人生的真正要旨。

【深度解读】之一：
评小说《尸体》的叙事视角

中篇小说《尸体》使用了儿童与成人的双重叙事视角。在儿童原始而单纯的视角之下，主人公们的冒险经历激烈而刺激，其中不乏诙谐有趣的细节描写；而成人视角则以回忆的口吻不时出现，成熟而又感性的抒发着对于童年、成长、家庭、友情和世事变迁的感慨。本文选择从叙事视角的角度考察小说的成功之处，也试图揭示作者的写作背景和写作意图。

《尸体》（又译《死尸》《总要找到你》）是美国著名作家斯蒂芬·金的一部中篇小说，与他的另外三部中篇小说一起收录在名为《四季奇谭》（*Different Seasons*）的小说集里。这四部小说分别代表着四季：春天的希望——《肖申克的救赎》、夏日沉沦——《纳粹高徒》、不再纯真的秋天——《尸体》、暮冬重生——《呼—吸—呼—吸》。《尸体》虽然贴着"不再纯真的秋天"的标签，但是却讲述了一个发生在夏天的故事：1960年的美国缅因州小镇城堡岩，戈登、柯里、泰迪和维恩四个男孩是非常要好的朋友。一天，为了成为小镇里的英雄，四个男孩决定出发去寻找一具尸体。一路上，不仅耗费的时间和体力远远超出了他们的预判，各种各样的困难和危险也让他们尝尽苦头，好在四个男孩团结友爱，最终平安返家。同时这番难忘的经历也给予了男孩们人生的启迪，促进了他们的成长。

这部小说的作者斯蒂芬·金在美国有"现代恐怖小说之王"的称号。作为他的第一部偏现实题材作品，《四季奇谭》1982年一经出版后即夺得《纽约时报》畅销书排行榜冠军，至今全球已翻译超过 30 种语言，不仅赢得了读者与评论家前所未有的正面肯定，也扭转了出版界对其恐怖小说作家的刻板印象。此外，本书的四个故事中有三个被改编为电影，创下了文学作品影视改编的惊人纪录，也侧面说明了斯蒂芬·金作品的故事感极强，视觉化因素丰富。作为其中最早被搬上大荧幕的一部——《尸体》以诙谐温暖的笔调、起伏匀称的节奏和一丝恐怖色彩令阅读体验既酣畅淋漓又余味悠长，堪称其三十余年写作生涯中最杰出的写实类作品。此外，这部小说还被誉为斯蒂芬·金最具自传性质的作品，包含着很多作者童年经历和情感体验的投射，以及他对若干社会和政治问题的批判。本文选择从叙事视角的角度来考察小说的成功之处，也试图揭示作者通过这部作品所要表达的对于现实问题的思考。

一、叙事视角

叙事视角指"故事讲述的方式——小说家为了向读者呈现人物、对话、动作、背景和事件所选择的角度。"（M. H. Abrams，刘建华译）视角的选择及其相对应的叙事策略"包含着作家有意识的选择，有着作家创作理想、道德文化的内在诉求，视角的应用也与社会文化思潮、作家的历史记忆与创作精神有着深刻的联系。"（沈培杏，2006）按照年龄分类，视角可以分为成人视角和未成人视角或是老年视角、中年视角和儿童视角。其中，儿童视角往往以儿童的心理和生理状态见证、审视、描绘人物和叙述事件，往往有单纯和感性等特点。但是完全的儿童视角是鲜见的，"以儿童视角展开的叙述中一般都存在着或隐或显的成年叙事者的声音，儿童视角不可避免地包含着成人视角，成人视角巧妙地隐匿于儿童视角后台，并不失时机地凸显于文本之上，深化儿童视角视域与儿童经验。"（沈培杏，2006）因此，童年视角下的叙事往往浸润着小说作者本身的童年经历、乡土记忆、原生家庭以及其他人格形成中的关键因素。

借助对儿童视角文学作品的研究，我们往往可以窥见作者自己的情感记忆与生命体验。

小说《尸体》是一部典型的回溯—叙事类作品。小说由成年"我"——一位年轻而成功的作家——的追忆开始，随即进入十几年前童年"我"的视角，从童年"我"的心理状态叙说故事的由来、过程和结局；与此同时，成年"我"一直以全知视角俯视着故事中发生的一切，不时地给予间断性的描述和评论。两个"我"各负其责而又交叉互动，既有年少时纯真的童趣又有回首时淡淡的愁绪与感叹，可谓儿童视角与成人视角融合的典范。

二、《尸体》中的儿童视角

在这部小说中，儿童视角主要负责描述人物和他们的家庭背景以及整个冒险旅程中的种种经历，令故事悬念迭起而又诙谐幽默。由于儿童视角下的事物及其发展过程往往呈现出原始性和直观的一面，因此形成了大量激烈而形象的原始化视觉因素。例如"我"对柯里和泰迪父亲的描述：

柯里的爸爸是个失业的酒鬼，"仰赖断断续续的社会福利金过活"。"柯里并不常提起他爸爸，但我们都知道柯里对他恨之入骨。每隔两星期，柯里就会被痛打一顿，颈子、双颊瘀伤处处，眼睛肿的高高的，好像落日般五彩缤纷。有一次他到学校时，脑袋瓜后面胡乱扎了一块大绷带，也是他唯一一次带伤上学，其他时候都由他妈妈替他请病假，因为他伤得太重，根本无法上学。"（236）而他的"两位哥哥不负镇民的期望，都成了鼎鼎有名的坏坯子"，一个因强暴案在监狱坐牢，一个则外号"凸眼蛇"，是远近闻名的不良少年。

泰迪的爸爸是一位二战退伍士兵，曾经参加过诺曼底登陆之役，然而有一天他亲手"把他（泰迪）抓到厨房后面的大炉子前，然后一手抓住他的脑壳，按在炉台上十秒钟，然后再抓起泰迪的头发，把头部另一边往炉台上一按。"（227）如此，泰迪的耳朵不仅变得"就像两块软乎乎的蜡一样"，而且听力严重受损，不得不靠助听器生活。虽然最后泰迪的爸爸被关进了疯人院，泰迪的精神创伤确是无法消除的。他烦躁易怒，行为怪异，近乎疯癫。他最喜欢做的一件事情就是"闪车"——"对着迎面而来的车子狂奔，好几次都只差几英寸就撞上了，天知道他害多少人心脏病发作，而他却在一边笑个开怀。"（228）

儿童的语言带着戏谑和诙谐，读起来让人不禁莞尔。例如："泰迪不太聪明，不过维恩也绝不会把闲暇时间用来准备大学生知识问答比赛。"（231）维恩恨他哥哥比利的程度"就跟阿拉伯人恨犹太人一样，如果有机会的话，他说不定会投票亲哥哥因行窃而被判死刑。"（231）

同时，在整个冒险旅程中，正是因为儿童看待事物模糊朴拙的特点，才导致他们轻视了其中的难度和危险，例如食物和水的短缺、跳入布满水蛭的泥潭等，"柯里的嘴候地张开，我只觉得浑身的血液瞬间凝结；泰迪失声大叫，脸上惨白一片；然后我们三个都没命地往堤防游去。"（308）

此外，有很多从儿童"我"视角描述的事物和发表的看法，实际上携带者成年"我"的思考，令人物内心深处思想活动的描写更加精细，也更细致地刻画了人物性格。例如对于柯里的描写："柯里是我们中间唯一滴酒不沾的人，他绝不会为了逞强而喝酒，他说他绝不让自己长大跟爸爸一样变成一只酒桶。……也许你会觉得滑稽，一个十二岁的小孩竟然忧心忡忡自己可能变成酒鬼。但对柯里而言，这件事一点也不滑稽。"（254）柯里深知自己的处境水深火热，因此他也急于跳出他家庭的窠臼，从他口中经常会冒出一些成人话语："言语是最不值钱的。"（273）"生命本来就是一场骗局。"（294）作者用寥寥数笔就刻画出了一个聪明而又早熟得让人心疼的男孩形象，让读者不禁心疼又担心起他的命运来。

三、《尸体》中的成人视角

与儿童视角相比，成人视角代表着理性、成熟与客观。在《尸体》这样的小说中，成人"我"总是适时地跳出来发表一些描述和评论。例如，关于家乡面貌的变化，作者在故事开篇就写道："在城堡岩，我们本来有一座树屋，架在巨大的榆树干上，树的下方则是一大块空地。如今空地成了一家搬家公司，榆树也不复存在，这就是进步。"对比童年的纯真，"进步"一词显然带着讽刺的意味，也让读者更加期待在那个"落后"的年代所发生的更加纯真的故事。

关于时代的变迁，作者写道："回想那年夏天最好与最坏的时光，我几乎感觉到自己成人的身躯中，仍埋藏着一个瘦巴巴、脏兮兮的小男孩，也依然听得见那些声音；然而最鲜明的记忆，仍是那个口袋里兜着零钱、汗流浃背朝佛罗里达市场狂奔的戈登。"（265）这种关于细节的描述几乎可以让所有读者为之动容，让我们想起自己年少时经历过的那些刻入心扉的往事，想起看起来熟悉但实则早已陌生的自己。而那些年代，就像戈登的一九六〇一样，似乎不可触碰，跟所有热爱过却被时代抛下的人和物一样，渐渐淡出我们的生命；直到突然有一天，你听到曾经为之疯狂的某个人死去的消息——"一九六〇年的感觉仿佛又回来了，同样令人心碎的怦然重击。"（265）

《尸体》这部小说与其他儿童冒险类作品最大的区别就是它所携带的暗暗的愁绪——那些不时出现的关于人物悲剧命运的线索。例如柯里对泰迪的议论："'他活不过十年，我敢打赌……'柯里说着，以一种奇异而不设防的眼神望着我。"（261）这段话最让人印象深刻的是成人"我"加入的对于柯里眼神的描述，在平常插科打诨的言谈中突然出现的这种"奇异而不设防的眼神"似乎透露着他说这番话时严肃的态度，读者在此处不禁也要好好考虑十二岁的柯里所言，怀疑起泰迪的命运来。

在掷硬币情节中，成年"我"又藏在儿童"我"后面发声了："我蓦地害怕起来，仿佛心中突然蒙上了一层阴影。他们三个依旧掷出反面，仍是霉运当头，似乎厄运无声无息地再度指向他们……"（263）作者不断地埋下人物悲剧命运的线索，再加上三个男孩艰难的家庭环境，读者们也都在好奇到底在冒险途中会发生怎样的险情。

当然，一趟为了寻找一具尸体而开启的旅程本来就携带着一丝对于死亡的恐惧，所以之前关于人物悲剧命运的线索似乎也都可以消解为作者营造恐怖气氛的手段——直到旅程中途时，成年"我"带着追悔意味的评论："……或许后来的一些事都不会发生，或许柯里、泰迪与维恩都还活着。不，他们并非死在森林里或铁轨上……但有一件事是千真万确的，那天丢铜板决定谁去佛罗里达市场采买食物的四人之中，只有我这跑腿的人还活着……"（313）是的，最后他们三个人都死了，读者不再悬着一颗心，但是新的好奇又开始了，他们为什么死？

在书的结尾，成年"我"交代了柯里、泰迪和维恩的死因：维恩和泰迪成了混混，分别死于火灾和交通事故；而柯里虽然逃脱了家庭的窠臼，却因为调停别人的争斗被刺死——完完全全是一场悲剧。

那么作者为什么没有让他们任何一个死在冒险途中却又安排了如此悲剧的命运结局呢？这时我们就要考察作者利用儿童视角和成人视角之声所要批判的家庭和社会问题了。

四、《尸体》对当代美国社会和政治问题的批判

人们常说，性格决定命运。小说《尸体》中的四个男孩性格各异，但都带着各自原生家庭的烙印。通过其中三个男孩的

悲剧命运，作者斯蒂芬·金不仅引发了关于家庭对儿童成长影响的思考，也批判了美国当代的一些家庭与社会问题。

（一）家庭问题

在小说中，四个孩子的父母或是忙于工作或是因生活打击而沉沦，都不愿意也无法实现对子女的有效监管。

例如，柯里的爸爸对孩子的教育方式非打即骂，近乎虐待。他把生活给他的压力全都释放到酒精中，在酗酒之后又毫无顾忌地殴打自己的儿子，给孩子造成了生理和心理的双重创伤。柯里的大哥二哥都在父亲的影响下学会了用暴力对抗这个世界，最终走上了歧途；而精明的柯里则敏感、早熟，他努力地逃离酒精和暴力，在畸形的家庭与自己的人生之间寻找平衡，甚至，我们可以猜测，在充满争斗的环境中学会了调停并擅长于此——并最终死于自己的这项特长。

比起柯里，"我"——童年戈登却一直经受着父母的"冷暴力"——漠视。作为"计划外"的孩子，比起优秀的哥哥来说，他生来就不受欢迎，令他从小就缺乏自信和安全感；而在故事发生的四个月前，他的哥哥意外死亡，他的父母都沉浸在无尽的哀伤中无法自拔，根本就无视他的存在，"那年夏天，我就跟隐形人没两样。"但实际上，戈登也因为失去哥哥而悲伤至极——"那个老爱敲我脑袋、用橡皮蜘蛛把我吓哭，或是在我跌倒时亲亲我、在我耳边轻声说'别哭了'的人竟然不存在了——曾经摸过我、哄过我的人竟然会死掉"。虽然兄弟俩年龄相差十岁，但是对于戈登来说，哥哥丹尼仍然是不一样的存在，因此连哥哥教给他的洗牌法他都不愿意与人分享，因为"教别人洗牌，就好像把丹尼的一部分送给别人，而丹尼留给我的东西不多了，我不能再和别人分享。"（235）可是，戈登的父母却不在乎这些。他的母亲说她唯一的乖儿子死了，而父亲呢——"他的肩膀颓然下垂，脸朝枯死的花园不看我，他的眼中有一抹不寻常的闪光，也许是泪水。"

无论是"热暴力"还是"冷暴力"，在故事中人物的童年经历和成年悲剧背后，恰恰隐含着斯蒂芬·金本人的经历和家庭观念。金在两岁的时候就"失去"了自己的父亲——他的爸爸离家出走了，再也没有回来。因此，比小说中的戈登更惨，金遭遇到了父亲最大级别的"冷漠"。这大概就是为什么《尸体》中有如此众多的不良父亲形象的原因。一方面，金痛恨他父亲的不辞而别，就像戈登痛恨他爸爸的冷漠。另一方面，即使这样，金觉得他还是比较幸运的——至少要比像柯里那样经常被父亲殴打好些。同时，在他内心深处，仍然藏着对父亲的爱——在小说中，即便泰迪受到爸爸如此的虐待，他仍然爱着爸爸，并以爸爸为荣，不允许任何人中伤自己的爸爸；而戈登的父亲也在看见戈登被人殴打后表现出了焦急和愤怒，要找出凶手为儿子复仇；成年后的戈登，会带着孩子回到家乡去看自己年迈的父亲，这无疑意味着父子的和解。当我们借由作品窥视作者的内心，会发现自小缺乏父爱的金内心是柔软的，他渴望父爱，也渴望家庭的完整与温暖；他把自己的内心投射到故事中，强烈地指责了各种形式的家庭暴力，也呼吁了父亲们多给自己的孩子一些关爱。

（二）社会问题

与父母的疏于管教同时发生的，还有社会的冷漠和歧视，这一点在柯里身上体现得尤为明显。

面对畸形的家庭和父亲的暴力，学校和社会比柯里自己更早地放弃了他。例如，柯里经常被爸爸殴打以至于伤重无法上学，可是镇上专门抓逃学小孩的哈先生见到这种情形却闷声不吭，没有代表社会给他提供及时的保护。而当柯里把同学们的牛奶钱还给学校之后，却被收钱的史老师截留，给自己买了一条新裙子，而令大家一直认为柯里是小偷，柯里面对这种情形和自己的家庭背景，根本无法为自己辩护，甚至连他自己的爸爸都不相信他。镇上几乎所有的人都认为柯里会像他的两个哥哥一样变坏，戈登父亲的偏见就颇具代表性："柯里是个坏坯子，是篮子底下的烂苹果，是贼，是未来的不良少年。"可见，出问题的不仅是他的父亲他的家庭，还有像学校和社区这样的社会机构，社会中那些冷漠甚至坚硬的人心，以及像空气一样的无处不在的社会风气。

这些家庭和社会功能的缺位和失效与当时的社会背景息息相关。

一方面，二战后，美国经济经历了百废待兴之后的迅猛增长，无论制造业还是家庭经济都出现了稳定繁荣的景象。在"婴儿潮"的带动下，大多数美国家庭都会生育两个或两个以上的子女。然而，由于大部分财富掌握在少数的富人手里，许多人仍然入不敷出，而且随时面临着失业的冲击。这一点在小说中也有所描述，比如柯里的爸爸就是失业的，泰迪的爸爸进了精神病院，而"维恩的爸爸在工厂工作，仍然开着一九五二年的迪索托老车。泰迪的妈在丹贝利街有一幢房子，她把房子租出去，不过那年夏天一个房客也没有……"（236）

另一方面，这一时期美苏间冷战进一步加剧，用50年代中期一位观察家的话说，核毁灭的威胁使人们处于停滞状态，等待着看炸弹是否会降落。物质的繁荣与随时发生战争的恐慌，使得这一时期的社会极不稳定，各类思潮及运动颇多，如黑人解放运动、妇女运动和反战运动等。汹涌的信息冲击着传统思维，挑战着人们的道德底线，人们迷失于物质攀比之中，社会风气也在各式标新立异之中处于失控的边缘。

如此，多子女家庭加上紧张的经济压力和失控的社会风气，让很多父母忙于赚钱，因而疏于子女管教。

(三) 战争问题

除了批判当时的家庭和社会问题，作为一名鲜明的反战主义者，斯蒂芬·金还通过泰迪和泰迪父亲的形象猛烈地抨击了战争。

二战中最著名也最伟大的诺曼底之役听起来是多么的恢宏，然而战斗英雄——泰迪的父亲——在战后境遇竟是如此。就像《阿甘正传》中的丹中尉、《生于七月四日》中的朗一样，无论正义还是邪恶，战争对于参与或是裹挟于其中的一个个微小的生命个体都是残酷的。泰迪的父亲，在战争结束十几年后仍然身处战争的噩梦之中，他曾经冒着敌人的枪林弹雨向前冲锋，然而战争的残酷和人性在极端情况下的脆弱早已击垮了他的精神。他将战斗的残酷施与自己的亲生儿子，将自己的疯癫传染给了儿子，也用自己的"英雄"经历影响着儿子：泰迪一次次用"闪车"的冒险膜拜着他，而且"自从懂事以来，唯一的愿望就是从军，结果空军不接纳他，征兵部门将他的体格列为 D 等。"可以说泰迪的父亲带给泰迪爱和理想，也带给泰迪伤害和死亡——沉沦的泰迪无可事事，经常开着车载满了朋友出去鬼混，最终死于醉酒驾车引起的车祸中。

除了泰迪充满讽刺的命运，通过童年"我"的议论，作者也表达了对于战争和政治的厌恶。例如，描述"树屋"活动时"碰到播新闻时，我们就自动关起耳朵，因为他们老是播一些关于肯尼迪、尼克松以及什么金门、马祖的无聊事，还有导弹及卡斯特罗终究还是个浑蛋之类的"。（230）

五、结语

从以上对小说《尸体》成人视角和儿童视角的分析可以看出，斯蒂芬·金将自己童年的一些生活经历和情感体验投射到这部作品之中。童年"我"对人物及其背景的生动刻画、成年

"我"适时给出的议论和评述，都鲜明地表述了作者对于家庭和若干社会与政治问题的观点——对于孩子的成长，温暖的家庭必不可少，一切针对孩子的暴力，无论来自家庭、社会还是政治都应该给予猛烈谴责。这些都证明了科幻小说编辑约翰·科鲁特和彼得·尼克斯对斯蒂芬·金的评价："他用辛辣的文笔，尖锐的措辞，看似随意却诚恳的文风，暴风骤雨般地谴责了人类所实施的（特别对儿童的）愚蠢的暴行，这就是为什么金能成为当今最著名的'畅销'作家。"（J. Clute & P. Nichols，刘建华译）

【深度解读】之二：
与人生和解
——评小说《尸体》中的成长主题

> 《尸体》是一部关乎成长的小说。作者斯蒂芬·金在讲述生动激烈的冒险故事之余，分享了他对于若干人生问题的理解：如何面对和接受死亡，如何认清真正的友谊并为之奋斗，如何与人生中不可控的那部分命运和解。

初读斯蒂芬·金的小说《尸体》，你会觉得它讲述的是一段妙趣横生的童年回忆；然而随着故事的推进，你会渐渐发现这"妙"与"趣"之外还有众多酸涩的意味：家庭的冷漠和暴力，社会的现实和坚硬；再细读之，一个深刻隽永的内核浮出水面：成长。

"成长是美国文学一个反复出现的主题。成长小说（initiation story）在美国文学中一直占据重要地位。美国作家热衷于塑造青少年主人公形象，已成为美国文学中一个引人注目的传统。"（芮渝萍、刘春慧，2005）在这一类型小说中，青少年主人公往往要经历一段刻骨铭心的经历，在人生的旅程中实现质的飞越。同时主人公的经历往往能引起读者的共鸣，成为读者励志的典范。

之所以成长的主题得到了如此多的书写和纪念，恰恰在于这些经历往往是痛苦的——童年的纯真，意味着单纯地从自己的视角和意愿看待世界；而成长，则意味着渐渐地明白世道人心并不以自己的意志为转移，其中由于人性的复杂和人生中无时不在的变数，充满了很多不确定性。在这犹如蜕茧成蝶的成长中，每个人都会体验到些许痛苦和酸涩，但是在成熟的领悟和改变完成之时，人生便也摆脱了懵懂，向更广阔的领域启航。

对于小说《尸体》中的四个男孩来说，一次冒险之旅带给了他们巨大的情感波澜，其中至少有两个——戈登和柯里，在旅程中获得了成长的领悟。这种领悟是多维的：关于死亡、关于友谊、关于如何与人生和解。

一、死亡

死亡是斯蒂芬·金在《尸体》中的一个重要命题，特别对于小说主人公戈登来说，在整个故事中，他先后经历了恐惧死亡、对抗死亡和理解死亡三个阶段，终于解开了这个如鲠在喉的心结，走向了成熟。

（一）恐惧死亡——哥哥丹尼之死

无论如何，死亡都是一件残酷的事情。然而在故事的开始，小戈登却没有意识到其中的严重性。对于哥哥丹尼之死，他既伤心又害怕，但他的泪水大都是为了爸妈对他的冷漠而流的——他们沉浸在丹尼的死亡中，无暇顾及戈登，戈登成了"隐形人"。因此，当人生中第一次面对死亡，戈登并没有办法感同身受，他只是惊讶于"曾经摸过我、哄过我的人居然会死掉"，惊讶于爸妈竟然会如此沉沦于哥哥的死，因而惊讶于死亡竟然有如此巨大的能量，能带给他的生活如此大的冲击。

然而，小戈登是热爱着他的哥哥丹尼的。他珍藏着大自己十岁的哥哥给他留下的点滴回忆："老爱敲我脑袋、用橡皮蜘蛛把我吓哭，或是在我跌倒时亲亲我、在我耳边轻声说'别哭了'……"（229），"如果丹尼带我去什么地方，那完全是出于他的自由意志，而这也是我记忆中最快乐的时刻。"（239）"有时候他会念床边故事给我听，比妈的故事好听多了……。"（240）

因此，与其说小戈登没有意识到哥哥死亡的严重性，莫不如说他被死亡这种东西吓傻了。哥哥的死就像一列全速开过来的火车，在他没有任何准备的情况下撞得他头破血流，而父母长时间的悲恸和对他的冷漠使他无处倾诉。小伙伴呢？这些孬种的想法一定会被他们耻笑，因为只有像柯里那样"最大、也最厉害的角色"，才会"即使说了这类孬种的话，也不会怎么样。"（255）最终这件事在他心中因为得不到释放而愈发庞大，成了一个心结。就像书中提到的："最重要的事情往往也最难启齿，你不好意思说出口，因为言语会缩小事情的重要性——原本萦绕在脑中一些天大的事情，一经脱口而出，便立时缩为原本的实际大小。不过其实远远不止如此，是不是？最重大的事，往往和你埋藏在内心深处的秘密有密切关系，有如敌人乐于一窥的藏宝图。或许有一天你鼓起勇气，把心中的一切和盘托出，结果只落得让别人看笑话，因为他们压根儿不懂你在说什么，也不知道你为什么觉得事情那么重要，说着说着，几乎要哭了出来。"（226）

(二) 对抗死亡——寻找尸体之旅

为了逞英雄，四个男孩踏上了寻找瑞·布劳尔尸体的冒险之旅。对于他们来说，死亡似乎永远是不可能的事情——只有老人、病人或其他运气不好的人才会死。然而，出乎他们的意料，这次冒险之旅让他们与死亡正面遭遇了。

离死神最近的情节是男孩们过铁路桥那段。"我们竟然应自己之邀，来参加自己的葬礼。"（279）作者在这里形容了"吓破胆"的感受——"一时之间，喉咙以下的身躯竟好像瘫痪了一样，仿佛内在的一切陷入昏厥，一道细细的尿流缓缓自大腿内侧留下，我的嘴巴张开，不是我要张开，而是嘴唇自个儿张开，下巴倏地松落，好像原本栓好的铰链突然松开一样……浑身无力，肌肉紧绷，整个人都动弹不得，虽然这情形只持续了短短片刻，但以主观的时间观念来看，则无异永恒。"（278）在这危险的刹那，死亡终于以可视的形象出现了："突然间布劳尔被碾成稀烂、好像扯开的洗衣机袋般被甩入深沟的画面浮现眼前。"（279）

让读者倒吸一口冷气的还是水蛭的那一段情节。"一只巨无霸血吸虫正黏住我的下体，它的身体已肿胀成正常尺寸的四倍，原本灰黑色的皮肤已转成瘀血般的紫红色。这时我才真正失去控制，不是外在的失态，至少从外表看来还不太离谱，而是内在的失控，那才真的严重。"（309）"我再次伸手把它拔了下

来，它在我的指间涨破，一股温热的血流过了我的手掌与手腕内侧。我开始痛哭起来。"（309）

直到他们终于找到了布劳尔的尸体，确认了他的死亡。从小戈登的描述中，我们可以看出男孩们在看到同龄人死亡时的震撼："他没有生病，也不是在睡觉，他再也不会起来上学，不会因为昨晚吃了太多苹果而一大早起来跑厕所，也不会在数学考试中用光了笔头的橡皮擦……不能、不会、不再、永不……"（318）显然，男孩们终于意识到死亡是多么严肃的一件事情，而生命又是多么的可贵。他们学会了尊重生命，所以即使布劳尔已经成了一具尸体，但他们仍然关注他的感受：当马瑞尔与柯里的对峙结束之后，他们发现布劳尔"眼睛里满是圆圆的白色冰雹，此刻已经溶化，正顺着他的脸颊流下来，仿佛为自己的离奇的遭遇流泪……柯里颤声说道，'刚刚这一切对他来说，真是太可怕了。'"（325）

通过这趟悬念迭起的冒险历程，男孩们终于确认了死亡的真实和残酷；在死亡面前，不再有所谓的孬种，也不再有所谓的英雄，所有的死亡都是可能的——原来，死亡并不会因为你是小孩就放过你，即使你的愿望单纯到只是出去摘点果子，它也会随时发生，并且无法逆转。

（三）理解死亡——逞英雄、宿命与冒险

在冒险之旅的末尾，男孩们成长了，至少柯里和戈登如此。比起恐惧死亡，更好的办法是正视它，接受它。

原本为了逞英雄才开启的冒险之旅，男孩们最终认识到了这种"英雄"行为的无意义——比起一路上他们克服的重重艰险和其中所获得的成长来说——找到一具尸体、上广播、上电视实在算不上什么英雄所为；更重要的，是生命——抬着一具尸体回去，再被马瑞尔栽赃陷害，特别是结合了柯里的家庭背景——无疑是拿自己的生命做赌注。在生命面前，包括"英雄"在内的一切都是渺小的。男孩们终于明白了这个道理。

同样变渺小的还有死亡。哥哥丹尼之死成为戈登绕不过去的心结，即使他成年以后，他还以此为灵感创作了一篇短篇小说《史铎市》——一个类似于电影《毕业生》的故事。通过《史铎市》，戈登"第一次把熟悉的地方与自己的感觉表达与一篇小说中；眼见多年来一直盘踞在心头的结以一种我能够操控的新形式出现，竟生出一种恐怖的快感。"而死亡呢，就像男孩们摆脱了水蛭之后描述的那样："我回头望着我们刚刚又叫又跳的地方和那只胀破肚子的血吸虫，它看起来缩小了许多，但仍是一副可怕相。"（310）对死亡的恐惧如今"死了，缩小了……但仍是一副可怕相。"成年之后的戈登甚至把写作当成正视死亡和接受死亡的工具："每个人写作的唯一理由都是借以了解过去，为将来面对死亡预做准备，这就是为什么小说中的动词都是过去式。"（310）

在成年戈登的眼里，死亡是人生的必然；而在作者斯蒂芬·金的笔下，每个人都可以与命运顽强的抗争，但是谁也躲不过死亡的宿命。不管你是卑微弱小的孩童或是街头混混，还是高尚强壮的成人或是英雄，当死亡要将你吞噬之时，人是没有任何反抗能力的。就像四个男孩在冒险旅程之初的掷硬币情节——只有小戈登掷出硬币的正面，其他三个人都是背面——最终，主人公们的人生也如预示般独留戈登存于人世。尤其柯里，他可以很奋斗、很励志，面对周遭的铜墙铁壁闯出了不一般的人生，然而却最终死于宿命——他擅于调停矛盾，却最终因为调停他人的矛盾而毙命；他发誓要逃脱那些混混亲人和朋友，却最终死于混混的刀下；他以法律为自己的志向，却最终倒在了以暴制暴的阴影里。

然而，面对人生如影随形的死亡厄运，作者也借成年戈登之口道出了冒险的真正意义——"是为了那一直横在每个人心中的阴影，是为了史普林·斯汀的歌中提到的那种阴影，我想每个人偶尔都会想跟这阴影拼拼看，尽管上帝只给了我们这一副臭皮囊。不对……我们之所以冒险，正是因为上帝给了我们这幅臭皮囊，而非不顾生命。"（282）

二、友谊

　　童年虽然懵懂，但恰恰是这种懵懂为童年提供了某种庇护，至少友谊如此，童年伙伴之间不会有成人间的尔虞我诈，多的是真诚、放松和信任。小说《尸体》伊始，戈登、柯里、泰迪和维恩就是这样终日厮混在一起的小伙伴，虽然柯里算得上他们之中的老大，但是伙伴之间并没有过多的隔阂；然而在寻找尸体的过程中，戈登和柯里从懵懂迈向了成熟：在残酷而真实的社会现实面前，他们不仅重新理解了生命与死亡，也发现了人生的真正要义，明白了什么是真正的朋友和友谊。

　　柯里是男孩中最早熟的一个，严酷的家庭环境让他过早地领略到了某些生存规则，例如有付出才有回报、理想有别于现实、人心叵测。尽管整日酗酒和殴打孩子的父亲以及两个以暴制暴的哥哥让几乎镇里所有人都歧视他，但是柯里从来都没放弃过自己。他擅于调停矛盾，用话语解决争端和安慰他人；他也比同龄人更愿意揣摩人心，在朋友最需要时伸出援手。

在同行的三个伙伴中，柯里对戈登与对泰迪和维恩是不一样的。虽然戈登不说，但柯里明白戈登的处境，知道他对哥哥之死的伤心："或许只有柯里了解，教别人洗牌，就好像把丹尼的一部分送给别人，而丹尼留给我的东西已经不多了，我不能再和别人分享。"（235）同时柯里也了解戈登在家里受到的冷落："'我了解你，也了解你的父母，他们一点都不关心你，他们在乎的只是你哥哥。……你爸虽然没有打过你，不过这样也许更糟，他根本不把你当回事；如果有一天你告诉他你进了技艺班，你知道他会怎么说？他会把报纸翻到另一版，然后说：'那好啊！戈登，去问问你妈晚上吃什么？'你别想否认，我见过他。'"（296）可见，在男孩之中，心思细密的柯里最了解戈登，也是戈登可以倾诉的对象。当然，戈登对柯里的信心也是一样的，他绝不认同其他人对柯里的歧视，当爸爸说柯里不好的时候他总是会挺身而出。

当两个男孩谈到泰迪疯癫的性格时，柯里"以一种奇异而不设防的眼神望着我……一时之间，我们互相注视，似乎看尽了那份促使我们结为好友的真情……"。（261）在小戈登幼小而落寞的心中，柯里"不设防"的真诚和信任温暖了他，给予了他友情的力量。这种力量不仅在于某句话、某个眼神和微笑，还在于关键时刻伸出的援手："火车快要完全通过之时，我觉得一只温热的手摸着我的脖子，我知道那是柯里的手。"（280）如果没有这趟冒险之旅中的种种危难时刻，戈登也许不会这么早体会到柯里的真诚和信任，同样也没机会听到柯里对他的鼓励："上帝赋予你某种天赋，可以编故事的天赋，然后它说：孩子，这就是我们给你的东西，请尽量不要把它弄丢了。可是如果没有人从旁提醒，小孩子一定会把什么都丢了。如果你的家人没办法提醒你，那么也许我就该这么做。"（296）

当然，作为朋友最重要的，就是在你的危难时刻伸出援手。在即将蜕去纯真的这个夏日，在要么升学要么失学的人生十字路口，柯里以他早熟的心智提醒了戈登："如果你让朋友托你下水，你就是笨驴。……你说的那些故事只有对你自己才最有意义。如果你为了不想拆散这群朋友而继续跟我们在一起，最后你只会和我们一样，……在什么破工厂或鞋店里消磨掉下半辈子……于是你那大饼的故事永远也没写出来，什么也写不出来了，因为像你这种满脑子糨糊的聪明人到处都是。"（296）

在童年甚至青少年时期，我们大多认为友谊就是舒服而又快乐的待在一起，很少会去思考哪个伙伴并不适合自己，甚至还会拖自己下水，耽误自己上进；如果真的突然有了这种认识，因该会是很让人不安甚至恐怖的一件事情。而柯里说这番话时"才不过十二岁，然而他说话时脸上皱成一团，显得超龄老成。他的声调平板，不带任何抑扬顿挫，但听到我耳里，一股恐惧感油然而生：他说话的口气，仿佛他已经活了一辈子了。"

柯里的话仿佛敲响了戈登童年的丧钟，戈登猛然意识到在每日的厮混与嬉戏之外，朋友还有更重要的意义。他希望柯里也能努力上进一起升学，然而他可不像柯里了解他一样了解柯里的处境。比起戈登相对正常的家庭，柯里的家庭不仅带给他身体和心理的创伤，还有人格的巨大伤害：镇里的人们对柯里和他的家庭充满了鄙视，当柯里被冤枉成偷牛奶钱的小偷时，不仅学校里的老师对此深信不疑，就连他的爸爸也不愿意相信自己的儿子。小柯里无处申诉，他也愿意用功好好学习，离开城堡岩和父亲哥哥们，重新开始一段没有污点的人生，但是他对自己并不确定，"你的朋友会拖你下水，他们就像是快要淹死的人，紧紧抓住你的腿，你救不了他们，只能跟他们一起沉沦下去。"（298）从此，柯里对戈登的提醒也救了他自己，救了戈登，戈登便也成为他上升的一个动力。

柯里的劝告给戈登带来了巨大的震撼，他猛然认识到，在他目之所及以外还有更广阔的天地，真正的朋友能带着他走到外面，而另一些朋友只能充当生命中的过客。"朋友在你生命中进进出出，好像餐厅中的侍者来来去去一样。可是每当我想起那场梦、想到那辆具尸体正用力拖我下水的时候，我就觉得这样也好。有的人会沉沦，如此而已，并不公平，但世事就是这样，有的人会沉沦下去。"（338）这也是这个世界得以正常运转的一条重要法则。

从此，柯里和戈登成了挚友。他们一起选择了升学班的课，但就像预料中那样：所有的人都对柯里大感意外，父母不断打击他，朋友们也都不再理他。但是戈登一直他充满信心，即使他荒废了前七年的课业。他们一起刻苦用功，"在深水中紧紧攀附着对方；我想柯里那方我已经解释过了，而我攀附他的理由则比较不是那么清楚。我想，柯里亟欲逃离城堡岩与逃离工厂阴影，就是我最好的理由，我不能丢下他一个人逆流而上，如果他沉沦了，我想一部分的我也会随之沉沦下去。"（340）两个男孩志同道合，赤诚相对，谱写了一段令人感动和赞叹的真友谊。

当年哥哥丹尼死的时候，小戈登把对哥哥的爱和失去哥哥的痛苦埋在心底，害怕一旦说出来，那些爱就没有了，而痛苦也会让人耻笑。于是，当成年戈登从报纸上读到柯里死亡的消息时——"就告诉太太我要出去喝点东西。我驾车到郊外，停了车，为他哭泣（了半个小时）；"（340）虽然成年戈登与他的太太感情甚笃，但是他同样没有向太太倾诉。就像书中所言："我认为过多的言语只会破坏爱的机能——我猜从一个作家嘴里说出这种话大概极不可思议，但我相信这是真的。……爱有牙齿、会咬人，而这种伤口永远也无法愈合，没有任何言语可以使爱的伤口愈合。"（332）可见，柯里和戈登之间的友情已经升华成了一种亲情，是可以珍藏乃至珍惜到不愿示人的感情了。这种感情和人生中其他美好的事物一起，让我们即使便对死亡和宿命也仍然乐此不疲，就像戈登在清晨遇到的那只鹿，纯真且美好，是生活给你的独一无二的馈赠。

三、与人生和解

在四个男孩所进行的冒险之旅中，有一个重要的意象：铁轨。沿着这条铁路而行的冒险更像是他们从童年走向成熟的某种仪式。"人生所有重要大事都有一套崇高的仪式、必经的过程，发生人生种种改变的神奇走道——就是你在结婚典礼上走过的通道，也是你入土安葬时别人抬着你走过的路。而我们的走道就是那两条铁轨，我们踩在轨间枕木上，一步一步走向目的地，无论这样长途跋涉究竟有何意义。"（313-314）通过这条通道，我们不断地与周遭的一切和解：与死亡和解、与友谊和解、与童年时你曾经在乎的人与事和解。

曾经小戈登与他的伙伴们如此惧怕死亡，而故事的末尾他们开始接受死亡，不再幻想于死亡的遥不可及和恐惧于死亡的猝不及防。曾经小伙伴们以为朋友会终日厮混、陪伴终生，而实际上志向和兴趣会把一群曾经无比熟稔的伙伴引向不同的方向，踏上不同的人生旅程。曾经小戈登对父母的冷漠无比伤心落寞，然而成年后的他会时不时地回到城堡岩去看望他们；他也没有与父母分享《史铎市》那篇小说，因为其中透射着丹尼之死——"你要是用事实真相划开自己或别人身上的伤口，总是会见到血的。"（252）曾经的马瑞尔伶俐、英俊、强悍，领导着城堡岩的混混群体，不可一世，然而当成年戈登再次见到他的时候——正像柯里曾经提醒的那样，成了一个到处都是的"满脑子糨糊的聪明人"。即使他曾经将小戈登毒打一顿出了自己的恶气，那又怎样呢？人生唯有和解——"上流的桥已不复存在，但河水仍继续奔流着。我也是。"（341）

【深度解读】之三：
伴我同行
——评小说《尸体》的电影改编

　　斯蒂芬·金的小说历来享有极高的电影改编率，这与其丰富的视觉化因素和精彩的情节和人物描写密不可分。本文以小说《尸体》为例探讨了促使其影视改编的艺术特征，同时也分析了影响小说到电影改编的相关因素。

　　小说《尸体》出版于 1982 年，彼时它的作者斯蒂芬·金已经在美国小说界以恐怖小说作家的身份流行 8 年之久，而且他的作品极受好莱坞的欢迎，已经有 15 部被改变为电影或电视剧——《魔女嘉莉》《闪灵》《再死一次》《凶火》，等等。于是一出版即登顶《纽约时报》畅销书榜榜首的《四季奇谭》立刻成了好莱坞制片商们的抢手货。虽然这本中篇小说集以写实类作品为主，但这些小说细节丰满，画面感很强，自其改编的电影都获得了票房佳绩，其中《肖申克的救赎》更是获得 1996

年奥斯卡奖的九项提名，虽然由于缺乏女性因素最终铩羽而归，但全世界的影迷仍将之视为影史上的最佳影片——根据 IMDB（互联网电影数据库）的数据，它被超过 160 万以上的会员选为 250 佳片中第一名。由《尸体》改编的影片《伴我同行》也在 1987 年第 59 届奥斯卡评选中获得最佳改编剧本提名、1987 年第 44 届美国电影电视金球奖评选中获得最佳剧情类影片和最佳导演提名。

截至目前，由斯蒂芬·金的小说改编的影视作品已近 70 余部，是当代美国作家中，作品被搬上银幕次数最多的；这种原著被改编为影视作品的比率，斯蒂芬·金可以排第二，第一则是莎士比亚。对于斯蒂芬·金作品的成功和高改编率，究其原因，在于斯蒂芬·金的恐怖小说不靠具体的意象来获得恐怖效果，而是通过对事件气氛的营造来震慑读者。同时，如此多的影视作品也促使影迷们更多的阅读斯蒂芬·金的小说，因此也令他成为当今世界上读者最多、声名最大的美国小说家。英国作家克莱夫·巴克在评论斯蒂芬·金的作品时曾说过："每个美国家庭都拥有两本书，一本是《圣经》，另一本可能就是斯蒂芬·金的小说。"（江红，2000）

本文就将以小说《尸体》为例，分析斯蒂芬·金的小说为什么适合改编，又是如何被改编的。

一、斯蒂芬·金小说中适合电影改编的艺术特征

从人类开始围炉夜话、结绳记事以来，就在不断地创造各种各样的故事。这种讲故事的能力在人类开始用文字予以记录之后渐渐衍生出无数的文学作品，成为如今的传说、童话、传记和小说等文学体裁。"小说是进行中的生活的生动体现，它是生活的一种富有想象力的演出；而作为演出，它是我们自我生活的一种拓展。"（布鲁克斯、沃伦，冯亦代、丰子恺、草婴、汝龙等译）这其中经典的数量浩如烟海，却并不是所有都适合改编成影视作品。而斯蒂芬·金的小说之所以受到好莱坞剧作家的欢迎，与其艺术特征是分不开的。

（一）视觉化因素丰富

在小说《尸体》中，儿童视角的采用令事物及其发展过程呈现出更多的原始性和感性，形成了大量激烈而形象的视觉化因素。这些因素非常适于影视改编，不仅能创造出与众不同的荧幕形象，也能令观众受到更直接的视觉冲击。例如小说中"泰迪"这一人物形象。

泰迪的爸爸是二战退伍老兵，却因为残酷的战场经历患上了创伤后应激障碍综合征，时常幻想自己陷于战场的险境。在一次幻想中，他把泰迪当成了敌人，把泰迪的耳朵靠在大火炉上，造成泰迪不仅听力受损，而且耳朵外形变得"就像两块软乎乎的蜡一样"；此外，泰迪天生视力极差，因此在日常生活中都要戴着厚厚的镜片。除了以上外形特征，更令人印象深刻的是泰迪的性格——他崇拜父亲，以参军上战场为自己的唯一理想，在疯狂父亲的影响下，他狂热、暴躁而又歇斯底里。他行为笨拙，却以"闪车"为乐——面对迎面开来的车，他一定要在最后关头才闪躲。这样疯狂的泰迪形象与观众日常见到的儿童形象不同，却又是真实的，也是小说作者借以批判战争的重要人物形象，因此在电影改编中，编剧和导演虽然放弃刻画泰迪父亲这一形象，却在泰迪的影视化上下了很大功夫，不仅人物外形贴合原著，还还原了他面对火车"闪车"等情节，令观众印象深刻。

　　除了人物形象，冒险的过程更是跌宕起伏，孩子们经历了一个又一个的困难，最终完成了一趟意味深远的旅行。这其中的视觉化因素，如在垃圾场遇到的看门人、高悬在大河上的铁路桥、宿营的篝火以及泥潭中的水蛭都得到了电影的真实呈现。

这些人物形象和情景的忠实再现实现了文本到影视最大化的审美转换，也为电影成功打下了坚实基础。

(二) 情节精彩

被誉为"现代恐怖小说大师"的斯蒂芬·金当然是讲故事的高手，在他的笔触下，四个男孩的冒险旅程不仅悬念迭起，而且妙趣横生。例如，柯里从家里拿出枪后向戈登炫耀，而戈登以为子弹没有上膛就真的扣动了扳机，结果把两个男孩都吓破了胆，他们迅速逃跑，而且柯里一遍跑还一边大笑着喊："戈登干的！戈登干的！"原著中讲到旁边餐厅的女服务员是个大近视眼，所以根本认不出他们来，而电影的确还原了这样一位女士的形象：戴着粉框眼镜、穿着黄色套装、涂着热烈的红唇，形象滑稽而又严肃，增添了这段情节的"笑"果。接下来，戈登认为柯里明知枪里有子弹却不提醒他，因而觉得自己受到了愚弄，而柯里坚持自己真的不知道有子弹。戈登要求柯里对此发誓，柯里发了誓。戈登还是不信，有要求柯里以母亲的名义发誓，柯里照着做了。戈登仍然有疑，有要求柯里拉钩（发誓)，柯里又拉了钩。这回戈登才彻底相信他。这段柯里三番发誓的情节同样令观众莞尔：用发誓和拉钩甚至扯上自己老妈这样的行为证明自己的无辜，大概是每个人童年都会有的经历。

这些精彩的情节就是俗话中的"梗"，让影片更具可看性。而阅读斯蒂芬·金的小说，就会发现他的作品中"梗"非常密集，同时又张弛有度，极富节奏感。例如电影就再现了男孩们在小池塘中遭遇血吸虫的情节。男孩们本来在嬉笑打闹，而发现血吸虫后，他们立刻静了下来，先是一怔，然后马上爬上岸，脱得精光，自顾自摘下身上的水蛭；当戈登发现自己的下体还有一个硕大的水蛭时，他甚至不敢自己动手去摘，他求助于柯里，可是柯里也吓得不敢下手，最后只能由戈登自己动手去摘，当他将那个比正常尺寸大了两三倍的水蛭从内裤里拿重来的时候，仿佛周围的空气的凝滞了——戈登被吓得脸色惨白，一头栽倒在地上。这一段情节小演员们的表演活灵活现，在带着观众一起紧张害怕的同时也让大家一起回味起自己童年遇到过的类似情形。

(三) 意蕴深远

光是激烈的视觉化因素和精彩的情节并不足以让一部小说大获成功。与其他恐怖小说不同，斯蒂芬·金的作品总是带着他对于人生和人性更深层次的思考：他获颁美国国家图书奖基金会的终身成就奖时，评委会给他的评价是他的作品"继承了美国文学注意情节和气氛的伟大传统，体现出人类灵魂深处种种美丽的和悲惨的道德真相。"金想要他的读者们知道他们一直穿行在故事当中，即每一件事和每一个人都有历史。

具体到《尸体》这部小说，作为斯蒂芬·金最具自传性质的作品，这部小说中包含着很多他童年经历和情感体验的投射，体现了他对于死亡和友情等成长主题的深刻思考。而电影则对原著的主题进行了提炼，就像电影的英文名字 Stand By Me 一样，突出了友情这一主题。原著中蓝领阶层的生活、残酷冷漠的父亲以及粗粝的小镇生态都在镜头下一一呈现，冒险之旅中每每擦肩而过的死亡之神让观众们与片中角色一起心惊胆战，最终也与男孩子们一起遇见了人生中最宝贵的财富之一——友谊；就像漫长的宿营结束后，在慢慢升起的曙光里，静谧的森林深处突然跳脱出的那只鹿，是永留心间的美好。这样的观影经验不仅丰富悠长，而且令观众获益良多。

由以上分析可见，丰富的视觉化因素、精彩曲折的情节和触及人性的深刻内涵是斯蒂芬·金的小说无数次被搬上银幕的原因。

二、电影《伴我同行》对于小说《尸体》的取舍与改编

电影《伴我同行》作为小说《尸体》的改编作品，基本是忠实于原著的：讲述了一个基本相同的故事，时间、地点、人物、跨度以及人物的行为和对白也都基本一致，但是"涉及到电影改编，人们相对忽略的是，从小说到电影，远不仅是'内容'元素的取舍与浓缩，更重要的是两种媒介系统、两种语言间的生成转换，或曰翻译。显而易见，相对于叙事而言，如何讲述和讲述什么同样、甚或更加重要。……从小说到电影，首先必须跨越的'天堑'，是媒介的不同。"（许晶，2008）小说是以语言文字为媒介的，在文字描述中创造思想形象，传达抽象概念，而电影是以画面和声音作为媒介的，在视与听中直接地展现具象。对于在时空中可以无限延展的文本，只能在90—120分钟左右作用于观众视听觉的电影还是要做出一定的取舍和改编。

（一）主题的变化与基调的不同

电影《伴我同行》延续了小说《尸体》的重要主题——成长。四个男孩在冒险之旅中遭遇到的困难和恐惧，带给了他们

巨大的情感波澜，让他们意识到了现实的残酷与真实，最终也获得了成长的领悟。然而除了以上的儿童视角，原著中的成人视角还赋予小说更加宿命和略带愁绪的人生感怀；相比之下，电影中的视角则显得单纯和中性。

例如，原著中成人视角或显或隐，对于死亡进行了博大而深奥的讨论。除了讲述小戈登面对哥哥之死的措手不及和孩子们在冒险过程中所遭遇的各种死亡威胁，小说表达了作者的死亡观：比起恐惧死亡，更好的办法是正视它，接受它；死亡是人生的必然，每个人都可以与命运顽强的抗争，但是当死亡要将你吞噬之时，人是没有任何反抗能力的。

相对于小说叙事视角的灵活，电影的叙事视角相对固定。事实上，唯一能够增加电影叙事视角的方法就是画外音，但是这种电影技巧往往会影响观影过程的流畅性和完整性，增加观众的观影负担。显然，在改编小说过程中，编剧必须对叙事视角做出恰当的取舍。为了突出冒险旅程的种种刺激，《伴我同行》的编剧选择了儿童视角，以平铺直叙的方式将故事娓娓道来，省略了成人视角的评论。相对应的，电影的主题也发生了稍稍的挪移，其主线和主基调更加聚焦在"友谊"这条主线上，大概这也是影片名字 *Stand By Me*（陪在我身边、支持我）及中文译名《伴我同行》的由来。事实上，电影中仅有的几个成人戈登的镜头也是在突出这个主题：电影开始，成年戈登坐在汽车里，他手中的报纸大大的标题写着"律师死于餐厅劝架"，那正是关于柯里之死的新闻，他沉重的表情显示出他的悲恸，而紧接着镜头渐渐地隐没在成年戈登对于童年往事的回忆之中；电影的最后一幕，成年戈登坐在电脑前，在键盘上敲下他的故事的结尾："我再也没有交过像我 12 岁时那样的朋友。天哪，你们呢?"正是柯里之死带他走进了这段回忆，同样他也以柯里之死作为结尾收起对那段人生的纪念。

为了呼应"友情"这一主线，电影对原著中几个人物的行为和言语进行了改编和重塑，以更加细腻的刻画柯里与戈登之间的友情。

(二) 人物塑造

原著中对于柯里和泰迪父亲的描述令人印象深刻，而戈登父亲形象则停留在刻板冷漠上；电影则省略了对柯里和泰迪父亲的刻画，唯独突出了戈登父亲这一父辈形象，从他身上我们可以看出五六十年代美国的家庭结构与观念。例如戈登一家四口吃饭那一幕：

爸爸："明天比赛场上或许有星探。"

丹尼："不知道，爸。"

戈登："爸，我要吃马铃薯。"

爸爸："我听说了，丹尼。"

妈妈："你比赛完会去找珍妮吗？她是个好女孩。"

戈登："爸，请把马铃薯传过来好吗？"

爸爸："桃乐丝，别跟他说女生的事。人生最重要的赛事当前，他不应该去想女孩子的事。丹尼，你明天上场之前……"（妈妈把马铃薯给了戈登。）

丹尼："爸，你读过戈登写得那个故事了吗？真得写得很好。"

妈妈："宝贝，你写什么了？"

爸爸："你看，我就说嘛。踢足球要专心。都是你跟他说女生的事，他都不专心了。"

哥哥："戈登，我很喜欢你的故事。真的很好看。"

爸爸："别打断我。你没看见我正跟我儿子说话着吗？"

这一幕让观众对戈登家的家庭关系一目了然。爸爸是一家之主，地位最高，他表情严肃、不苟言笑，无论对妻子还是儿子说话时都是命令的口气，完全没有平等可言。妈妈地位低下，在爸爸面前只能低声下气。丹尼则是爸爸妈妈关注的焦点，所有的对话几乎都围绕着丹尼进行。而戈登对于爸爸妈妈来说就像"隐形人"一样，他的要求、他的成就对于爸爸妈妈来说都像空气一样不值一提。哥哥丹尼是唯一关爱着小戈登的人，他不仅鼓励小戈登的写作，还把自己最喜欢的帽子送给他戴；在饭桌上，他也尽力地向父母介绍小戈登的作品，希望他们能更多关注弟弟一些。因此，哥哥之死让小戈登十分伤心，可是爸爸妈妈对戈登的悲恸根本无心理会，特别是爸爸，他甚至不肯让戈登在哥哥的屋子多做停留，以免戈登打乱了屋子原来的模样。他对戈登的种种言行透露的不只是冷漠，甚至还有厌恶。这就是为什么在宿营之夜，戈登会梦见哥哥葬礼上爸爸对他说："死的应该是你！"可见，除了失去哥哥让小戈登痛苦，爸爸对他的冷漠和厌恶让他恐惧忧心，也让他误以为是自己伤害到了哥哥，成为他蓝天白日下也挥之不去的梦魇。

　　这样的父亲形象有利于电影将故事情节聚焦在戈登一个人身上，而原著小说中，除了作者以第一视角描述了戈登自己的成长历程，更引人注意也让人感慨的是柯里在严苛环境下与命运的对抗。简单来说，小说是"群戏"，而电影则是"独戏"，除了戈登，其他人都退居配角。因而，原著中与柯里的宿命相关的情节都被隐去或弱化，例如掷硬币环节；此外电影还对人物的结局进行了改编，小说中维恩和泰迪均死于非命，而电影中二人虽结局落魄，但尚存人间。以此，电影改编弱化了原著对于死亡的关注，放弃了原著中颇为重要的一大主题。

此外，电影对小说高潮部分也略做改动。原著中，柯里持着枪与马瑞尔对峙；而电影中，最后关头挺身而出则是戈登。拿着枪的戈登不再像影片开头误射子弹时那般惊慌，经历了冒险旅程的他已经学会了如何战胜恐惧，也明白了现实的残酷，并且开始接受死亡的真实。就像小说中所写到的："这是我生平所见最生涩的一次心灵角力，（我）们俩都不是在唬人，而是玩真的。"（323）经此一役，戈登的成长到达了高潮。

如果说电影改编聚焦了戈登和他的父亲两个人物形象，那么恶棍马瑞尔的形象则完全是在电影中丰满起来的。原著小伙中，马瑞尔只在故事高潮处出现，并且对他的描写也只有寥寥数笔；而电影的一开始，马瑞尔就以混混领头的形象闯入观众视野。以他为首的小混混们色厉内荏，欺软怕硬，极好地衬托了年龄虽小但心智更加成熟的戈登和柯里，也给影片增加了些许幽默诙谐的色彩。特别是其中马瑞尔驾驶汽车"闪车"的情节，完全与泰迪"闪车"相呼应，影片结尾也暗示了疯狂如马瑞尔和泰迪直流最终将难逃"沦落"的命运，而若非柯里的提醒，戈登很可能也会混迹于马瑞之流。

三、结语

综上所述，电影《伴我同行》基本遵循了原著《尸体》的故事框架和人物性格，对其中丰富的视觉化因素和精彩情节予以了忠实的再现；但迫于媒介语言的不同，电影放弃了原著中的成人视角，仅仅保留了其中第一人称的儿童视角，虽然相比原著多重而深奥的主题略显单薄，但对于友情这一主题的聚焦和突出也赋予了影片足够的艺术魅力。

参考文献

[1] S. E. King. Different Seasons. London：Hodder& Stoughton, 2012.

[2] M. H. Abrams. A Glossary of Literary Terms（7th Edition）. Beijing：Foreign Language Teaching and Research Press，2004.

[3] J. Cluteand, P. Nichols. The Encyclopedia of Science Fiction. New York：St. Martin's Griffin, 1993.

[4] https：//en. wikipedia. org/wiki/Stephen_ King.

［5］https：//en. wikipedia. org/wiki/The_ Body_（King_ novella）.

［6］https：//en. wikipedia. org/wiki/Stand_ by_ Me_（film）.

［7］写作这回事. http：//baike. baidu. com/.

［8］斯蒂芬·金. 肖申克的救赎（修订版）. 施寄青、赵永芬、齐若兰，译. 北京：人民文学出版社，2015.

［9］克林斯·布鲁克斯、罗伯特·潘·沃伦. 小说鉴赏（双语修订第三版）. 冯亦代、丰子恺、草婴、汝龙等，译. 北京：世界图书出版公司，2008.

［10］王志敏. 电影语言学. 北京：北京大学出版社，2007.

［11］蒋承勇、武跃速等. 20 世界西方文学主题研究. 北京：中国社会科学出版社，2003.

［12］沈杏培. 童眸里的世界——新时期儿童视角小说研究. 南京师范大学，2006.

［13］江红. "恐怖大师"斯蒂芬金. 书城，2000（5）：8.

［14］芮渝萍、刘春慧. 家族史与当代德国文学的历史记忆叙述模式. 宁波大学学报，2005（1）：1-5.

［15］许晶.《紫色》电影的艺术再创造——谈《紫色》从小说到电影的改编. 四川师范大学，2008.

（本章作者：刘建华）

7.《怦然心动》

Flipped

作者简介

作者文德琳·范·德拉安南（Wenderin Van Draanen, 1965-），美国作家及编剧，擅长儿童文学题材。她出生在伊利诺伊州芝加哥市的一个工人家庭。父母都是文学爱好者，母亲常在晚上下班回来后给孩子们讲故事，这种读书氛围潜移默化着德拉安南。

德拉安南曾经做过中学数学老师和计算机老师，目前定居在加州。在文学创作上，她深受美国科幻小说家雷·布拉德伯里的影响。1997年，德拉安南发表了自己的处女作《一个女孩的生存之道》（*How I Survived Being a Girl*, 1997）。她还创作了好几个系列作品集，其中《萨米凯斯》系列小说（*Sammy Keyes series*）由18本小说组成，曾先后四次荣获埃德加·爱伦·坡奖。

《怦然心动》是德拉安南2001年的作品，美国华纳兄弟影片公司于2010年将其拍摄成电影，由罗伯·莱纳执导。这部青少年题材的影片虽然是小成本制作，但因其独特的叙事方式和温情的故事而广受欢迎。

撷英采华

片段 1：

Mostly the things he talked about floated around me, but once in a while something would happen and I would understand exactly what he had meant: "A painting is more than the sum of its parts," he would tell me, and then go on to explain how the cow by itself is just a cow, and the meadow by itself is just grass and flowers, and the sun peeking through the trees is just a beam of light, but put them all together and you've got magic. (Draanen, 2011: 34)①

译文：

大部分时间，他的话都被我当成了浮云，但我偶尔也能完全听懂他到底在说什么。"一幅画要大于构成它的那些笔画之和。"他这样说道，然后解释说为什么一头牛只是一头牛，一片草地只是一些花和草，太阳照射着树木只是一束光线，而把它们放在一起就有了一种魔力。（德拉安南著，陈常歌译，2017：36）②

片段 2：

It wasn't long before I wasn't afraid of being up so high and found

---

① 小说的英文引文出自此版本。其后只在引文后标注页码，不另加注。

② 小说的中文引文出自此版本。其后只在引文后标注页码，不另加注。

the spot that became *my* spot. I could sit there for hours, just looking out at the world. Sunsets were amazing. Some days they'd be purple and pink, some days they'd be a blazing orange, setting fire to clouds across the horizon.

It was on a day like that when my father's notion of the whole being greater than the sum of its parts moved from my heard to my heart. The view from my sycamore was more than rooftops and clouds and wind and colors combined.

It was magic.

And I started marveling at how I was feeling both humble and majestic. How was that possible? How could I be so full of peace and full of wonder? How could this simple tree make me feel so complex? So *Alive*. (38)

译文：

没过多久，我就不再害怕爬到高处，并且找到了一个只属于我的地方。我在那里一坐就是几个小时，什么都不做，只是向外眺望着整个世界。夕阳美不胜收，有时候是紫色夹杂着粉色，有时候是烈焰般的橙色，把地平线附近的云彩都点着了。

就这样，某一天我忽然顿悟了爸爸所说的"整体大于局部之和"的道理。无花果树上的风景，已经超越了那些屋顶和云朵本身。

它有一种魔力。

而我开始惊讶于自己竟然同时体验了卑微与宏大。这怎么可能呢？我的内心为何充满了平静，同时又充满了惊叹？简简单单的一棵树，怎么会让我体验到如此复杂的感情？它让我感觉到自己的存在。（39）

片段 3：

He just grinned and said, "Some of us get dipped in flat, some in satin, some in gloss…" He turned to me. "But every once in a while you find someone who's iridescent, and when you do, nothing will ever compare."

译文：

他只是笑了笑，接着说道："有些人外表平庸，有些人外表华丽耀眼……"他转过身面对着我，"但是，你总会遇到一些人，由内而外地散发着彩虹般的光芒，一旦遇见过，别人对你来说都不过是浮云。"（102）

片段 4：

And the odd thing is, it all made sense to me. She talked about what it felt like to be up in that tree, and how it, like, transcended dimensional space. "To be held above the earth and brushed by the wind," she said, "it's like your heart has been kissed by beauty." Who in junior high do you know that would put together a sentence like that? None of my friends, that's for sure.

译文：

奇怪的是，她的话我完全能够理解。她讲述了坐在树上的感觉，还说那不仅仅是空间上的区别。"远离地面，被风吹拂着，"她说，"就像你的心被美撞了一下。"你认识的哪个初中生能说出这种话？反正我的朋友里一个都没有。

不只是这些，她还说了什么整体可以远远大于组成它的各部分之和，以及人们为什么需要某些东西带着他们抽离日常生活，让他们感受到生命的奇迹。（104）

片段 5：

As I lay in my bed staring out the window at the sky, I thought about how my dad had always looked down on the Bakers. How he'd put down their house and their yard and their cars and what they did for a living. How he'd called them trash and made fun of Mr. Baker's paintings.

And now I was seeing that there was something really cool about that family. All of them.

They were just... real.

And who were we? There was something spinning wickedly out of control inside this house.

It was like seeing inside the Baker's world had opened up windows into our own, and the view was not a pretty one.

Where had all this stuff come from?

And why hadn't I ever seen it before. (67)

译文：

我躺在床上，透过窗户遥望天空，想起爸爸平时有多看不起贝克一家，他是怎么贬低他们的房子、院子、汽车以及他们为谋生所做的一切，他是怎么管他们叫"垃圾"，还嘲笑贝克先生的画。

而现在我发现他们家其实很酷。每个人都是。

他们……很真实。

而我们呢？在这间屋子里，有些东西正在迅速失去控制。

探寻贝克家的世界为我们自己的世界打开了一扇窗，而里面的景色一点儿也不美。

这些东西都是怎么出现的？

为什么我从前都没有意识到？（171）

片段6：

I liked it.

I liked her.

And every time I saw her, she seemed more beautiful. She just seemed to glow. I'm not talking like a hundred-watt bulb; she just had this warmth to her. Maybe it came from climbing that tree. Maybe it came from singing to chickens. Maybe it came from whacking at two-by-fours and dreaming about perpetual motion. I don't know. All I know is that compared to her, Shelley and Miranda seemed so...ordinary.

I'd never felt like this before. Ever. And just admitting it to myself instead of hiding from it made me feel strong. Happy. I took off my shoes and socks and stuffed them in the basket. My tie whipped over my shoulder as I ran home barefoot, and I realized that Garrett was right about one thing—I had flipped. (78)

Completely.

译文:

我喜欢这样。

我喜欢她。

每次我看到她,她似乎都变得更漂亮,她仿佛散发着光彩。我指的不是像一百瓦的灯泡那样发光,她只是具有了同样的温暖。也许是因为爬树,也许是因为给小鸡唱歌,也许是因为敲着木桩,梦想着永动机,我不知道。我知道,和她相比,雪莉和米兰达都显得太……普通了。

我从来没有过这样的感觉,从来没有。承认它,而不是隐瞒它,让我感到自己充满力量与幸福。我脱掉鞋袜,把它们也放进篮子,光脚向家里跑去,领带搭在我的肩膀上,我忽然明白了加利特那天晚上说的一句话——我心动了。

彻彻底底地心动了。(200)

影片资料

类型：剧情/爱情/喜剧

片长：90 分钟

出品：华纳兄弟影片公司（Warner Brothers）

导演：罗伯·莱纳

编剧：罗伯·莱纳、安德鲁·沙因曼、文德琳·范·德拉安南

主演：玛德琳·卡罗尔饰朱莉

　　卡兰·麦克奥利菲饰布莱斯

　　摩根·莉莉饰幼年朱莉

　　瑞安·克泽勒饰幼年布莱斯

获奖情况：曾获 2011 年美国年轻艺术家奖的最受欢迎的年轻女演员奖以及十岁以下最受欢迎的年轻演员将提名（玛德琳·卡罗尔）。

剧情梗概

《怦然心动》的故事背景设置在 20 世纪 60 年代的美国小镇。七岁的小女孩朱莉安娜·贝克的爸爸是泥瓦工，业余时间热爱绘画。母亲时常为了补贴家用出去打零工。两个哥哥性格

叛逆，爱好音乐。有一天，朱莉发现对街搬来了一家新住户。

新搬来的这家有个与朱莉同龄的男孩布莱斯，男孩有着一双特别好看的蓝眼睛，朱莉对他一见钟情，一厢情愿地把他当作自己最好的朋友。但是布莱斯却不太愿意接近这个冒冒失失的女孩。让布莱斯感到无奈的是，他和朱莉上小学后在同一学校同一班级。朱莉一直用各种方式对布莱斯表达好感，与他亲近，但布莱斯却一直想方设法躲避她，这种局面一直持续到初中。

布莱斯一家属于中产阶级，很注重外在形象，总是把自家的庭院打理得整整齐齐。而朱莉一家属于普通的工人阶层，迫于生计，鲜有时间打理自家的庭院，这也招致了布莱斯父母的鄙视。两家人的社会身份和地位的不同对两个孩子性格和成长的影响显而易见，这种差别也导致了两人之间的傲慢与偏见。

在几次别扭和误会之后，布莱斯逐渐了解了朱莉，发现她个性中可爱的一面，同时也意识到自己性格中的缺陷。布莱斯试图向朱莉道歉，并用实际行动弥补了自己的错误。懵懂的初恋经历了漫长的六年之后，最终收获了甜蜜的果实。

【深度解读】之一：
《怦然心动》中的关键词及其相关隐喻

　　《怦然心动》是一部贯穿了隐喻的作品。小说中使用了不少意象和隐喻，以此来诠释与成长相关的诸多主题，包括逃避与孤独、叛逆与自由、美的真谛、隔绝与融合等。这些意象和隐喻大多来自两位主人公的日常生活，生动形象，通俗易懂，尤其适合青少年读者群。

　　文德琳·范·德拉安南于2001年发表的《怦然心动》是一部颇受欢迎的当代青少年小说。美国文学史上不乏经典的青少年文学作品，比如在世界范围内都很有影响力的《麦田里的守望者》。相对于《麦田里的守望者》中特立独行的边缘化少年霍尔顿，《怦然心动》中的布莱斯和朱莉这对小镇上的少男少女更接近寻常百姓家的孩子。小说围绕着布莱斯和朱莉从幼年到青春期的情感历程，讲述了一个令人心动的初恋故事，同时也穿插着他们对成长、家庭关系以及真善美等问题的观察与思考。既有青春年少的懵懂，也有初尝爱情的苦涩与甜蜜，是一部充满生活细节与真实、以温情取胜的作品。

在这部典型的成长小说中，作者试图展现诸多与成长有关的主题，具体可以总结为以下几个关键词或词组：逃避与孤独、叛逆与自由、美的真谛、隔绝与融合。为了表达这些主题，作者运用了大量的隐喻，所提及的事物几乎都带有或隐或显的寓意，都是耐人寻味的意象，比如空间、潜水、无花果树、风筝、整体与局部、光线、庭院里的围栏、服装、小鸡的孵化以及鸡蛋等等。

一、逃避与孤独：空间和潜水的隐喻

小说中逃避与孤独的主题主要借助男孩布莱斯的部分来呈现，其中出现最为频繁的意象就是空间和潜水这两样事物。布莱斯性格中最鲜明的特征表现为互为因果的两点：逃避和孤独。布莱斯性格内向，同时也因深受家庭的影响，对一切超越社会常规的人和事本能地抗拒。这就不难理解他为什么从见面伊始就对朱莉持逃避和厌倦的态度。对具有主动性的异性的逃避、对成人世界以及正常社交圈的逃避，都导致了他的孤独感和陌生感。所幸在他的世界里还有一个引路人——外公查特，在外公的启发和开导下，布莱斯逐渐意识到自己性格中的缺陷，认识到自己与人交往中犯下的错误，并最终勇敢地真面自己的内心，做出了正确的决定。在克服逃避的心理和摆脱孤独感的过程中，布莱斯一步步实现了自己的成长。

　　小说的第一句话就是十三岁的布莱斯的内心独白："我只有一个愿望：让朱莉安娜·贝克别来烦我。快点给我走开！——我只想她离我远点。"（2）接着他开始回忆自己七岁那年第一次遇到朱莉时的场景。那是布莱斯一家搬到小镇的第一天，住在对门的邻居女孩朱莉对布莱斯一见钟情，但布莱斯却很讨厌这个大大咧咧的小女生。为了逃避这个对自己紧追不放的女孩，布莱斯情急之中挣脱了朱莉的手，躲在了母亲的身后："我终于挣脱出来，做了一件七岁男孩唯一能做的充满男子汉气概的事——我躲到了妈妈身后。"（4）而接下来当朱莉应布莱斯妈妈的邀请到家里参观时，布莱斯索性把自己反锁在卫生间里，坚决不肯出来。从那以后，家中的沙发、床底、壁橱、卫生间以及窗户背后都成为布莱斯躲避朱莉和隐藏自己的地方。布莱斯完全不理解朱莉接近自己的动机，只觉得自己受到了侵犯："她完全不知道'私人空间'为何物，不尊重别人的隐私。全世界都是朱莉的地盘，当心——她只会越来越过分！'"（5）拒绝与朱莉的交流和接触，充分显示出布莱斯对自我的封闭以及对叛逆性格的不认同。更让他头痛的是，姐姐利奈特和朱莉站了同一立场，比布莱斯大四岁的利奈特"是个浑身上下写满了'抗议'两个字的家伙"（5），所以布莱斯常常会在潜伏的时候被姐姐出卖。

布莱斯的逃避不仅是针对同龄人朱莉，也针对他所不理解的成人世界。布莱斯的童年法则里有这样一条：不要去和命运抗争。父母永远会是对的一方，孩子永远没有赢的可能，"与其时不时地被父母修理一通，不如下潜到自己的世界里，别在他们眼前出现"（6）。与布莱斯相反，姐姐利奈特把叛逆写在脸上，她总是"幼稚地"和父母针锋相对，让自己处在斗争的状态中，并因此而失去了冷静思考的空间："她总是直接进入战斗状态，把精力全放在争执上，却来不及深吸一口气，潜入冷静的水中。"（6）"潜水"这个隐喻在小说中多次出现，当朱莉一家到布莱斯家做客，餐桌上两家人发生冲突空气突然变得紧张时，布莱斯又拿出了"潜水"这个看家本领："我深吸了一口气，试图放松下来，试图潜入平静的水中。这场战役与我无关。"（165）

虽然布莱斯并不是真正地潜水，而只是在意识上让自己犹如潜水般与外部隔绝。潜到水下意味着拥有一个不受水上世界干扰的空间，拥有片刻的清净，这不得不让人想起一部经典的美国影片《毕业生》。在这部影片中，"水"是一个贯穿始终的意象。影片中令人印象最深刻的一幕是主人公本在自己21岁生日会上，迫于父母的要求为来宾作潜水表演。当父亲在门外再三请他出来时，身着潜水服的本犹豫不决，神色茫然，他请求和父亲谈一谈却被后者置之不理。当本不得已一步步走向泳池的时候，透过潜水镜，他看到的是父母亲欢快夸张的手势和表情，听到的却只有自己沉重和压抑的喘息。当他终于沉到水底，外界的喧嚣逐渐褪去，耳边只有自己的呼吸；世俗的现实好像变得遥远，周围只有水的清明，本终于可以享受到片刻的安宁。但这种安宁却是如此短暂，又如水一样虚幻。站在池底的本，面无表情，只有流动的水暗示出他内心的波澜；水底的"寂静无声"反衬出他的"躁动不安"。在这里，影片突出了"静"这一特殊的音响效果，通过周围的"静"与本的"声"的强烈对比，制造了一种静谧思虑的氛围，让观众在本无奈的喘息声中，倾听到他内心深处的痛苦和反抗之声。在水下的片刻，本似乎也更真切地听到了自己心灵深处的呼声，想清了现实，决定用精神交流之外的另一种方式来寻求解脱，宣泄冲动。自此，本彻底陷入了与罗宾逊夫人的不伦之恋，以一种离经叛道的方式实现了自己的与众不同。和《毕业生》中的本一样，当想象自己潜入水下时，在这个暂时自由和封闭的空间里，布莱斯可以忘记外界的喧嚣，静心聆听自己内心的声音。

除了朱莉和成人世界，布莱斯还有一定的社交恐惧症，无法融入同龄人的圈子。在他看来，连最好的朋友加利特也时不时重色轻友，很难完全信任。布莱斯把这一切都归结于朱莉的出现，认为正是由于朱莉的闯入，自己才"不得不忍受着社交上的不便"（1），不得不放弃很多社交活动。这种误解加深了他对朱莉的反感，加剧了他的孤独感。

叛逆和斗争是姐姐的成长方式，而布莱斯则借助逃避实现了自己的成长。物理上的空间和意识上的"潜水"为布莱斯的逃避提供了条件。在两人相识的六年间，布莱斯对朱莉从完全抗拒到心怀歉意，从正眼不看到心生爱慕，布莱斯的态度经过了一个漫长的转变过程。对于成人世界的一切，他也慢慢分辨出哪些是真善美，哪些令人唾弃。空间和潜水是对布莱斯成长历程的恰当隐喻，同时也是他对外部世界发出的求助信号，遗憾的是这些信号往往被成人忽视。例如在小说开头那个场景，当布莱斯躲在妈妈身后听到妈妈邀请朱莉到家里参观一下时，他"用尽全身的力气向妈妈发出警告，可是她完全没有察觉"

（4）。儿童在遇到困难时，会向成人发出各种信号和呼救讯息，但成人能否收到并给予回应？这大概是小说的核心问题之一。信息不对等，发生在儿童与成人之间，也发生在同龄人和异性之间。

布莱斯的经历也告诉读者：一切逃避都是徒劳，必须直面人生，汲取他人的宝贵经验，在痛苦和冲突中实现成长。空间不仅是暂时的逃避之地，更意味着成长的空间，要像在生活中追求适当的物理空间那样去寻求精神上的独立。正如女孩朱莉那样，当爬上高高的无花果树时，她所拥有的不仅是天空、阳光和风，更是无人涉足的空间以及自由。

二、叛逆与自由：无花果树和风筝的隐喻

小说中女孩朱莉的叛逆和自由的性格主要借助两样事物表现出来：无花果树和风筝。无花果树是小说中最重要的意象，风筝则标志着朱莉对美的认知的里程碑式飞跃和布莱斯性格的重要转变，也是两人关系更近一步的重要契机。

对于布莱斯的逃避行为，小女孩朱莉无法理解，她认为布莱斯所追求的安全感不过是使自己"被困在屋里"（14）。朱莉从小就过着无拘无束的生活，她踢足球、爬树、养鸡、追求布

莱斯、打理自己庭院，不遗余力地做一切自己喜欢和觉得有义务做的事。尽管和布莱斯一样感到孤独，朱莉却并没有选择封闭自己，而是以积极的态度去争取友情和爱情，去寻找可以对话的对象。布莱斯没有给予她及时的回应，无花果树却成为她某种意义上的伙伴。布莱斯对她避之不及，但朱莉坚信他是一只值得自己去追寻的幸运的风筝。

五年级时，朱莉有一次和往常一样独自坐在无花果树上玩，她看到一只风筝从天空一头栽到了无花果树上，挂在了很高的树杈之间，朱莉决定把这只迷路的风筝够下来："多年放风筝的经验告诉我——有的时候它们一去不复返，有的时候它们就等在你去拯救它们的路上，有些风筝很幸运，有的也很难搞。两种我都遇到过，一只幸运的风筝才值得你去追寻它。"（37）

在爬高摘风筝的时候，朱莉意外地体验到了飞翔的感觉，她不再觉得恐惧，而是充分享受这种自由："我突然发现，原来微风的味道那么好闻。它闻起来就像……阳光。像阳光、野草、石榴和雨滴！我不由自主地大口呼吸着，我的肺被这种最甜蜜的味道一次又一次地充满。"（38）朱莉感觉自己仿佛站在全世界最高的地方，视野格外开阔，景色令人惊叹。更令她欣喜的是，这只风筝是布莱斯的，风筝制造了一次她和布莱斯独处的机会。

有了这次意外的惊喜后，朱莉就时常爬高望远，体验那种卑微与宏大同在、平静与讶异共存的感觉。当无花果树被砍掉之后，朱莉的爸爸给她画了一幅无花果树。这棵有些奇形怪状的无花果树显然是朱莉的化身：它自由生长，外形质朴却自然生动，它高高的树杈间是提供开阔视角的空间，是远离尘嚣的自由之处。当布莱斯在报纸上看到爬上无花果树的朱莉，他第一次意识到她的美丽："你能看到她在树上，但只露出肩膀以上的部分。她望着远方，风把头发吹向背后，仿佛她正开着一条船，驶向太阳。"（104）

无花果树是这个爱情故事中一根重要的纽带，也是朱莉快乐的源泉之一。不走寻常路的朱莉一直无法得到布莱斯的青睐，也几乎没有其他同龄的朋友。幸好在这最渴望友谊与爱情的年纪，无花果树成了她最知心的朋友，让她在俯视大地的时候拥有了一份孤独的快乐："几个月前，我发现自己开始跟树说话了。一段完整的对话，只有我和树。从树上下来的时候，我有点想哭。为什么没有一个人愿意和我说话呢？为什么我不像其他人一样有个最好的朋友在身边？"（40）当朱莉和布莱斯一样感到孤独时，她的选择是与树对话，与自然为伴，而布莱斯则更愿意将自己隐藏起来。正是这种积极和消极性格的反差使得俩人很长时间都无法产生心灵的共鸣。直到后来布莱斯尝试着走出自己的世界，正视情感问题并做出正确的决定时，俩人才冰释前嫌。

无花果树代表着朱莉叛逆的个性和对自由的向往；风筝则喻指值得历尽艰险去追求和珍爱的事物，对朱莉而言，布莱斯就是那只风筝。够取风筝的过程也是发现和寻求美的过程，它让朱莉第一次明白了"整体大于局部之和"（39）的含义，开始懂得什么是真正的美，同时她也品尝到了自由自在"飞翔"的滋味。这顿悟的一瞬间，是朱莉走向成熟与超脱的重要一步，是她成长过程中一次重要的蜕变，也是俩人关系中向前发展的关键一步。

三、美的真谛：整体与局部、光线的隐喻

除了纯真的爱情，自然之美和人性的真善美也是小说着力表现的主题。朱莉的爸爸是个泥瓦匠，但他热爱画画，也不得不靠卖画来填补家用。虽然因经济条件和时间有限，他只能在自家院子里凭着照片和记忆作画，但在朱莉看来，爸爸眼中所见绝不止眼前的小天地："他看到的也不仅仅是照片和画布，而

是更为庞大的东西。他的目光中流露出的神情，就像是已经超越了我家院子、邻居家，也超越了整个世界。当那双长茧子的大手握住小小的画笔扫过画布的时候，他就像被某种灵动、飘逸的东西附身了。"（34）这样一个所谓的粗人，却能在平淡甚至有些艰辛的生活中发现和描摹美。

正是在爸爸的熏陶和启发下，朱莉逐渐明白了爸爸所说的"整体大于局部"的美，是指当你拥有开阔的视野时，就可以避免一叶障目的危险，就能发现平淡琐碎之下的美和真。生活中难免有不完美的细节和局部，但不必怨念，远方会有令人向往的风景。反之，有些局部的美并不意味着整个人或事物的美，人性也如此。布莱斯的爸爸是个所谓的更为体面的中产阶级，他非常注重外表和生活方式，但待人接物却虚伪势利、缺乏教养，是典型的整体小于部分之和的人。而对于布莱斯，朱莉也存在着这样的疑问。布莱斯拥有着一双让朱莉一见钟情的蓝色眼睛，但同样让朱莉一度疏远的也正是这双"全世界最闪亮的眼睛"（81），她问自己：我是不是因为这双眼睛而忘记了他整个人究竟怎样？他是属于整体大于局部的那类人？还是相反的那类人？

朱莉从爸爸那里学到了关于美的真谛，懂得了美是静水流深，而非漂亮的皮囊。而如何才能发现美？爸爸给她的回答是："合适的光线就是一切。"（35）"光线"显然又是一个隐喻，指视野、理解力、观察力和判断力。在没有找到合适的"光线"之前，朱莉还是个无法理解成人世界规则的孩子，也看不透布莱斯的心思。全书中的一个关键人物——布莱斯的祖父查特就有这种可以看穿人性的"光线"，他告诉朱莉，对于有些人，"有时候整体小于部分之和"（118）。在他看来，朱莉一家是"好人，诚实的人，努力工作的人"（97）。而布莱斯的父亲则戴着有色眼镜，认为朱莉一家"全是些废物"，"他们有一间破破烂烂的房子，两辆破破烂烂的车和一个破破烂烂的院子"（97）。因为拥有发现美的眼光，查特懂得朱莉一家人的美好，他也因此鼓励布莱斯改正自己的错误，去真正认识朱莉。

整体和局部的隐喻，以及光线对于美的重要性，在书中都得到充分的表达。合适的光线并非唾手可得，而要等待某个时机和地点。发现美是一个需要等待的过程，既要有一双懂得欣赏美的眼睛，也离不开成熟的外部条件。朱莉和布莱斯发现彼此身上的契合之处也正是这样一个漫长的过程，这个过程必须在最合适的光线下，才能呈现出最美好的一面。

四、围栏、服装、鸡蛋等其他隐喻

除了上面讨论过的几个隐喻，小说中还有不少其他隐喻，比如用围栏来比喻隔阂与融合；用服装来突出内在与外在的对比；用养鸡和鸡蛋来表明朱莉的创造力和活力等等。

朱莉家的庭院多年无人打理，杂草丛生，布莱斯的爸爸因此指责他们是给社区抹黑的一家人。自然生长的庭院象征着朱莉性格里的叛逆和不羁，在强大的社会规则面前屡屡碰壁之后，尤其是在遭到心上人布莱斯的百般拒绝和欺骗后，朱莉终于懂得作为一个社会人，还是要适度遵循某些社会法则。就像要把自家庭院修理齐整一样，每个人在要求他人时先做好自我管理。所以，当朱莉意识到"我得去修修这道'围栏'了"（103）的时候，也意味着她打算调整或修正自身与外界的关系。既要保有舒适和有限度的自我空间，也要以合适的面貌与礼仪同围栏之外的世界打交道。自我与外界共生共存，相互支撑，这才是和谐之道。打理好自家庭院、竖起围栏的行动是朱莉成长的表现之一。当她实现这一成长后，布莱斯在这个院子里种下了一棵无花果树，这意味着两人理念的彼此认同，爱情之树在共生的土壤上生根发芽。

小说中还使用了服装的隐喻。在两家人的聚餐会上，布莱斯的父母亲一如既往地过分在意外表的细节，这与他们虚伪的内心形成对比。姐姐利奈特的装扮以黑色系为主，比如"黑衬衫，黑色指甲油，黑色眼影"（160）。她犹如一只夜行的小黑猫，在黑暗中宣告自己的独立和存在。布莱斯则按照妈妈的要求挑选了一件有领子的衬衫。这件带着奇怪纽扣的古板衬衫，犹如布莱斯别扭的性格。在社交场合中他试图保持礼仪和风度，却总是无所适从。相比之下，朱莉一家的穿衣风格则和他们的个性一样，视场合不同穿搭得自然得体。

除了痴迷无花果树，朱莉还在课余时间养了几只鸡，送鸡蛋给布莱斯一家是俩人关系发展中另外一个重要纽带。正是由于扔鸡蛋事件，使朱莉从痴迷中清醒，开始认真思考自己和布莱斯之间的问题。小鸡的成功孵化以及它们长大后旺盛的生产力，从另一个侧面体现了朱莉个性中充满生命力和创造力的一面，也显示出了她的纯真与可爱。

综上所述，小说中使用了大量接近生活的隐喻，读起来通俗易懂又耐人寻味，不失为一本恰到好处的青少年读物，翻拍成电影之后也很令人赏心悦目。

【深度解读】之二：
论《怦然心动》中的童眼存真

> 小说通过两位小主人公的视角来轮流讲述故事，即男孩布莱斯和女孩朱莉对同一事件或同一场景交替展开自己的回忆和陈述。这种叙事安排达到了童眼存真的效果，但由于两位都是不可靠叙述者，他们所呈现的"真"是其个性的真实表达以及透过他们的视角对外部世界的真实呈现，而非对现实世界的客观和真实的再现。

作为一部青少年小说，《怦然心动》的叙述者也是故事的两位小主人公。全书共十四章，由布莱斯和朱莉俩人轮流叙述。同一事件和同一场景，读者先看到和听到布莱斯这个小男生的所观所思，然后是朱莉的视角。随着两位主人公的视角，观众们也融入了俩人寻找真挚情感、发现和了解世界的过程。在这个过程中，布莱斯和朱莉毫无保留地向读者敞开了他们的内心，实现了自我表达的真实。同时他们也向读者呈现出他们眼中所看到的真实，包括与他们有隔膜的成人世界以及自己的同龄人社交圈。需要指出的是，童眼固然存真，但作为不可靠叙述者，他们所叙述的真实未必可靠，他们的观察和思考里带有很多想象或幻想的成分。所谓的童眼存真，其实是一种虚实相生、需要读者去芜求精的真。

一、自我表达的真实：复调叙事和不可靠叙事

布莱斯和朱莉的双重叙事特色非常鲜明：一是分别从男孩和女孩的角度展示了他们的内心世界，是一种双声的复调叙事；二是表达直接和简单，是不够客观和成熟的不可靠叙事。这样的复调及不可靠叙事确保了自我表达的真实性，充分展现了人物各自不同的性格，符合故事发展逻辑。

借助这种双重的第一人称叙事，布莱斯和朱莉不加掩饰地把自己的喜好或厌恶都倾倒给读者。小说一开始，布莱斯就开门见山表明了自己对朱莉的态度："我只有一个愿望：让朱莉安娜·贝克别来烦我。快点给我走开！我只想让她离我远点。"（2）而朱莉的讲述则是以这样一句开始："遇见布莱斯·罗斯基的第一天，我就对他怦然心动。"（12）当孩子们还没学会像成人那样隐藏自己的想法，没有学会用虚伪的礼貌掩饰内心的不快时，读者看到的是他们的本色与真实。

（一）布莱斯：从逃避走向面对

出生在中产阶级家庭的布莱斯性格内向矜持，朱莉的主动追求让他避之不及。对于朱莉，他的评价从来都不客气，甚至把她形容成"泥猴"（4）、"从精神病院跑出来的疯猴子"（26），认为她是"全世界最麻烦、最霸道、永远全知全能的女人"（26）。不过布莱斯对朱莉的态度，其实并不像他自己以为地那样反感，旁观的读者很快就会发现他在这件事上的言不由衷。

外公查特在发现朱莉的可爱性格以及她与布莱斯之间微妙的关系后，主动和布莱斯交谈，帮助他克服自己性格中的弱点和盲点，外公告诉他凡事不要逃避："一个人的性格是在童年时代养成的，孩子。你现在做出的选择将会影响你的一生。"（92）他还告诉布莱斯："有些人外表平庸，有些人外表华丽耀眼……"（102），但是，在生活中你总会遇到一些人，这些人"由内而外散发着彩虹般的光芒，一旦遇见过，别人对你来说都不过是浮云"（102）。在外公的开导下，布莱斯开始检讨自己的不足之处，他也试图发现朱莉身上的闪光点。尽管看不惯朱莉的所作所为，在无花果树事件上他还是站在理解和同情朱莉的立场上："朱莉爱这棵树，虽然听起来很蠢，可她就是爱这棵树，砍树就等于在她的心里砍上一刀。"（26）他也因自己没有用实际行动支持朱莉而感到内疚，一直想打电话向她解释。

随着时间的推移，布莱斯学会了换位思考。突然有一天，他发现自己能够理解朱莉的想法，看到报纸上对朱莉的报道时，对这个原本"平淡而枯燥的"（103）女孩忍不住一再凝视："你能看到她在树上，但只露出肩膀以上的部分。她望着远方，风把头发吹向背后，仿佛她正开着一条船，驶向太阳。这么多年，我一直躲着朱莉安娜·贝克，从来没有好好看过她的样子，而现在，我忽然无法自拔地凝视着她。"（104）布莱斯被自己的这种转变吓住了，他进而说服自己："这种奇怪的感觉渐渐充实了我的胃，我不喜欢这样。一点儿也不喜欢。"（104）但是读者明白，这种"不喜欢"不过是少年的自欺欺人，他还没有足够的勇气正视自己的转变。

对朱莉心存爱慕，可又不肯承认，心烦意乱的布莱斯继续进行自我否定和欲盖弥彰。否定的同时，布莱斯也开始不自觉地捍卫起朱莉来，他与加利特甚至自己的父亲划清界限，因为除了加利特，父亲是"另一个挑战我底线的人"（137）。这个底线为朱莉而设，他不能忍受任何人对朱莉的污蔑和曲解。对于布莱斯的这种转变，外公一语中的："她跟原来一样，是你变了。"（203）布莱斯这才意识到自己再也不是过去的自己了。

故事在讲述到十三章时到达了高潮。这章由布莱斯叙述，标题与以朱莉为叙述者的第二章一样，都是"怦然心动"。布莱斯对朱莉终于有了前所未有的感觉，他终于肯承认自己"彻彻底底地心动了"（201），他终于发现朱莉就是那个光芒四射的人："每次我看到她，她似乎都变得更漂亮，她仿佛散发着光彩。"（200）少年心中的爱情之火终于被点燃，其他所有人在朱莉面前都黯然失色。经过了漫长的六年，布莱斯终于对朱莉产生了回应，但这并不意味着两人从此进入了相同的轨道，因为朱莉已经对布莱斯失去了信任。所以当那个仿佛等待了一辈子的初吻就在嘴边时，朱莉却转身逃跑了，她生怕自己不过是被布莱斯的外表迷惑，她要仔细想想他究竟是不是真正值得自己喜欢的那个人。

（二）朱莉：从任性走向理性

朱莉的个性非常鲜明，她从一个充满野性的女孩转变为理性的少女，六年的时间逐渐成长的过程都让读者一览无余。朱莉的性格中有自负的成分，非常相信自己的判断。小说的第一章和第二章就出现了两次自认为很"肯定（sure）"的判断。第一次是朱莉主动帮布莱斯父子搬家，但遭到了拒绝，她并没有知趣地离开，仍旧一边搬东西一边回答："我**真觉得**你们需要帮忙呢。"（2）第二章朱莉回忆自己第一次遇到布莱斯的情景，在看到布莱斯第一眼时，她就毫不犹豫地做出了判断："我坚信即将成为我新的最佳死党的人——布莱斯·罗斯基!"（13）。接着她又继续描述那天的情况："那天，我差一点而就得到了我的初吻。**我十分肯定**。"（15）这一连串的"坚信"和"肯定"暴露出朱莉性格中过于自负和冲动的一面，正是这种不够理性的态度导致了她在这段恋爱中的受挫和被动状态。当她意识到这一缺陷并逐渐改正时，才将自己从痛苦中解救出来。

在与布莱斯的关系中，朱莉一开始就将自己视为主动者和保护者，有时甚至变得颇具进攻性，这加深了布莱斯的误解和反感。比如她觉得自己主动帮布莱斯搬家，是为了将他从劳动中解救出来，否则他会累死："没准儿他已经干了好几天了! 很明显，他需要休息。他需要喝点什么，比如果汁! 同样很明显，罗斯基先生不可能放他走。他可能准备干到自己累到为止，那时候布莱斯估计已经累死了——他大概都没机会走近新家!"（14）这种典型的小孩子思维简单幼稚，朱莉自己对此毫无察觉，读者却旁观者清。如果回过头去看布莱斯对这件事的表述，读者就会发现朱莉的观察和叙述是不可靠的。对于朱莉不请自来的热心举动，布莱斯一点儿也喜欢，反而对她产生了很坏的第一印象："这是我头一次见识到这姑娘到底有多么不识趣，毫无自知之明。"（3）

幸好在布莱斯外公的引导下，朱莉学着重新审视自己的内心："是我自己，我在审视自己。"（124）她也试图去真正了解布莱斯："我看着他——直视他湛蓝的眼睛。我试着用查特教我的方法——试着看到他的内心深处。表象下面是什么？他是怎么想的？他真的感到抱歉吗？或者他只是为他说过的话感到抱歉？"（123）当朱莉放弃自己的偏见，开始理性地观察和思考时，两人之间的疙瘩也一点点解开了。布莱斯克服自己的胆怯和逃避心理，主动和朱莉道歉，并因此感到了快乐与释放。朱莉也不再只为布莱斯的外表迷惑，而是希望真正了解他的所思所想。

漫长的七年时间，布莱斯成长为一个有担当的少年，他不再是七岁时那个躲在妈妈背后的小男孩，而是学着去正视身边的人和事并尝试做出正确的决定。他从稚气、消极到成熟、积极的转变都通过他自身的不可靠叙事呈现在读者面前。与此同时，朱莉也由一个任性的小女孩转变为用理性来驾驭自己的少女。在这个放下对彼此的傲慢与偏见，努力透过现象看到本质的过程中，朱莉与布莱斯之间的距离逐渐缩小，两人也在不同程度上实现了各自的成长。

二、呈现的真实：成人世界和家庭关系

除了真实再现了人物的个性，小说中也通过两位小主人公的视角，呈现出他们眼中的外部世界，将他们所观察到的呈献给读者的真实。在对彼此的关注时，布莱斯和朱莉不可避免地也同时观察和了解着对方的家庭，并将之与自己的家庭互为参照。对于自己的父母亲以及对方的家庭，两人最终得出了相似的结论，"三观"的认同也成为俩人的情感纽带之一。

（一）布莱斯眼中的成人世界：父亲以及朱莉一家

在布莱斯的世界里，父亲一度占据着重要地位，父亲是他的行为模板，是他的"保护者"（5）和同谋者，但随着布莱斯的成长，父亲的形象逐渐崩塌，曾经引以为豪的家庭也像姐姐利奈特说的那样"简直是个笑话"（99）。布莱斯越来越发现，父母亲之间难以交流和沟通，父亲对待自己的儿女也是采用简

单粗暴的方式。对于外人，尤其是对街的朱莉一家，向来看重事物表面的父亲总是冷嘲热讽，一副居高临下的姿态。父亲虚伪丑陋的一面在朱莉一家来做客时暴露无遗。布莱斯发现父亲不仅没有幽默感，在朱莉爸爸面前，显出种种"小"来："站在贝克先生旁边，他显得很小。是身材上的小。跟贝克先生下巴的轮廓相比，爸爸的脸看上去有点狡猾。这不是你想要的对爸爸的感觉。小时候，我总觉得爸爸永远是对的，世界上没人比得上他。但站在这儿看着他，我意识到贝克先生想打败他就像按扁一只虫子一样简单。"（162）在故事的这一部分，布莱斯用了一系列贬义词来形容自己眼中的父亲：奇怪的、狡猾的、弱小无力的、可怜虫、不坦诚、没有教养、假惺惺、令人作呕等，想到别人把自己当成父亲的翻版，他甚至觉得恶心。

当然这些都是布莱斯的心理活动，但是性格叛逆的姐姐却丝毫不掩饰自己的对父亲的失望和厌恶。当父亲恶意揣测朱莉的两个哥哥录制唱片的钱来自于贩卖毒品时，利奈特忍无可忍地对父亲喊出："你怎么能说出这种话？你是个两面三刀、高高在上、心胸狭窄的白痴！"（170）女儿居然敢这样责骂父亲，同样忍无可忍的父亲一巴掌打在女儿脸上。这一巴掌彻底打破了这个家庭表面上的平静，这个家中的所有人最后都成了父亲的对立面。

　　两家人在餐桌上的对话让布莱斯了解到父亲曾经也是一位音乐爱好者，也曾有过音乐梦想。但一切都已成为过去，纯真与美好早已丢失。布莱斯作为旁观者多少能感受到父亲的失落和无奈，他莫名地感到陌生："这让我前所未有地感觉自己像是个陌生人，来到了一个陌生的地方"（169）。这种感觉很奇怪，在自家的餐厅，在自己最熟悉的地方却感觉到陌生。虽然布莱斯自己无法解释这种陌生感，读者却看懂了：成人世界的法则对少年来说是陌生的，纯净的少年之心反衬出成人世界的污秽。

　　当布莱斯发现朱莉一家的可贵与可爱之处时，他才意识到自己的家庭有多不堪，而朱莉一家"其实很酷"（171），而且他们家的人都很真实。这是布莱斯通过观察后得出的结论：真实让朱莉一家充满了美丽的景色，而自己家则相反，可怕的是自己之前从未意识到。布莱斯的父亲精心打理自己的庭院，认为这样才是文明人的做法。对于朱莉的父亲沉迷于绘画而无心顾及庭院的做法，他的评价是："如果他肯把花在画画上的时间拿来打理院子，世界会变得更美好"（24）。这里的花园显然是有寓意的，代表着两种生活方式和态度。代表着表面上的美好与内心的美好；虚伪的和真实的；徒有其表的和发自内心的；

毫无激情与充满梦想的。在布莱斯眼里，一开始自己的妈妈是同情朱莉妈妈的，"我猜想妈妈比较同情贝克夫人——她说她嫁了一个梦想家，所以，他们俩当中总有一个人过得不快乐"（24）。但是在小说结尾，莱斯特的妈妈却成了被同情的对象，她时常到朱莉妈妈那里寻求安慰，最后也做出了寻找自己真正幸福的决定。这些转变都被布莱斯看在眼里，虽然他不作评判，只陈述事实，但通过这种真实的呈现，读者自然能够得到自己的答案，做出自己的评判。

（二）朱莉眼中的成人世界：父亲以及布莱斯一家

在朱莉眼中，自己的父亲是一个有梦想的艺术家。他的眼中有更大的世界，不止局限于眼前的庭院和小世界，是个胸中有丘壑的人，有大格局的人。父亲常常和女儿谈论自己年轻时候的经历，而朱莉也把自己关于无花果树的顿悟告诉了父亲，父亲完全能够理解女儿的想法，还答应有机会和她一起体验爬上高处的感觉。父女间毫无隔膜，女儿也在父亲的引导下逐渐发现整体与局部的含义，懂得欣赏真正的美。朱莉还得知，为了保证父亲的弟弟能在疗养院里接受更好的治疗和照顾，夫妻俩辛勤工作，彼此包容。在朱莉的眼中，自己一家人相亲相爱，坚强善良，所以她暗下决心要为这个家承担起一部分责任："不管是不是租来的，这是我们的家，我只想让家人过上更好的生活。"（113）父亲对子女心存愧疚，但子女却认为自己拥有最好的父亲。虽然物质不够富有，但这种彼此理解、相互支撑的家庭氛围让一家人拥有了真正的快乐，遇到困难时也能够克制和理智地应对。

作为旁观者，朱莉发现布莱斯一家和自己家的不同。在聚餐中，布莱斯的父亲自命不凡，母亲举止慌乱，弄得整个晚餐的氛围很紧张。而自己的父母则显得比较轻松和开心，他们为儿子感到自豪，甚至还有点矜持。两个哥哥尽管一再遭到布莱斯先生的质问和怀疑，却仍然保持着不错的心情。此外，朱莉还觉得布莱斯的姐姐利奈特对自己的哥哥过于热情和吹捧了。突然间，朱莉也有了置身陌生人之中的感觉："环视四周，我忽然有种身处陌生人中间的感觉。我们两家在对街住了很多年，但我根本不了解他们。利奈特确实是会笑的。罗斯基先生外表整洁优雅，而内心却明显有些东西深埋在外表之下，慢慢腐烂。而一向能干的罗斯基太太似乎慌乱到几近亢奋的程度。她是因为我们的存在才如此紧张吗？"（180）这种与布莱斯同步的陌生感，几乎发生在同时同地，表明两人内心的靠近，同步的成长，尽管朱莉还是认为自己不了解布莱斯："然后布莱斯——他最让人烦恼，因为我不得不承认，我其实并不了解他。从最近的发现来看，我也不打算继续了解下去。看着桌子对面的他，我只觉得陌生、冷漠而超然。没有火花，也不再有任何的愤怒或焦虑。"（180）朱莉与布莱斯的关系发展到这里时似乎清零了，朱莉不再一味为布莱斯的外表所迷惑。但正是这种平和的心态让她回归现实，不再只是把他当作想象中的恋人和爱人，而是放下有色眼镜和幻想，真正去了解生活中的布莱斯，这才是两人关系的真正开始。

布莱斯和朱莉将他们眼中的成人世界以及他们所观察到的家庭关系原原本本地呈现给了读者，虽然也加上了自己的观点和评判，但因为他们不可靠叙述者的身份，读者还需要凭借自己的经验来做出判断和解读。

三、结语

布莱斯和朱莉一方面展现了自己个性的真实，也把他们眼中的真实生活展现给读者，但这种真实并不意味着绝对真实，因为主人公的世界观尚在形成的过程中，他们的认知虽然单纯，却未必真实可靠，他们往往会在自己的头脑中掺杂很多想象。

比如朱莉见到布莱斯第一眼就把他想象成自己唯一的死党，深信自己对他一见钟情。她以为布莱斯对自己也同样动心："然后突然之间，他牵起我的手，直直地看着我的眼睛。毫无原因地，我的心脏就那么漏跳了一拍。我的人生中第一次有了那样的感觉。"（15）但其实读者在读到第一章时，已经"看清楚了"布莱斯对这次意外牵手的抗拒和对朱莉的反感："我抡起胳膊想摆脱她，可是手臂落下来的时候却变成了挽着她的姿势。我简直不敢相信，我竟然挽了这只'泥猴'的手！"（4）第一次握手和对视的感觉，两者的描述完全不同，可见主观想象占据了大部分。

不仅如此，朱莉在学校时还把雪梨假想成对手，谈到她时言语尖酸刻薄，带着明显的小孩子脾气和偏见。朱莉一直沉浸在自己的幻想中，时刻以布莱斯女友的身份自居，自说自话，充满幻想，曲解布莱斯的种种表现。比如在布莱斯故意和雪莉亲近，想要打消朱莉的纠缠念头时，朱莉却得出了完全相反的结论，以为是雪莉在纠缠布莱斯，因此她需要再次挺身而出充当布莱斯的保护者："雪莉·斯道尔斯太娇弱了，让布莱斯不好意思甩掉她，而且她太缠人了，让他挣脱不掉。她一定会心碎的，然后开始抽搐，这对布莱斯来说得有多尴尬！这件事男生做起来姿态绝对不好看。只能由女生来代为完成。"（18）。朱莉自以为很贴心，殊不知这只是她的一厢情愿。

由此可见，在这部作品中，所谓的童眼存真是指两位小主公个性的真实再现以及透过他们的视角对外部世界的真实呈现。这个"真"并非完全可靠或完全真实，而是符合人物性格及年龄特征的一种"真"。

【深度解读】之三：
电影《怦然心动》
——一部青少版《傲慢与偏见》

> 《怦然心动》讲述的是一对男孩女孩之间的初恋故事，《傲慢与偏见》则是成熟男女之间的婚恋故事。但两部作品从情节发展、主要人物的性格特征以及婚恋观和价值观这几个粗线条来看，有异曲同工之妙。从某种角度上来说，《怦然心动》是一部青少版的《傲慢与偏见》。

《怦然心动》改编成电影时基本上忠实于原著，保留了原著的双重叙事声音和多重叙事线条。故事情节和人物形象也几乎没有改动，是一部拍起来相对轻松省力的电影。大概由于作者本身也是编剧，在创作小说时预先考虑到了翻拍成电影的可能性，直接采用了电影式的交叉叙事及闪回等手段。影片情节并不复杂，人物关系也很简单，很容易让人联想起一部经典的英国文学作品《傲慢与偏见》，可以说是一部青春版的《傲慢与偏见》，只不过时间地点都做了转换。但是如果一一比较故事情节的发展、人物性格的设置以及价值观和婚恋观，会发现两部作品的相似性。

一、情节发展

《怦然心动》的故事背景设置在 20 世纪 60 年代的美国小镇。有一天，七岁的小女孩朱莉发现对街搬来了一家新住户。新搬来的布莱斯一家属于中产阶级，很注重外在形象，总是把自家的庭院打理得整整齐齐。而朱莉的父亲只是个砖瓦工，母亲偶尔做做零工。虽然朱莉和布莱斯在家庭背景上的差别不像伊丽莎白和达西之间那么悬殊，但两家人的社会身份和地位的不同对两个孩子成长的影响还是显而易见，这种差别也导致了两人之间的傲慢与偏见。

从情节的发展来看，《怦然心动》和《傲慢与偏见》的脉络基本一致。故事都是始于一次搬迁：布莱斯一家搬到了小镇上，达西和宾来一起来到乡下度假。接下来就是故事的男女主人公相遇。朱莉为布莱斯的外表所迷惑，对他一见钟情。直到后来她才意识到布莱斯身上的虚伪和傲慢。布莱斯对朱莉一开始就避之不及，在之后的六年中也一直想尽办法撇清自己和朱莉之间的关系。伊丽莎白作为理智的成年女性，一开始就看穿了达西骨子里的傲慢，其后又因为一系列的误会，加深了对达西的偏见。

从故事的矛盾和冲突来看，两对恋人都因为误会而彼此心生嫌隙。伊丽莎白对达西不满，一方面是因为达西阻止宾来追求自己的姐姐简，另一方面是因为她误信了威克汉姆对达西的中伤，所以她以为达西是个小人而非真君子。达西一开始也确实对伊丽莎白一家抱有偏见，他看不起她粗俗不堪的家人，在向伊丽莎白表白的时候，他毫不讳言自己对她家人的鄙视。在《怦然心动》中，朱莉和布莱斯的矛盾与冲突也是源于彼此的傲慢与偏见。两人的冲突爆发于一次鸡蛋事件。在很长一段时间里，朱莉每周总要送给布莱斯一家一盒鸡蛋。但有一次她终于发现她送来的所有鸡蛋都被布莱斯扔到垃圾桶了。布莱斯对此的解释是：因为父母亲担心朱莉家的卫生条件不够好，鸡蛋可能携带沙门杆菌。布莱斯的这种做法深深伤害了朱莉。当然布莱斯后来意识到了自己这种毫无缘由的优越感，对自己给朱莉造成的伤害深感歉意，一直想向她当面道歉并弥补。

达西用实际行动帮助了伊丽莎白一家人，以此来表示自己的歉意。布莱斯除了当面道歉，也用实际行动挽回了朱莉的心。他在朱莉爸爸的允许下，在朱莉家的院子里种下了一棵小无花果树，希望用行动来证明自己对朱莉的理解和爱慕。所以两个故事都是以喜剧结尾：达西和伊丽莎白坦承了对彼此曾经的傲慢与偏见，言归于好；布莱斯用实际行动纠正了自己的错误，朱莉则原谅了布莱斯过去的不成熟。

二、主人公的性格特征

《傲慢与偏见》中，傲慢的达西与心存偏见的伊丽莎白经过一番针锋相对，最后冰释前嫌，喜结良缘。在《怦然心动》中，布莱斯在家人的影响下，在朱莉面前始终是一副居高临下的姿态；而朱莉在鸡蛋事件后，也对布莱斯产生了偏见，对他失去了信任。布莱斯的傲慢固然有家庭的影响，也和他天生内向不善交流的性格有关。朱莉则和伊丽莎白一样，天性开朗活泼，对读书学习和自然界的事物都保持着热情，但有时难免自信得过了头。此外，朱莉和伊丽莎白一样，都在兄弟姐妹中独得父亲的宠爱，能够与父亲保持良好的沟通，在父亲那里获得精神支持。

布莱斯的父母一直看不起对面的这家邻居。最大的冲突爆发是在朱莉一家应邀到布莱斯家聚餐那天。当布莱斯的父亲得知朱莉的两个哥哥自己录制了唱片时，他话里带刺表示出了自己的怀疑。当朱莉一家人离开后，他恶意揣测朱莉的两个哥哥是靠贩毒才弄来钱录制的唱片。对于朱莉的父母亲，布莱斯的父母也一致认为他们疏于打理庭院，给社区丢了脸抹了黑。从小就认为父亲做什么都是正确的布莱斯对朱莉这个所谓的野孩子从一开始就是抗拒的。虽然他只是腹诽，从未当面对朱莉说出他的看法，但他用躲避来掩饰自己的厌恶，因此朱莉在很长一段时间完全没有意识到布莱斯的傲慢，她一直想当然地把他当作自己最亲密的人，利用一切机会亲近他，甚至不惜考试帮他作弊。

布莱斯对朱莉的逃避和厌恶，一是因为人物自身性格内向害羞（达西性格也是如此），二是对朱莉的家庭存在偏见，这种偏见是在自己父母的影响下形成的。在他年幼时自身还不具备足够的判断力时，尤其是对父亲的崇拜和追随，使他只能以父母的判断为标杆。

朱莉不仅在学校里是个成绩突出的好学生，个性也很独立，追求自由真实的情感："躺在黑暗里，我想，一天之内可以经历多少强烈的感情啊，像现在这样结束这一天又是多么幸福。当我快要迷迷糊糊进入梦乡的时候，我的心是那么……自由。"（182）她也因此不愿意按照别人的意愿来安排自己的生活：

"不。我不想为了邻居维持一个农场。如果我的母鸡全都不再生蛋了，也许对我更好吧。我把耙子和铲子放到一边，挨个亲了每只母鸡，然后回到屋里。主宰自己的命运的感觉真好！我感觉自己充满力量，正确而坚定。"（183）这一点跟伊丽莎白很像。

朱莉在鸡蛋事件之后对布莱斯的态度彻底转变，则体现出她的偏见。向来疾恶如仇，憎恨虚伪的朱莉发现布莱斯在鸡蛋事情上撒了谎之后，彻底否定了布莱斯的为人，也对自己的情感发生了怀疑。即使是到布莱斯家作客，她一开始也不肯给他道歉的机会，连话都不愿意和他说上几句。

和伊丽莎白与达西一样，朱莉和布莱斯经过一段时期的误会后最终也走向了和解。布莱斯看清了自己父亲的虚伪和丑陋，发现了朱莉一家人的可爱之处，对于朱莉，他也突然意识到了她的美好。勇敢起来的布莱斯终于向朱莉承认了自己犯的错误，并用实际行动争取她的原谅：他在朱莉家的院子里种下了一棵小无花果树。朱莉也接受了他的道歉，放下自己对布莱斯的偏见。两人用了六年漫长的时间消除对彼此的傲慢与偏见，逐渐走向心意相通。

三、婚恋观和价值观

《怦然心动》讲述的是一对男孩女孩之间的初恋故事，《傲慢与偏见》则是成熟男女之间的婚恋故事，但两部作品所体现出来的婚恋观和价值观却是一致的。当朱莉和布莱斯初遇时，两人都还是在上幼儿园的小朋友。朱莉看到布莱斯的第一眼就因为他漂亮的蓝眼睛喜欢上了她，这种不掺杂任何杂质的情感固然大多只存在与小孩之间，也应该是爱情真正应该有的样子。而布莱斯则矜持地对这个泥猴般的小女孩保持着距离，和父亲一样，他巴不得这个女孩离他远远的，甚至潜意识里受到父亲的影响，他觉得朱莉一家都是不太干净整洁因此令人厌恶的。布莱斯对朱莉的情感不可避免地受到了家人的影响，他的感情因而是不纯粹的。同时他的胆怯与虚伪也导致后来在鸡蛋事件中对朱莉的欺骗行为。

朱莉和布莱斯两家人是两种价值观的代表。朱莉一家代表着内在的坚持和美，生活对于他们而言远非完美和理想，但他们一家人都凭借着乐观、苦干和变通的精神，用各自的方法去解决和处理自己面对的困难与问题。父母亲通过作画和打零工来补贴家用，供养住在疗养院里的叔叔；朱莉的两个哥哥想方设法用最廉价的方式录制了唱片，保持着对音乐的热情；朱莉自己不仅通过养鸡卖鸡蛋换点零用钱，还主动承担起了打理庭院的任务。

相比之下，布莱斯一家则是伪善的代表。因为社会地位的差别，布莱斯父母在朱莉一家面前总觉得自己高人一等，就像布莱斯后来所意识到的："我的父母一向看重事物的外在，尤其是爸爸。"（101）他们表面上看起来彬彬有礼，穿着得体，但内心里却充满了偏见和敌意，就像布莱斯意识到的那样：

> 我躺在床上，透过窗户遥望天空，想起爸爸平时有多看不起贝克一家，他是怎么贬低他们的房子、院子、汽车以及他们为谋生所做的一切，他是怎么管他们叫"垃圾"，还嘲笑贝克先生的画。
>
> 而现在我发现他们家其实很酷。每个人都是。
>
> 他们……很真实。
>
> 而我们呢？在这间屋子里，有些东西正在迅速失去控制。
>
> 探寻贝克家的世界为我们自己的世界打开了一扇窗，而里面的景色一点儿也不美。

这些东西都是怎么出现的？

为什么我从前都没有意识到？（171）

布莱斯一家外在的虚假的美和朱莉一家人内心的热情与善良形成了鲜明的对比。可以说，无论是在婚恋观还是价值观上，两部作品都弘扬同一个理念：美即是真。真挚的情感，真诚的心灵，才是真正的美。

综上所述，《怦然心动》虽然是一部青少年的爱恋故事，但从情节发展、主要人物的性格特征以及婚恋观和价值观来看，这部作品和英国经典作品《傲慢与偏见》有异曲同工之妙，可以称之为一部青少版的《傲慢与偏见》。

参考文献

［1］Draanen，Wendelin Van. Flipped. New York：Ember，2011.

［2］陈婕.《怦然心动》中美国成长文化下的人性美. 电影文学，2015（16）：143-145.

［3］樊晓燕. 美国电影《怦然心动》中的女性意识解读. 电影文学，2014（3）：114-115.

［4］郭璇. 浅析美国电影《怦然心动》中独白的运用. 戏剧之家，2016（4）：128.

［5］胡晶. 从美国影片《怦然心动》看成长中的人性美. 电影

文学，2013（21）：112-113.

　　［6］李珂．悄然而至——《怦然心动》剧情人物分析．戏剧之家，2015（13）：129.

　　［7］林刚、吴益知．电影《怦然心动》的叙事学分析．电影评介，2013（17）：5-7.

　　［8］逯明宇、李嘉琳．浅析《怦然心动》中人物视点表现手法．电影文学，2015（3）：135-137.

　　［9］沈丹霞、吴格奇．电影《怦然心动》冲突性话语的语用研究．现代语文，2015（2）：75-78.

　　［10］孙东升．从电影叙事学的角度分析《怦然心动》．电影文学，2014（24）：110-111.

　　［11］文德琳·范·德拉安南．怦然心动．陈常歌，译．南昌：百花洲文艺出版社，2017.

　　［12］徐梦莹．爱情与成长的诗意表达——《怦然心动》影评．戏剧之家，2017（10）：133.

（本章作者：黄春燕）

图书在版编目（CIP）数据

看世界：童眼存真/刘建华，穆育枫著 . —北京：世界知识出版社，2017. 11

（文学与影视比较大观/李华主编）

ISBN 978-7-5012-5645-7

Ⅰ. ①看… Ⅱ. ①刘… ②穆… Ⅲ. ①电影文学评论—世界—现代 Ⅳ. ①I106. 35

中国版本图书馆 CIP 数据核字（2017）第 295800 号

责任编辑	刘豫徽
责任出版	赵 玥
责任校对	陈可望

书　　名	看世界：童眼存真
	Kan Shijie：Tongyan Cunzhen
作　　者	刘建华　穆育枫
插　　画	张绍杰
出版发行	世界知识出版社
地址邮编	北京市东城区干面胡同 51 号　（100010）
经　　销	新华书店
网　　址	www. ishizhi. cn
投稿信箱	lyhbbi@ 163. com
电　　话	010-65265923 （发行）
	010-85119023 （邮购）
印　　刷	北京京华虎彩印刷有限公司
开本印张	850×1168 毫米　1/32　13 印张　7 插画
字　　数	210 千字
版次印次	2018 年 1 月第一版　2018 年 1 月第一次印刷
标准书号	ISBN 978-7-5012-5645-7
定　　价	36. 00 元